MONEY कथा अनंता

(उपन्यास)

eka

कई कहानियां कई भाषाएं

एका की स्थापना दिसंबर 2018 में की गई। दो वर्षों में ही इसके तहत 120 से ज़्यादा मूल रचनाएं और नौ भाषाओं में अनुवाद छप चुके हैं। इस दौरान हमें अनेक सर्वोत्कृष्ट रचनाएं और लेखक मिले। भारतीय भाषाओं में विशेषज्ञता प्राप्त दस से अधिक संपादकों और तीस से अधिक भाषा जोड़ों के साथ काम करने वाले अनुवादकों की सहायता से हम अपने इस लक्ष्य को प्राप्त कर पाए हैं। इसी के साथ हमने उन सभी अव्यवों के साथ प्रयोग किये जिनसे एक किताब आकार लेती है—फॉण्ट से लेकर लेआउट, कवर डिज़ाइन और वो पन्ने जिन्हें आप पलटते हैं, और तब जाकर ये किताबें उस स्वरूप में आईं जिन्हें देखकर हम सभी संतुष्ट हुए।

हमें गौरवान्वित करने वाली रचनाएं और लेखक, सभी विभिन्न विधाओं से आते हैं। इनमें तमिल क्राइम-फिक्शन के दिग्गज, राजेश कुमार के उपन्यास शामिल हैं; बंगाली लेखक मनोरंजन ब्यापारी, जिनके उपन्यास के अंग्रेज़ी अनुवाद (*देयर 'स गनपाउडर इन द एयर*) को *जेसीबी प्राइज़, क्रॉसवर्ड अवॉर्ड, डीएससी प्राइज़* और *मातृभूमि बुक ऑफ़ द इयर अवॉर्ड* के लिए शॉर्टलिस्ट किया गया; तमिल लेखक पेरुमल मुरुगन की *पूनाची* छह भारतीय भाषाओं में प्रकाशित हुई; चेतन भगत का उपन्यास द *गर्ल इन रूम 105*, सात भाषाओं में; और अमीश का उपन्यास *रावण* छह भाषाओं में प्रकाशित किया गया। समीक्षकों द्वारा प्रशंसित लेखकों की रचनाओं का अंग्रेज़ी अनुवाद किया गया जिनकी काफी सराहना हुई। इनमें हिंदी लेखक विनोद कुमार शुक्ल की *ए विंडो लिव्ड इन द वॉल*, मराठी लेखक विश्वास पाटिल की *पानीपत* और *महानायक*, शिवाजी सावंत की *युगांधर*, मलयालम लेखक उन्नी आर. की *वन हेल ऑफ़ ए लवर*, वी.जे. जेम्स की *चोरशास्त्र*, एम. मुकुंदन की *डेल्ही: ए सोलिलोक्वे*, तमिल लेखक पेरुमल मुरुगन की *एस्चुअरी*, बंगाली लेखक लीज़ा गाज़ी की *हेलफायर*, कन्नड़ लेखक एस.एल. भैरप्पा की *उत्तर काण्ड* शामिल हैं। नोबल पुरस्कार विजेता काज़ुओ इशिगुरो की *द रिमेन्स ऑफ द डे* और *व्हेन वी वेअर ऑर्फन्स* के मराठी अनुवादों ने पाठकों और समीक्षकों का ध्यान खींचा। हमारी कुछ हिंदी किताबें बेस्टसेलर रहीं, इनमें निशांत जैन की *रुक जाना नहीं*, संजीव पालीवाल की क्राइम थ्रिलर *नैना* और विजय त्रिवेदी द्वारा आरएसएस पर लिखी *संघम् शरणम् गच्छामि* शामिल हैं। साहित्य अकादेमी युवा पुरस्कार विजेता लेखक मनु एस. पिल्लई की *रिबेल सुल्तान्स* के मराठी और हिंदी अनुवाद, अमिताभ घोष की *गन आइलैंड* के मलयालम, मराठी और हिंदी अनुवाद ने हमें विशेष रूप से उत्साहित किया।

वर्ष 2021 में भी हमारा वादा है कि हम आप तक ऐसी ही विविध और दिलचस्प किताबें लायेंगे। इनमें बंगाली, अंग्रेज़ी और हिंदी में मनोरंजन ब्यापारी की *चंडाल जीबन त्रयी* है। इनकी दो रचनाएं मलयालम में भी प्रकाशित की जायेंगी। अमीश के उपन्यास *सुहेलदेव* को दो भाषाओं में, चेतन भगत के उपन्यास *वन अरेंज्ड मर्डर* को चार भाषाओं में प्रकाशित किया जायेगा। इसके अलावा मलयालम लेखकों इंदु मेनन और शिहाबुधीन, हिंदी लेखक विनोद कुमार शुक्ल, गुजराती लेखक काजल ओज़ा वैद्य, तेलुगू लेखक ललितम्बिका की किताबों का अंग्रेज़ी अनुवाद इस समय संपादित किया जा रहा है। इसी के साथ संजीव पालीवाल की दूसरी हिंदी क्राइम थ्रिलर *पिशाच* भी जल्द आपके हाथों में होगी।

इस वर्ष हम *हिंद युग्म* के साथ नई वाली हिंदी के चार लेखकों की रोमांचक पुस्तकें भी प्रकाशित करेंगे। इन सभी लेखकों की कृतियां मूल हिंदी की होंगी जिससे *एका* के पाठकीय संसार को नया आयाम मिलेगा।

आपसे मिले सहयोग के लिए हम शुक्रगुज़ार हैं। इसी के साथ हम अनुवादकों से भी गुज़ारिश करते हैं कि वो हमारे साथ जुड़ें, *एका* को मज़बूत बनायें, और साहित्य को भाषा क्षेत्र और राज्यों की सीमाओं के पार नई दिशाओं में ले जाने में अपना योगदान दें।

MONEY कथा अनंता

कुशल सिंह

eka

हिन्द युग्म

eka

First published in Hindi as *Money Katha Ananta* in 2021 by Eka, an imprint of Westland Publications Private Limited, in association with Hind Yugm

1st Floor, A Block, East Wing, Plot No. 40, SP Infocity, Dr MGR Salai, Perungudi, Kandanchavadi, Chennai 600096

Hind Yugm
C-31, Sector-20, Noida (UP)-201301
www.hindyugm.com

ISBN: 9789391234836

10 9 8 7 6 5 4 3 2 1

This is a work of fiction. Names, characters, organisations, places, events and incidents are either products of the author's imagination or used fictitiously.

Printed at Nutech Print Services - India

सो कलिकाल कठिन उरगारी, पाप परायन सब नर नारी

धृतराष्ट्र ने पांडवों को खांडव वन की निर्जन भूमि दी कि बेटा जाओ, वहीं बनाओ, खाओ और राज करो, हमारा पिंड छोड़ो। लेकिन खांडव प्रदेश एक दम बंजर इलाक़ा था जो हज़ारों तरह के ख़तरनाक जानवरों का अड्डा था। अब इतने बड़े जंगल को साफ़ करना बहुतई कठिन काम था सो अर्जुन ने गांडीव पर तीर धरा और उस तीर पर बैठे अग्निदेव और अग्निदेव ने जो धूँ-धाँ मचाई उसमें जंगल के सारे जानवर, कीट, भुजंग वहीं जलकर मर गए। उस खांडव वन पर उस समय नागराज तक्षक का अधिकार था इस आगज़नी में वह ख़ुद तो किसी तरह बच गया लेकिन उसका परिवार और राजपाट जल गया। उसने अर्जुन से बदला लेने की क़सम खाई। लेकिन अर्जुन से बदला कैसे लिया जाए? अर्जुन भारी धनुर्धारी आदमी। तो उसने किया इंतज़ार, एक बड़ा लंबा इंतज़ार। लेकिन असल कहानी ये थोड़े ही न है, कुछ और है, इसलिए वहीं ले चलता हूँ।

बात बहुत पहले की है, इतने पहले की कि कलियुग बस शुरू ही हुआ था। धर्म और धरती दोनों ही दुखी थे। एक नदी किनारे दोनों बतिया रहे थे। धर्म, जिस

बेचारे की हर युग की समाप्ति पर एक टाँग जाती रही, अब अपनी एक ही टाँग पर मुश्किल से बैल के रूप में खड़ा था और धरती गाय के रूप में थी। दोनों ही टेंशन में रहे कि अब का होई? कैसे होई? भगवान कृष्ण तो बैकुंठ चले गए, अब कौन बचाए इस कलियुग से! तभी कलियुग वहाँ आ पहुँचा और लगा दोनों को मारने। उसी समय अर्जुन के पौत्र महाराजा परीक्षित, जो अभिमन्यु के पुत्र और महाभारत के युद्ध में बचे पांडवों के इकलौते उत्तराधिकारी थे, वहाँ पहुँचे और कलियुग को ललकारते हुए बोले, "अबे नराधम दुष्ट! कौन है रे तू जो इन निरीह गाय-बैल को सता रहा है? आज गर्दन काटकर तेरा पत्ता साफ़ कर देता हूँ ताकि तुझे तेरे अपराध की सज़ा मिल सके।" ये सुनकर कलियुग की हवा टाइट हो गई और डर के मारे चौहल्लर होता हुआ कलियुग त्राहिमाम-त्राहिमाम डकारते हुए महाराजा परीक्षित से शरण माँगने लगा।

उसी समय धर्म तथा पृथ्वी भी अपने रूप में आ गए और अपनी परेशानी सम्राट परीक्षित को बताने लगे।

सम्राट परीक्षित बोले, "हे कलियुग! अब तू चूँकि शरण माँग रहा है, इसलिए बेटा, तुझे मारेंगे तो नहीं लेकिन है तू बहुतई हरामी। हर तरह के गड़बड़झाला, कुकर्म, पाप, झूठ, चोरी, कपट, दरिद्रता जैसी हरेक चीज़ का टंटा तू ही है। इसलिए बेटा जान की सलामती चाह रहे हो तो मेरे राजपाट से निकल लो नहीं तो अभी चटनी बनाएँ तुम्हारी।"

राजा परीक्षित के इन वचनों को सुनकर कलियुग बोला, "हे तात! क्यों हमारी खुस्की ले रहे हो? पूरी दुनिया पे तुम्हारा ही राज है। अब मैं जाऊँ तो कहाँ जाऊँ और इस समय मैं धरती पे हूँ तो ये तो काल के हिसाब से है। तुम्हीं बताओ अब कहाँ रहूँ मैं?"

कुछ सोच-साचकर महाराज ने कहा, "हे कलियुग! जुआ-सट्टा, शराबख़ोरी, अडल्टरी और वायलेंस... इन चार जगहों में असत्य, मद, काम और क्रोध का निवास होता है। इन चार जगहों में रहने की मैं तुझे छूट देता हूँ।"

इस पर कलियुग सिर खुजाते हुए बोला, "हे राजन! बस इतनी-सी जगह में कैसे रहेंगे, हमारो ऊ तो कुनबा-ख़ानदान है, थोड़ा रहम खाओ और एक-आध जगह और दे देओ।"

कलियुग के बहुत ही रिक्वेस्ट करने पर राजा परीक्षित ने उसे पाँचवीं जगह 'स्वर्ण' दे दी। समय के साथ-साथ जब स्वर्ण मुद्राओं का स्थान काग़ज़ के नोटों

ने ले लिया तो स्वर्ण के साथ-साथ कलियुग नोटों में भी बसने लगा। उपरोक्त पंच-स्थल ऐसे हैं कि मन की मति फिसलने में देर नहीं लगती। आदमी हर तरह का अपराध करने के लिए एक ही टाँग पर खड़ा तैयार रहता है। तो इन सब जगहों को पाकर कलियुग उस समय तो वहाँ से ग़ायब हो गया लेकिन अदृष्य होकर वो राजा परीक्षित के स्वर्ण मुकुट में ही घुस गया।

इसके बाद परीक्षित शिकार के लिए गए। वहाँ बहुत भटके और भूख और प्यास के मारे उनकी हालत हो गई टाइट। शाम के समय थके हारे वो आगरे में कीठम के पास बने हुए, शृंगी ऋषि के आश्रम पहुँचे और ऋषि उस समय समाधि में लीन थे। परीक्षित ने कहा, "हमें प्यास लगी है, पानी पिलवाओ।"

राजा ने दो-तीन बार पानी माँगा परंतु ऋषि की समाधि नहीं टूटी। ये बात राजा ने अपने ईगो पे ले ली और ग़ुस्से में आकार ऋषि को दंड देने का फ़ैसला लिया। हालाँकि ये करतूत मुकुट में बैठा कलियुग करवा रहा था जिसने उनकी सात्विक बुद्धि भ्रष्ट कर दी थी।

परंतु राजा के अच्छे संस्कारों के कारण उन्होंने अपने-आप को उस पाप से रोक लिया। लेकिन फिर भी कलियुग के ज़ोर लगाने पर ग़ुस्से में राजा ने मरा हुआ साँप ऋषि के गले में डाल दिया। ये बात जब ऋषि के लड़के को मालूम पड़ी, जो वहीं पास में कीठम झील में ही नहा रहा था, तो उसने वहीं अंजुली में पानी भरकर राजा को श्राप दिया कि जा मूर्ख और अभिमानी राजा अबसे सातवें दिन तोये साँप डसेगा, तासे तुम अकाल मौत मरोगे। सातवें दिन जिस साँप ने राजा को डसा वो कोई और नहीं था बल्कि सालों से बदले की आग में जलने वाला नागराज तक्षक था। बदला ज़रूरी नहीं कि तुरंत लिया जाए, बल्कि शत्रु पर तब प्रहार करो जब उसकी चूलें हिल रही हों ताकि वो चारों खाने चित्त हो जाए।

तो ये कहानी मैं आपको क्यों सुना रहा हूँ जबकि अपनी कहानी तो कुछ और ही है। वो इसलिए कि हमारी कहानी की नींव भी तब ही डल गई थी, कलियुग के आने के साथ। तो महाराज कलियुग है, घोर कलियुग। कुछ भी उलट-सुलट हो सकता है यहाँ।

बहनों-भाइयों, आज रात 12 बजे से...

दिवाली को बीते हुए बस आठ दिन ही हुए थे। मौसम भी धीरे-धीरे अपना रुख़ बदलने लगा था। शाम जल्दी ढल जाती और रात गुलाबी ठंड लेकर चढ़ना शुरू होने लगी थी। ज़िंदगी अपनी रफ़्तार से चल रही थी। सब कुछ वैसे ही था, जैसे कि रोज़ चलता था। लोग मॉल में थे, दुकानों पर थे, ठेके के बाहर रात का जुगाड़ ख़रीद रहे थे, कुछ ट्रेन से उतरने वाले थे तो कुछ उनमें चढ़ने वाले थे, लोग एयरपोर्ट पर थे, गाड़ियों में थे, लोग सड़कों पर भी थे, कुछ कहीं भटक रहे थे, कुछ बस लौट रहे थे घरों की तरफ़। जो घरों में थे वो टीवी पर सास-बहू या न्यूज़ देखने में व्यस्त थे। उस बात से अंजान जो उस रात घटकर पूरे देश को अस्त-व्यस्त कर देने वाली थी।

दाऊ दयाल मौर्या के लिए वह रोज़ के जैसा ही आम दिन था। उनका शाम का एक जैसा ही रूटीन था, टीवी देखते हुए दो पेग लेना और खाना खाके 10 बजे तक बिस्तर पकड़ लेना। इन दिनों वो घर पर अकेले थे। उनकी पत्नी बेटे के साथ कनाडा गई हुई थी। बेटा और बहू दोनों उनके साथ दिवाली की छुट्टियाँ मनाकर लौटे थे तो उनकी पत्नी को भी साथ में ले गए थे। बेटे ने तो उनको भी साथ ले जाने की ज़िद की थी लेकिन ख़ाली घर छोड़कर जाने की उनकी तबीयत

ही नहीं होती थी।

पिछले साल ही एग्ज़ीक्यूटिव इंजीनियर (ई.ई.) के पद से रिटायर हुए थे। वो थे भले ही एक ई.ई. लेकिन जब तक वो नौकरी में रहे, अलग ही रुतबा था। बड़े-बड़े लोगों और ठेकेदारों के साथ उनका उठना-बैठना था और इसी सब के चलते उन्होंने अपनी नौकरी में बहुत पैसा बनाया था। हाँ, आप उसे काला धन भी कह सकते हैं। रिटायर होने के बाद जब से उनके पास पैसा आना बंद हुआ था, तब से उनका पैसों से मोह और बढ़ गया था। अपने पैसे का भरपूर लाभ उठाते हुए मौर्या ने बच्चों को ख़ूब बढ़िया और महँगे स्कूल-कॉलेजों में तालीम दिलाई थी। नतीजा भी अच्छा रहा बच्चे विदेश में सेट थे।

प्रॉपर्टी भी मौर्या के पास अच्छी-ख़ासी थी। दिल्ली में एक शानदार फ़्लैट, आगरा-मथुरा के बीच कई एकड़ ज़मीन और आगरा में फ़तेहाबाद रोड के पास पॉश एरिया में एक शानदार बंगला जो किसी होटल के जैसी अत्याधुनिक सुविधाओं से लैस था। पिछले दो सालों से वो यहीं रह रहे थे। घर में नौकर-चाकर भी थे लेकिन सब शाम के बाद चले जाते थे। बटलर ने खाना बनाकर डाइनिंग टेबल पर लगा दिया था। मौर्याजी ने अपनी घड़ी देखी, आठ बजने में पाँच मिनट बाक़ी थे। बी.पी. की दवा लिए हुए उन्हें एक घंटा हो चुका था। उम्र के साथ-साथ बीमारियाँ लग ही जाती हैं लेकिन शुगर और बी.पी. आज के समय में कोई बीमारी थोड़े न हैं, ये तो नॉर्मल हैं बल्कि ये बीमारियाँ जिनको न हों वे नॉर्मल नहीं हैं।

मौर्याजी की बीमारियाँ दूसरी थीं। बीपी, शुगर के अलावा वो अस्थमा के भी मरीज़ थे लेकिन जो सबसे ख़तरनाक बीमारी थी वो थी पैसा। पैसे को देखना उन्हें सुकून देता था। अगर ऐसा नहीं हो पाता था तो उनका जी घबराने लगता था। पूरी ज़िंदगी वो किसी तड़क-भड़क से दूर ही रहे थे, आख़िरकार नौकरी-पेशा आदमी थे। ज़्यादा दिखावा नहीं कर सकते थे, लेकिन अब जबकि वो रिटायर हो चुके थे तो अपने पैसे का भरपूर इस्तेमाल करना चाहते थे और बाक़ायदा ऐसा चल भी रहा था। विदेश यात्रा, बड़े होटलों का लुत्फ़, नौकर-चाकर, महँगे शौक़, इम्पोर्टेड शराब, मतलब टोटल धूम-धड़ाका था उनकी ज़िंदगी में।

रोज़ के तयशुदा प्रोग्राम के तहत उन्होंने अपने बार कैबिनेट को खोला और सामने सजी हुई बोतलों पर नज़र डाली और अपनी रेगुलर व्हिस्की ब्लैक लेबल की बोतल उठा ली। ग्लास निकालकर पेग बनाया और मोबाइल निकालकर

वॉट्सएप के मैसेज चेक करने लगे। पेग जल्दी ही ख़त्म हो गया। उन्होंने दूसरा पेग बनाया और मोबाइल से बोर होकर टीवी ऑन कर ली। पेग से सिप लेते हुए वो चैनल बदलने लगे। रिमोट की बैटरी शायद ठीक से काम नहीं कर रही थी इसलिए उन्होंने रिमोट को थोड़ा-सा झटका दिया और 10-15 मिनट तक चैनल उलट-पुलट करते रहे। 10 मिनट के भीतर ही दूसरा पेग भी ख़त्म होने को आ रहा था। टीवी पर कुछ भी ख़ास नहीं आ रहा था। उन्होंने घड़ी पर नज़र डाली तो 8:20 हो रहे थे। आज उन्होंने हेड्लाइंस नहीं देखी थी तो यही सोचकर न्यूज़ चैनल लगा दिया। लेकिन आज ऐसा क्या था कि सामने टीवी पर प्रधानमंत्री ख़ुद लाइव थे। ऐसा कौन-सा ज़रूरी मैसेज था जो उनका कोई मंत्री नहीं बल्कि वो ख़ुद आकार देश को देना चाहते थे। मौर्याजी ने आवाज़ बढ़ाने की कोशिश की लेकिन नहीं बढ़ी, खीजकर उन्होंने रिमोट को अपने दूसरी हथेली पर ज़ोर से मारा और आवाज़ बढ़ाने लगे। देश के प्रधानमंत्री का उद्‌बोधन जारी था।

'बहनों-भाइयों,

देश को भ्रष्टाचार और काले धन रूपी दीमक से मुक्त कराने के लिए एक और सख़्त क़दम उठाना ज़रूरी हो गया है। आज मध्य रात्रि यानी आठ नवंबर 2016 की रात्रि 12 बजे से वर्तमान में जारी 500 रुपये और 1,000 रुपये के करेंसी नोट लीगल टेंडर नहीं रहेंगे यानी ये मुद्राएँ क़ानूनन अमान्य होंगी। 500 और 1,000 रुपये के पुराने नोटों के ज़रिये लेन-देन की व्यवस्था आज मध्य रात्रि से उपलब्ध नहीं होगी।'

डी. डी. मौर्या को जैसे अपने कानों पर विश्वास नहीं हुआ। उनका दिल घबराने लगा। उधर प्रधानमंत्री का भाषण जारी था।

'हमारा यह क़दम देश में भ्रष्टाचार, काला धन एवं जाली नोट के ख़िलाफ़ हम जो लड़ाई लड़ रहे हैं, सामान्य नागरिक जो लड़ाई लड़ रहा है, उसको इससे ताक़त मिलने वाली है। इन दिनों में देशवासियों को कम-से-कम तकलीफ़ का सामना करना पड़े, इसके लिए हमने कुछ व्यवस्था की है।'

क्या व्यवस्था की गई थी और क्या नहीं, इससे डी. डी. को कोई मतलब नहीं था। उनका दिल यह सोचकर डूबने लगा कि अब जो पैसा उसके पास है उसका क्या होगा? शरीर का सारा ख़ून जैसे दिमाग़ की तरफ़ दौड़ रहा था और दिमाग़ था जैसे कि ठप पड़ गया हो। उन्हें कुछ सूझ ही नहीं रहा था। उन्होंने बोतल उठाकर एक तीसरा पेग और बनाकर एक ही साँस में ख़ाली कर दिया। ये

उनकी रोज़ की ख़ुराक से ज़्यादा था लेकिन ये ख़बर ही ऐसी थी, जिसने मौर्याजी जैसे लाखों-करोड़ों लोगों की जान को साँसत में डाल दिया था। टीवी चालू थी लेकिन उनको न कुछ सुनाई दे रहा था, न कुछ समझ आ रहा था। बेचैनी से वो कमरे में टहलने लगे फिर मेज़ से अपना मोबाइल उठाकर अपने एक दोस्त को फ़ोन लगाया। घंटी बजते ही किसी ने फ़ोन उठा लिया।

दूसरी तरफ़ से एक कराहती-सी आवाज़ आई, "हेलो!"

"न्यूज़ देखी..." मौर्याजी के पास हाय-हेलो जैसी बेकार की बातों का समय नहीं था।

"वही तो देख रहा हूँ। बम मारे हैं साले बम। सब बरबाद कर दिया।" आवाज़ में घबराहट साफ़ झलक रही थी।

"क्या होगा अब? कैसे होगा? मेरे पास भी पड़ा है... क्या किया जाए?" मौर्याजी की साँसें जैसे उखड़ रही थीं।

"क्या बताया जाए! फ़िलहाल तो सब काग़ज़ का ढेर ही नज़र आ रहा है।"

"कोई तो रास्ता होगा? कहीं तो लगा सकते हैं?" मौर्याजी को उम्मीद का ही तो सहारा था।

"तुम्हें लगता है कि कोई रास्ता ये सरकार निकालने देगी? कुछ ही घंटों का खेल है, रात 12 के बाद कौन लेगा इन नोटों को! और रात बारह के बाद क्या, देख लेना लोग अभी से लेना बंद कर देंगे। अब और आगे न जाने क्या-क्या होने वाला है!"

फ़ोन के कटते ही मौर्याजी का मन और बैठ गया। किसी उम्मीद किसी रास्ते की खोज में उन्होंने फिर से अपना ध्यान न्यूज़ चैनल पर लगाया, फिर खिसियाए से चैनल बदलने लगे जैसे कोई उम्मीद हो कि किसी दूसरे चैनल पर ये ख़बर आ जाएगी कि ये तो बस एक मज़ाक़ था और फिर सब पहले के जैसा हो जाएगा। लेकिन हर एक निगोड़ा चैनल इस बात को झुठलाने के बजाय और पुख़्ता कर रहा था। ठंड में भी उनके माथे से पसीना टपकने लगा। उनका जी घबरा रहा था, कलेजा उखड़ रहा था। कुछ देर यूँ ही बैठे रहने के बाद उन्हें कुछ सूझा और अपने परिचित ज्वैलर को फ़ोन लगाया। काफ़ी देर तक फ़ोन बजता रहा। फिर उधर से आवाज़ आई, "हेलो!"

"हेलो! मैं डी. डी. मौर्या बोल रहा हूँ।"

"अरे हाँ मौर्याजी... जी कहा जाए।"

"अब कहें क्या? ख़बर तो मिल ही गई होगी। बस सोच रहे थे कि सोना ही ख़रीदकर डाल दें नहीं तो बेकार हो जाएगा। 12 बजे तक तो चलेंगे ही नोट, कहो अब इतने से टाइम में कहाँ इन्वेस्ट कर दें। अगर कहो तो मैं पहुँचता हूँ।" उनकी आवाज़ का तनाव साफ़ समझ आ रहा था।

"अरे क्यों नहीं ख़रीद सकते, बिलकुल ख़रीद सकते हैं। बस समस्या ये है कि जब से ख़बर आई है यहाँ शोरूम में लोगों का जमावड़ा लगने लगा है। भारी भीड़ है, अब डर मुझे ये हो रहा है कि कहीं इस भीड़-भड़ाके में कोई ऊँच-नीच न हो जाए।" सर्राफ़ को डर था कि कहीं भीड़ का फ़ायदा उठाकर कोई कुछ सामान ग़ायब न कर दे या फिर अफ़रा-तफ़री लूटमार न मच जाए।

मौर्याजी को तो किसी चीज़ से मतलब नहीं था। बस इतना ही समझ आया कि ख़रीद सकते हैं। उन्होंने तुरंत कहा, "मैं बस पहुँचता ही हूँ आपके पास। थोड़ा ज़्यादा लेना है ध्यान में रहे।"

"हाँ कोशिश करके थोड़ा जल्दी ही आइएगा, भीड़ देखकर तो लगता है जैसे कि पूरा शोरूम आज ही ख़ाली हो जाएगा।" उसने अपनी ख़ुशी को दबाते हुए कहा।

सर्राफ़ को भीतर-ही-भीतर से ख़ुश महसूस करके मौर्याजी को खीज-सी हुई। उन्होंने हाँ-हाँ कहते हुए फ़ोन रख दिया।

मौर्याजी तत्काल अपने बेडरूम में गए और अलमारी खोली। अलमारी 500 और 1000 के नोटों की गड्डियों से लगभग भरी हुई थी। जिन गड्डियों को देखकर मौर्याजी का मन खिल उठता था, आज उन्हें ही देखकर मन घबरा रहा था। लगा जैसे कि कुछ घंटों में इनकी कोई क़ीमत ही नहीं रहा जाएगी। पूरी ज़िंदगी घिस-घिसकर, तमाम उलटे-सीधे काम करके, रिस्क ले-लेकर ये पैसा बनाया था और जब पैसे के इस्तेमाल की बारी आई तो ये बवाल हो गया। लग रहा था गला रुँध जाएगा और रुलाई फूट जाएगी। भारी मन से उन्होंने एक लाल रंग के डफ़ल बैग में जितने नोटों की गड्डियाँ भर सकते थे, भर लीं।

पैसे रखकर वो दौड़ते हुए नीचे पहुँचे। घर बंद करके उन्होंने गाड़ी निकाली और निकल गए। उन्हें इस हालत में गाड़ी चलानी तो नहीं चाहिए थी, लेकिन उनके सोचने-समझने की शक्ति जवाब दे गई थी। ऐसी घबराहट उन्हें जीवन में पिछली बार तब हुई थी जब उनके ऑफ़िस में रेड हुई थी। जैसे-तैसे कई सालों में उससे छुटकारा पाए थे वो। लेकिन आज इस मुसीबत से बचने का कोई रास्ता

फ़िलहाल तो नज़र नहीं आ रहा था। जल्दीबाज़ी में उनका फ़ोन भी वहीं घर में ही रह गया था। गाड़ी में गाना बज रहा था दुनिया में लोगों को धोखा कभी हो जाता है लेकिन उन्हें सुनाई दे रहा था- 'आज रात 12 बजे से वर्तमान में जारी 500 रुपये और 1,000 रुपये के करेंसी नोट लीगल टेंडर नहीं रहेंगे।' ये शब्द उन्हें डरा रहे थे। डर शब्द बहुत छोटा होता है लेकिन उसकी परछाई बहुत बड़ी होती है। कभी-कभी डर अच्छा होता है क्योंकि बहुत कुछ ग़लत होने से रोकता है लेकिन कभी-कभी इसी डर से बहुत कुछ ग़लत भी हो जाता है। लेकिन जब तक कम्बख़्त उम्मीदें रहती हैं, डर भी बना रहता है।

शाहजहाँ पार्क के गेट के सामने से वो निकले ही थे, अभी लाल क़िले भी नहीं पहुँच पाए थे कि घबराहट में उनके सीने में ज़ोर का दर्द उठा और गाड़ी ने अपना बैलेंस खो दिया। गाड़ी फ़ुटपाथ से भिड़कर बंद हो गई।

***

लाल क़िले के सामने से एक मोटरसाइकिल लहराती हुई निकली जिस पर तीन लोग बैठे थे। दरअसल ये कहानी इन तीनों जमूरों की ही है। नेहने जो कि मोटरसाइकिल चला रहा था, शशि बीच में बैठा था और पीछे था बिंटू। लाल क़िले से पुरानी मंडी तक का रास्ता जो दिन भर पर्यटकों की आवाजाही से भरा रहता है, वो अँधेरा होते ही सुनसान हो जाता है। बहुत ही कम गाड़ियाँ वहाँ से गुज़रती हैं। सड़क के बग़ल में ही शाहजहाँ पार्क था, जिसके बारे में दुनिया भर की भूत-प्रेत, डाकिनी-पिशाचनी की कथाएँ पूरे आगरा में फैली थीं, मुग़लों के ज़माने से भी पुराना शमशान घाट यमुना मैया के किनारे पास ही में मौजूद था। ये भी शायद एक कारण होता हो, वहाँ ज़्यादा लोगों के न होने का। फ़िलहाल वो इस समय उसी रास्ते पर थे।

"यार ठंड-सी हो चली है न अब!" शशि ने कहा।

"चार पेग के बाद भी गर्मी नहीं आई चचे।" पीछे से बिंटू ने कहा।

"अरे गर्मी तो यार तुम नये मौड़न की उबाल खा रही होगी, यहाँ तो उम्र ही हो चली है अब। ऐसे मौसम में रात में कहाँ अकेले नींद आती है। जे दायरी के अड़ोसी-पड़ोसी ने भाँजी न मारी होती कि मोड़ा तो चंडू पीवे है; तो अब तक मेरे कम-से-कम दो बालक तो होते ही।" अक्सर नशे में शशि का शादी न हो पाने का दुख उबाल खा जाता था।

"अरे अभी टाइम थोड़ा ख़राब चल रहा है। चिंता न करो भाभी तो आएगी

ही।" बिंटू ने पीछे से शशि का मन रखने को कहा।

तभी उनकी नज़र सामने दूसरे हाथ की ओर एक गाड़ी पर गई जो फ़ुटपाथ से टकराई हुई खड़ी थी। गाड़ी की हेडलाइट अभी तक चालू थी।

"अरे यार ये गाड़ी ऐसे कैसे खड़ी है? लगता है कोई पी-पा के ठोक लिया है।" नेहने ने बाइक धीमे करते हुए कहा।

"अरे देख नहीं रहा कहाँ पर हैं हम। लग रहा है, सामने से सड़क पर कोई डाकिनी आ गई होगी और गाड़ी भिड़ा ली अगले ने। सरक लेओ यहाँ ते, कोई जबरदस्ती की चिरांद न हो जाए जान को।" बिंटू ने कहा

"अबे रुक तो सही, देखें तो आख़िर मैटर क्या है।" शशि ने गाड़ी से उतरते हुए कहा।

पास पहुँचे तो देखा तो एक बूढ़ा आदमी स्टेयरिंग पर पड़े हुए लंबी-लंबी साँसें ले रहा था और वो आदमी कोई और नहीं मौर्याजी ही थे। उनका एक हाथ छाती पर था। लड़कों को अपनी ओर आते देख उन्हें थोड़ी तसल्ली तो मिली कि मदद हो जाएगी लेकिन फिर उन्हें अपने बैग की चिंता होने लगी कि कहीं रात में ये लोग कोई छिनौती न कर लें। वो कहते हैं न कि काजीजी दुबले क्यों? सारे शहर के अंदेशे से... बस तो वही हाल मौर्याजी का था। बहरहाल नेहने ने गाड़ी का दरवाज़ा खोला।

"अरे क्या हो गया ताऊ?"

"द... दर... दर्द... अचानक से छाती में दर्द उठ आया है; गाड़ी भी उसी चक्कर में भिड़ गई।" मौर्याजी ने भरभराती आवाज़ में कहा।

"हार्ट अटैक तो नहीं आया कहीं? कहो तो हॉस्पिटल ले चलें?" नेहने ने पूछा।

ख़ुद को बेकार हॉस्पिटल के बवाल में उलझता देख शशि तुरंत ही बीच में बोल पड़ा, "अरे घर फ़ोन कर लो अपने, कोई आ जाएगा।"

"मोबाइल तो मैं घर ही भूल आया हूँ। वैसे हॉस्पिटल की ज़रूरत नहीं है। अगर हो सके तो मुझे घर तक पहुँचा दो। ज़रूरत पड़ी तो वहीं डॉक्टर को बुला लूँगा।" मौर्याजी ने टूटे शब्दों में कहा।

लोगों का भला और मदद करने वाले आदमी तो वो हरगिज़ नहीं थे। और वैसे भी आजकल लोग इतने तरीक़ों से ठगने लगे हैं कि कोई किसी के टंटे में पड़ना ही कहाँ चाहता है। उस पर भी ये वो शहर था जहाँ नटवरलाल ने तीन-तीन

बार ताजमहल बेच दिया था। तो लोग कैसे एक-दूसरे पर भरोसा करें। फिर भी न जाने क्या सोचकर उन तीनों ने उस अंकल की मदद करने का फ़ैसला कर लिया। और रहा मामला ठगाई का तो ठगने के लिए उनके पास कुछ था भी नहीं। तीनों अगर जेब झाड़ते तो शायद ही हज़ार से ऊपर रुपये मिलते। मामला उन्हें सच्चा लगा। इसलिए शशि ने मौर्याजी की गाड़ी चलाने का फ़ैसला किया। नेहने और बिंटू पीछे-पीछे चलने को तैयार हुए।

नेहने और शशि ने मौर्याजी को ड्राइविंग सीट से बाहर निकाला और पीछे लिटा दिया। शशि ने स्टेयरिंग थाम ली। उसकी बग़ल की सीट पर एक बड़ा-सा लाल रंग का बैग पड़ा था। शशि की नज़र तो उस पर गई लेकिन उसने उसे ज़्यादा तवज्जो नहीं दी।

थोड़ी देर में गाड़ी मौर्याजी के बताए एड्रेस पर उस काली रात के सन्नाटे में सड़कों पर दौड़ती हुई पहुँच गई।

"ये ही घर है ताऊ?" शशि बड़ी-सी कोठी पर नज़र डालते हुए आश्चर्य से बोला।

घर देखकर शशि को समझ आने लगा कि पार्टी मालदार है।

"हाँ-हाँ यही है।" मौर्याजी ने सीट पर से उठते हुए कहा।

घर पर लटके हुए ताले को देखकर शशि ने पूछा, "कोई और नहीं है क्या घर में?"

"हाँ फिलहाल अकेला ही हूँ मैं।" मौर्याजी ने अपनी जेब से चाबी निकालकर शशि की तरफ़ बढ़ा दी। तब तक पीछे से नेहने और बिंटू भी आ गए। शशि ने गेट खोलकर कार को अंदर कर दिया। नेहने और बिंटू ने मौर्याजी को पकड़कर गाड़ी से उतारा। मुश्किल से मौर्याजी गाड़ी से बाहर निकल पाए और हाँफते हुए बोले, "मुझे ऊपर ले चलो, वहीं मेरा कमरा है।"

उन्हें जैसे-तैसे सीढ़ियों से ऊपर तक ले जाया गया। ऊपर तक आते-आते वो फिर से हाँफने लगे और बेडरूम तक न जाकर वहीं सोफ़े पर पसर गए।

"एक गिलास पानी।" उन्होंने अपनी फूलती हुई साँसों पर क़ाबू करने की नाकाम कोशिश करते हुए कहा।

बिंटू भागकर रसोई की तरफ़ गया जो सामने ही थी, वहाँ से एक गिलास पानी ले आया। काँपते हाथों से मौर्याजी ने दो घूँट पानी पिया, लेकिन उनका साँस पर क़ाबू नहीं आ पाया। वो फिर से कराहते हुए बोले, "मेरा इनहेलर होगा...

अंदर कमरे में।" उन्हें अस्थमा का अटैक आने लगा था। नेहने अंदर कमरे की तरफ़ दौड़ा। दो पल ठहरकर वो फिर से कराहते हुए बोले, "म... म... मेरा मोबाइल..." शायद वो फ़ोन कर किसी को घर बुलाना चाह रहे थे। बिंटू घर में फ़ोन तलाशने लगा।

मौर्याजी का मन फिर से घबराया, वो फिर लड़खड़ाती आवाज़ में बोले, "गाड़ी में एक बैग था।"

शशि को याद आया कि वो किस बैग की बात कर रहे हैं, "हाँ-हाँ... वो तो गाड़ी में ही है।"

"उसे ल... ल... लाकर दे दो।" मौर्याजी ने अपनी छाती सहलाते हुए साँसों पर क़ाबू करने की कोशिश की। इस समय भी उन्हें अपनी कम, पैसे की चिंता ज़्यादा सता रही थी।

शशि ने सोचा शायद बैग में कोई दवाई वग़ैरह होगी इसलिए वो नीचे से बैग लाने को दौड़ गया। बिंटू को फ़ोन टेबल पर रखा हुआ मिल गया। उसने फ़ोन मौर्याजी को पकड़ाया, लेकिन उनके काँपते हाथ फ़ोन को ठीक से पकड़ न सके और वो उनके हाथ से छूटकर नीचे ग्रेनाइट के फ़र्श से टकराया जिससे उसकी स्क्रीन टूटकर चकनाचूर हो गई। अंदर नेहने कुछ तलाश रहा था, उसे ठीक से समझ ही नहीं आया था कि आख़िर कमरे से लेकर क्या आना है। उसने पूरे कमरे में नज़र दौड़ाई लेकिन कमरे की चकाचौंध के अलावा उसे कुछ दिखाई नहीं दे रहा था।

मौर्याजी की साँसें अब तक अटकने लगीं। उनका दम-सा घुटने लगा। उन्होंने फिर से इशारा करके कहा कि उन्हें क्या चाहिए था। अब बिंटू को समझ आ गया कि वो अस्थमा के मरीज़ है और कौन-सा इनहेलर माँग रहे हैं। वो दौड़कर अंदर गया, वहाँ नेहने पागलों की तरह कमरे की सजावट और सामान देख रहा था।

"अबे तेरे को अभी तक इनहेलर नहीं मिला क्या?" उसने नेहने का कंधा हिलाते हुए पूछा।

नेहने घर की चकाचौंध में डूबा हुआ था, "अबे क्या घर है यार! घर क्या साला ये तो महल बनाया है।" नेहने मौर्याजी के पलंग पर उछलने हुए बोल रहा था।

"अबे वहाँ बुढ़ऊ पछाड़ खा रहा है और तू यहाँ मज़ा ले रहा है? जल्दी

उसको इनहेलर नहीं दिया तो वो साला कहीं टें न बोल जाए।" बिंटू हड़बड़ी में बोला।

इधर मौर्याजी को एक-एक पल घंटों-सा लग रहा था। दो लड़के अंदर उनके बेडरूम में थे, लेकिन बाहर ही नहीं आ रहे थे। इधर एक को उन्होंने बैग लेने भेजा था, लेकिन वो अभी तक नीचे से ऊपर नहीं आ पाया। न जाने क्या कर रहे थे? एक अनजान आशंका उन्हें घेरने लगी और वो साँस खींचने की कोशिश करते हुए उठने लगे, लेकिन उठ न सके और वहीं सोफ़े पर दोहरे हो गए। इतने में बिंटू को इनहेलर बेड के बग़ल में रखे कैबिनेट के ऊपर मिल गया। उसने वो उठाया और बाहर भगा लेकिन तब तक मौर्याजी दुनिया छोड़ चुके थे। धन की चिंता ने उन्हें धरती से मुक्त कर दिया था। उनकी आँखें और जीभ दोनों बाहर आ गई थी। एक हाथ छाती पर था और दूसरा गले पर।

"अबे ये तो लग रहा है मर गया।" नेहने ने डरते हुए कहा।

"मर गया? क्या कह रहा है?" बिंटू भी घबराते हुए मुश्किल से बोल पाया।

"अबे यार जबरदस्ती में जान फँस जाएगी हमारी, किसी ने देख लिया या कोई आ गया तो कोई ये न समझे कि हमने ही कर दिया है कुछ!"

"चलो भाग चलते हैं।" बिंटू ने कहा।

"इसको ऐसे ही छोड़ के भाग जाएँ? या पुलिस को बुलाएँ?" शशि भी तब तक पहुँच चुका था।

"पुलिस को बुला के क्या ख़ुद की ऐसी-तैसी करा लें? पोस्टमार्टम जब होगा, तब होगा, उससे पहले तो पुलिस हमें ही धरेगी। ऊपर से पी और रखी है हमने, सबसे पहले हमें ही अंदर करेगी कि तुम इतनी दूर से यहाँ का घुइयाँ छीलने आए थे।" नेहने बोला।

बात तो सही थी। पुलिस के काम करने का तरीक़ा ऐसा ही होता है और फिर उन तीनों की हालत देखकर उन पर सबसे पहले शक जाना लाज़मी था। किसी की मदद करने के चक्कर में तीनों फँस गए थे। और घबराहट में उन तीनों की हालत भी ख़राब हो रही थी।

"बुढ़ऊ मरते टेम भी बैग के लिए बहुत परेशान हतो। इतनो भारी बैग है, न जाने का भर रखो है जा में? मैं तो सोच रहा था कि कोई दवाई-बवाई होगी जिसे बुढ़ऊ खोज रहे हैं!" ये कहते-कहते शशि ने बैग की चेन खोल दी।

उसके खुलते ही तीनों की आँखें और मुँह मौर्या से भी से ज़्यादा खुल गए।

कानों में जैसे शंखनाद होने लगा, मंदिरों के घंटे की आवाज़ आने लगी, मंत्रोच्चार सुनाई देने लगा-

मंगलम भगवानरुपया, मंगलम नोटाध्यजः
मंगलम टाटाए बिड़ला, मंगलम अंबानी बनि

पैसा स्वेग है, पैसा उन्नति
पैसा स्वर्ग का द्वार है
रुपया जननी, रुपया पितृ है
रुपया बंधु-बांधवम
रुपये से सब काम संभव
रुपया मुक्ति मार्ग मम

पैसा इष्ट है, पैसा मित्र है
पैसा है छोटा ख़ुदा
दुनिया का जो सब झोल है
पैसे का ही तो सब खेल है

होंगे अब सब काम पूरे
जो कभी कर न सके
धंधा होगा, ब्याह होगा
बाल बच्चे सब रहेंगे मौज में
जैसे हों राजा बने हम कन्नौज में

पैसे से नीरव भी मोदी
पैसे से माल्या बना
पैसा न हो तो सुदामा
जो हो तो हर मंत्री सखा

पैसे से मन में हो आनंद
सब कष्ट मुक्ति माल से

दुनिया में बढ़ती है इज़्ज़त
अब पूछ होगी माल से

पैसे से विदेश यात्रा
पैसे से बंगला बने
पैसे से तुम घूस देकर
दिन-ब-दिन आगे बढ़ो
पैसा हो जो जेब में तो
जहाज़ से पहाड़ चढ़ो
ॐ रोकड़ाय नमः, ॐ नोटाय नमः, ॐ पैसा पैसा पैसा...

"बाप रे बाप!" नेहने के मुँह से निकला।

"अले जे मेले को ही ही नज़ल आ लहा है या तुम भी वैसा ही देख लहे हो?" बिंटू आवेश में तुतलाने लगा।

"इतनो पइसा! मैंने अपनी पूरी ज़िंदगी में इतने नोट न देखे। मैं तो इसे भारी कह रहा था। मेरे को क्या मालूम थी कि लक्ष्मी मैया साक्षात ख़ुद ही इसमें बैठी हैं।" पैसा देखकर शशि भी बौराने लगा।

एक तरफ़ जहाँ डेड-बॉडी पड़ी थी, वहीं दूसरी तरफ़ नोटों का भरा बैग वो भी खुला हुआ, जिसका दावेदार दो मिनट पहले परलोक सिधार चुका था। तीनों का दिल जोशो-ख़रोश में ज़ोरों से धड़क रहा था। उन्हें समझ नहीं आ रहा था कि डर ज़्यादा लग रहा है कि ख़ुशी ज़्यादा हो रही है। उन्हें लगने लगा कि वो बैग नहीं उन तीनों की क़िस्मत है, जो सामने खुली पड़ी है।

"गुरु! लग रहा है कि हमारा ही नसीब है जो यहाँ खींचकर हमें लाया है। क़िस्मत आज ज़ोर मार रही है।" वो तीनों थोड़ी दबी आवाज़ में कह रहे थे लेकिन उनकी ख़ुशी थी जो दाबे नहीं दब रही थी। वो तो ऐसे छलक-छलककर गिर रही थी, जैसे बाल्टी भर गई हो लेकिन नल है कि भड़ाभड़ चले ही जा रहा हो।

"और इस पैसे का क्या करें? इसको तो कोई पूछने वाला भी नहीं नज़र आ रहा है। ये तो ख़ुद चलकर हमारे पास आया है तो हमारा ही हो गया न।" शशि बोला।

"बात तो सही कह रहे हो भैया। इस बैग को लेके चुपचाप निकल लेते हैं, किसी को ज़्यादा समझ नहीं आएगा कि हुआ क्या?" नेहने ने अपनी बात लाश को देखते हुए रखी।

"हाँ वैसे भी तो बुढ़ऊ अकेले ही तो हतो घर में कौने मालूम चल रही है कि पैसा कहूँ दे दियो या कछु और करो। चुपचाप सरक लेते हैं।" शशि ने आख़िर लाइन भी चुपचाप ही कही।

"लेकिन यार है तो ये दूसरे का ही माल। इस पैसे पे इसके घर वालों का हक़ है। मेरी मानों तो थोड़ा-सा निकाल लो और बाक़ी छोड़ के चुपचाप चलो।" बिंटू थोड़ा डर रहा था।

"अब क्या थोड़ा और क्या ज़्यादा? जे तो अब पूरा ही हमारा है। अब भगवान जी ख़ुद ही आके तो देके नहीं जाएँगे। उन्होंने रास्ता बनाया है हमाये लिए और पैसा भी वो हमें ही दे रहे हैं। जे तो ऐसी लग रही है कि हमारे कर्मों का नतीजा है। कछु बढ़िया काम करो है तुमने जीवन में, नहीं न? लेकिन आज किया तो देखो फल तुरंत दिया ऊपर वाले ने। न हम इस डोकरा की मदद करने यहाँ आते और न हमें ये पैसा मिलता। ये सब हमारे ख़राब दिन, हमारी ग़रीबी दूर करने के लिए आया है। अब अगर यहाँ से ऐसे ही गए तो समझ लो अपनी लक्ष्मी जी को लात मारकर जा रहे हैं। फिर दोबारा हमारे दरवाज़े की कुंडी खटकाने न आएगा ये नसीब।" नेहने ने बिंटू को लंबा-चौड़ा लेक्चर पिलाया जिससे बिंटू की दुविधा भी शांत हो गई।

"मैं तो कह रहा हूँ जल्दी निकल लो। कहीं कोई आ न जाए।" शशि वहाँ से तुरंत निकल जाना चाह रहा था।

"लेकिन ऐसा तो नहीं भैया कि बुढ़ऊ ख़ाली बेहोश ही भये हों, हमारे जाने के बाद होश में आ जाएँ और सवेरे तक पुलिस लेके खोजने लगे हमें।" बिंटू को थोड़ी आशंका थी।

नेहने और शशि को भी उसकी आशंका में थोड़ा दम लगा। तीनों ने लाश की तरफ़ देखा तो उसका एक हाथ जो सीने पर था वो वहाँ से हटकर नीचे आ गया था अब उन्हें थोड़ा-सा डर लगा। लाश में जान बिलकुल भी नहीं होती लेकिन बड़े-बड़े सूरमाओं को उससे डर ज़रूर लगता है।

शशि ने कहा, "नेहने, चेक कर ज़रा साँस तो न चल रही है कहीं!"

"मैं! मेरे को चेक कहाँ करनी आती है भैया, तुम बड़े हो, ज़्यादा समझदार

हो। तुमई देख के बताओ न...” नेहने का भी वही हाल था।

“हाँ वैसे तो बड़ो पहलवान बनो फिरेगो और अब दस्त लग रहे हैं।” शशि उसकी बात समझ रहा था। फिर कुछ सोचते हुए बोला, “लाओ मैं ही चेक करूँ।”

डरते हुए क़दमों से शशि धीरे-धीरे उसकी तरफ़ बढ़ा। उसने उसका हाथ पकड़कर नब्ज़ चेक करनी चाही, लेकिन उसको कुछ समझ नहीं आया। उसने मुड़कर अपने दोस्तों की तरफ़ देखा जो उसकी ही तरफ़ देख रहे थे। उसने फिर हिम्मत करके अपना कान मौर्या की छाती से लगाया। थोड़ी देर तक कान लगाए रखने के बाद भी जब धड़कन का निशान नहीं मिला तो वो बोला, “बुढ़ऊ तो निकल लिए सच में ही।”

इस बात को वो ऐसे ख़ुश होकर बता रहा था जैसे मौत की नहीं बच्चा होने की ख़बर दे रहा है कि बधाई हो जी लौंडा हुआ है तुम्हारे तो। शशि अपना सर वहाँ से हटा नहीं पाया था कि मौर्या का दूसरा हाथ जो कि गर्दन पर था वहाँ से हटकर शशि के सर पर आ गिरा। शशि वहीं दो बिलांद उछल पड़ा, “अरी मैया! जे काहे?”

नेहने और बिंटू अपनी हँसी दबाकर हँस रहे थे। शशि को माजरा समझ आया। वो भी हँसकर बोला, “अब सरक लेओ यहाँ ते, कहूँ सच में ही बुढ़ऊ उठ के न बैठ जाएँ और कहने लगें, चौरें कहाँ ले जा रहे हो मेरो माल?”

नेहने ने लपककर बैग की चेन बंद की और उसे अपने कंधे पर उठा लिया और तीनों वहाँ से बाहर निकलने लगे। बुढ़ऊ अब भी सोफ़े पर आँखें निकाले पड़े थे। जाते वक़्त एकबारगी तो तीनों को लगा कि मौर्याजी उन्हें ही घूर रहे हैं। वो भी दूसरे के माल को ऐसे लेकर जा रहे थे जैसे कि उन्हीं का हो, बिना किसी अफ़सोस और अपराधबोध के। लेकिन आप सोचकर देखिए कि आप एक साधारण से घर में पैदा हुए हों जहाँ रोज़मर्रा की ज़िंदगी के लिए संघर्ष करना पड़ता हो, आप की कल्पना भी लाख-पचास हज़ार रुपयों की हो और अचानक से आपको लाखों रुपयों से भरा बैग मिले तो यक़ीन मानिए आपको क़तई बुरा न लगता वो बैग अपने कंधे पर उठाकर भागने में। इंसान के व्यवहार का ज़िम्मेदार उसके भोगे हुए हालात होते हैं और उन्हीं हालात के चलते बनता है आदमी का चरित्र। जाते-जाते नेहने की नज़र बार केबिनेट की तरफ़ गई जहाँ विदेशी बोतलें झाँक रही थीं। एक बोतल तो बाहर ही रखी हुई थी।

"भैया, दो-चार बोतल भी उठा लें? कैसी सुंदर लग रही हैं और देखो तो सही हमारी तरफ़ ही देख रही हैं, जैसे कह रही हों के हमें ऊ ले चलो ससुर..." नेहने ने मुस्कुराते हुए शशि से कहा।

"अबे इतना माल मिलने के बाद भी बोतल सूझ रही है! कोई आलतू-फालतू काम नहीं जिससे किसी का शक बढ़े।" शशि भी बाक़ी दोनों की तरह थोड़ा घबराया हुआ तो था लेकिन फिर न जाने क्या सोचते हुए उसने भी दाँत निकालकर कहा, "चल एक आद तो ले ही ले अभी की तो उतर गई है वैसे भी, आज की रात तो काम आ ही जाएगी।"

नेहने ने मुस्कुराते हुए सामने रखी बोतल उठा ली और दबे पाँव साए की तरह अपने आस-पास ये देखते हुए कि कोई उन्हें देख न ले, वहाँ से निकल आए। बाहर आकर उन्होंने दरवाज़ा भिड़ा दिया। दबे क़दमों से वो नीचे उतरे और कुछ दूरी तक तो मोटरसाइकिल चालू ही नहीं की चुपचाप खिसकाकर ले गए। नेहने बैग लेकर थोड़ा आगे तक भागा। फिर पीछे से मोटरसाइकिल लेकर शशि और बिंटू भी पहुँच गए। तीनों बाइक पर बैठे और वहाँ से निकल लिए। सबसे पहले नेहने का घर पड़ा वहाँ सब सुनसान भी था, कोई नहीं था आस-पास। इसलिए उन्होंने बैग वहीं रख देने का सोचा। अंदर पहुँचने के बाद उनकी घबराहट और डर थोड़ा कम हुआ। अब जब साँस क़ाबू में आई तो बदन ख़ुशी के मारे हिलोरे लेने लगा।

"बिंटू, गिन के तो देख यार कितना रोकड़ा है?" नेहने ने कहा।

"यार इतनी गिनती आती होती तो अब तक मैं पटवारी में न लग जाता। मैंने तो सपने में भी दो-ढाई लाख से ज़्यादा न देखे। और आज इतना पैसा आँख के सामने, वो भी हमारो। जी में आ रही है कि छत पे खड़े होके छाती पीट-पीटकर पूरे गुम्मट को समझा दूँ कि आज के बाद हम छिछोरे और कड़के नहीं हैं। है कोई इलाक़े में जो हमारे सामने छाती ठोक सके।" बिंटू की ख़ुशी चाय की तरह उबाल खा रही थी।

"नहीं, इसी बात का तो ध्यान रखना है। दोनों कान खोल के सुन लेओ, जादा शोबाज़ी, रंगबाज़ी नहीं करनी है। नहीं तो एक से एक चिरांद होंगी कि कहाँ से अचानक से पैसा आ गया इनपे। चुपचाप माहौल के हिसाब से करेंगे, मौक़ा देखकर।" शशि ने दोनों को समझाया।

"लेकिन फिर भी भाई इतना मज़ा आ रहा है अंदर से कि क्या बताऊँ। सब

सपने पूरे हो जाएँगे। अपने तो अच्छे दिन आ गए। बढ़िया परसाद दिया है लक्ष्मी मैया ने दिवाली के बाद छप्पर फाड़ के।" नेहने भी ख़ुद को क़ाबू में नहीं रख पा रहा था।

"श्श्श्श... अबे धीरे-धीरे। अड़ोसी-पड़ोसी जग गए तो रायतो फैल जाएगो।" शशि ने फिर साधने कि कोशिश करी।

फिर तीनों नोटों को गिनने बैठ गए ताकि पता तो लगे कि छप्पर कितने का फटा है। तीनों ने हज़ार और पाँच सौ कि गड्डियों के छोटे-छोटे टीले बना दिए। बार-बार गिनने के बाद भी कुछ-न-कुछ ग़लती हो जाती या गिनती भूल जाते। इतना पैसा गिनना उनके लिए मुश्किल काम था बड़ी देर के बाद तीनों इस नतीजे पर पहुँचे कि कुल रक़म 86 लाख है।

"86 लाख!" एक आह भरकर तीनों जहाँ बैठे थे वहीं के वहीं पीछे लुढ़क गए। कानों में बस 86-86 ही गूँज रहा था।

"वाह भगवान! तेरी लीला अपरम्पार प्रभु! अंधन को आँख देत, कोढ़ीन को काया... बाँझन को पुत्र देत और निर्धन को माया। कहाँ तो दो-चार हज़ार के लिए तरसते और आज दिए तूने सीधे 86 लाख दिए।" शशि ने हाथ जोड़कर कहा।

"और 86 के अलावा एक बोतल जॉनी वाल्कर भी।" बिंटू ने बोतल पर हाथ रखते हुए कहा।

"अब पार्टी तो बने है साब, वैसे भी पहले की तो कब की उतर गई।"

नेहने उठकर स्टील के तीन ग्लास और एक जग में पानी ले आया। एक प्याज़ काट ली, नमक डाला और थोड़ी-सी दालमोठ भी रख ली। पेग बनाकर सामने परोसे गए।

"ये तो एक दम पानी-सी जा रही है अंदर। एक दम मक्खन दारू है भैया ये तो।" बिंटू ने पेग ख़त्म करके कहा।

"भाई मेरे हिस्से कितने आएँगे।" नेहने ने भी घूँट लगते हुए कहा।

"अरे यार कैसा हिस्सा जो है सबका है। तीनों मिलकर ही करेंगे जो कुछ करेंगे, मिला भी सबको एक ही साथ में हैं।" बिंटू ने कहा।

"कितने काम बनेंगे न इतने पैसे में? घर-द्वार, गाड़ी-घोड़ा, काम-धंधे सब सेट हो जाएँगे।" शशि ने दूसरा पेग बना लिया।

"हाँ, ज़िंदगी भर के अरमान पूरे हो जाएँगे। मैं भी सोच रहूँ कि अपना हेंडीक्राफ़्ट एम्पोरियम डालूँगा। विदेशी यहाँ आते रहेंगे और 50 के आइटम को

500 में ख़रीदते रहेंगे। दूसरे की ग़ुलामी करके जी भर गया है। अब आएगा ज़िंदगी का मज़ा।" कहकर बिंटू अपनी दुकान के सपने में खो गया।

नेहने ने तो कभी कुछ इतना बड़ा करने का सोचा ही नहीं था, लेकिन फिर भी अब जब मोटा पैसा हाथ लगा है तो कम-से-कम एक जिम तो वो ज़रूर डालेगा ही। बैठे-बैठे कमाई होती रहेगी। लेकिन जिम के अलावा भी एक नाम था जो उसके दिमाग़ में बज रहा था रूपा... रूपा...

"अभी तक साला कोई लड़की नहीं देता था। कहते थे साले मेरा घर-घर नहीं कबूतरों का दड़बा है। आगे-पीछे कोई है नहीं। काम-धंधे का कोई ठिकाना नहीं है। अब साले लेन लगा के आएँगे अपनी लड़की ब्याहने को।" शशि बोला।

"अरे भैया शानदार बारात निकालेंगे अब तो तुम्हारी, और ख़ूब नाचेंगे पी के टकीला-वकीला पर।" नेहने बोला।

"चच्चे यार नाचने का बड़ा जी कर रहा है... बजाओ यार गाना ये देश है वीर जवानों का... अब मेरे से रुका न जा रहा।" बिंटू खड़े होते हुए बोला।

मोबाइल पर ही गाने बजा दिए। और तीनों पी-पीकर पागलों के जैसे बोतल उठा-उठाकर नाचने लगे। जब नाच-नूचकर जी भर गया तो शशि और बिंटू को घर जाने की सुध आई। पर बोतल में थोड़ी और बाक़ी थी, बची हुई नेहने अकेला ही न गटक जाए इसलिए एक दौर और चला। थोड़ी देर बाद शशि और बिंटू अपने-अपने घर जाने को खड़े हुए। नेहने अभी तक ज़मीन पर पड़े-पड़े दो घूँट पिला दे साक़िया गुनगुना रहा था। उनके जाने के बाद नेहने ने दरवाज़ा बंद किया। एक नज़र फिर पैसों के बैग पर नज़र डाली और ख़ुश होते हुए सो गया।

कर्मा इज़ अ बिच। अच्छे हों या बुरे, सब कर्मों का हिसाब रहता है और कर्मा की ख़ासियत ही यही है कि साला जहाँ जाओ पीछे-पीछे आता ही है। हरी अनंत, हरी कथा अनंता वैसे ही मनी अनंत, मनी कथा अनंता। कौन है जो उन कथाओं को पूरी तरह जानता है, वरुण की हज़ार आँखें हैं, इंद्र की सौ लेकिन मेरी और आपकी सिर्फ़ दो।

282001, ताजगंज, आगरा

आशिक़ कहो, असीर कहो, आगरे का है
मुल्ला कहो, दबीर कहो, आगरे का है
मुफ़लिस कहो, फ़क़ीर कहो, आगरे का है
शायर कहो, 'नज़ीर' कहो, आगरे का है

- नज़ीर

ये कहानी जितनी इन तीनों की है उतनी ही इस शहर आगरे की भी है। जी हाँ, आगरा को आगरे भी कहा जाता है। कहने को तो लोग कहते हैं कि सिकंदर लोदी ने इस शहर की नींव डाली थी और अकबर के नाम पर इसका नाम अकबराबाद और फिर आगरा पड़ा लेकिन हक़ीक़त में इस शहर का इतिहास महाभारत काल जितना पुराना है। तब इसे महर्षि अंगिरा के कारण अग्रवन के नाम से जाना जाता था। कहते हैं कि टॉलमी जब भारत आया तो उसे अग्रवन कहते नहीं बना और उसने इसे आगरा-आगरा कहना शुरू कर दिया और तब से ये जगह आगरा हो गई। ये तीनों नमूने जिनसे आप अभी रूबरू हुए हैं, ये आगरा की गलियों के ही शोहदे हैं, जो ताजगंज में पले-बढ़े हैं। आगरा का कोई

क़िस्सा ताजगंज के बिना कहाँ पूरा हो सकता है। ताजगंज है तो आगरा है क्योंकि ताजमहल भी तो ताजगंज में ही है।

ताजमहल जब बन रहा था तो उसे बनाने वाले कारीगरों के लिए ताज के सामने ही एक अस्थायी डेरा बनाया गया था। धीरे-धीरे वो अस्थायी डेरा लोगों का स्थायी घर बन गया। बाद में शाही दरबार से जुड़े हुए लोग, ख़ानसामा, घुड़साल की देखभाल करने वाले, मशकों में पानी ढोने वाले, पंखा झलने वाले, रात के समय रौशनी करने वाले दीपबाती, सेना में काम करने वाले लोग यहाँ बसते चले गए और वो अस्थायी डेरा ताजगंज नाम की एक बस्ती में बदल गया। आज भी ये बस्तीनुमा क्षेत्र ही है। भले ही आज भी आगरा दुनिया में अपनी इतर पहचान बनाए हुए है, लेकिन अगर मुग़लों ने अपनी राजधानी दिल्ली न शिफ़्ट की होती तो आगरा कुछ और ही होता। नज़ीर अकबराबादी जो ख़ुद ताजगंजी थे, उन्होंने इसकी गिरती हुई हालत का अंदाज़ा लगाकर ही ये बात कही होगी-

'अब तो ज़रा-सा गाँव भी बेटी न दे उसे
लगता था वर्ना चीन का दामाद आगरा'

'ताजगंज', कहने को तो ये मोहल्ला है, लेकिन अपने-आप में किसी ज़िले से कम नहीं हैं। एक मोहल्ले के अंदर भी छोटे-छोटे मोहल्ले और बस्तियाँ थीं जैसे तेलीपाड़ा, गुम्मट, गोबरचौकी या फिर बसई। हाँ तो जनाब ये ताजगंज है, यहाँ बात-बात पर रायता फैल जाता है। बात-बेबात 'करीं वाली चिरांदें' हो जाती है। नैक-नैक से मामले पर लोग मल्लाही पर उतर आते हैं।

ख़ैर! हमें इस लफड़े से क्या लेना-देना! आप भी इस पचड़े में मत पड़िए। लेकिन ये तो आप सभी को पता है कि हमारे इंडिया की विशेषता रही है अनेकता में एकता। अब चूँकि इंडिया में आगरा भी महत्त्वपूर्ण स्थान रखता है इसलिए यहाँ की एकता की तो मैं कह नहीं सकता, हाँ अनेकता ज़रूर दिखाई देती है।

उत्तर प्रदेश में लोग बात-बात पर गोली मारने की बात करते हैं लेकिन यहाँ सिर्फ़ उँगली ही काफ़ी है। यहाँ का हर हरामी अपने-आप को चंगेज़ ख़ान का भांजा समझता है। यहाँ के ज़्यादातर लोग या तो दूध और चमड़े के काम से जुड़े हैं या फिर ताजमहल के दीदार को आने वाले पर्यटकों के कारण उपजे रोज़गार से। हर तरह का बंदा आपको यहाँ की गलियों में मिल जाएगा मसलन गाइड, फ़ोटोग्राफ़र, होटलों और कैफ़े में काम करने वाले या संगमरमर और पीतल के

हैंडीक्राफ़्ट को बेचने वाले, बड़े-छोटे व्यापारी, शोहदे, लफंटर। एक पूरा तबक़ा निकम्मों, निठल्लों और आवारों का भी मिलेगा जो या तो बहुत कम काम करते या फिर किसी दूसरी तरह से ही किसी और पर रोज़मर्रा के ख़र्चे पर निर्भर रहते हैं। ऐसे लोग पूरे मोहल्ले की ख़बरों की सप्लाई यहाँ से वहाँ करते।

मुग़लिया सल्तनत के अवशेष, पुरानी इमारतों और गुम्बदों के अलावा लोगों की आदत में भी पाए जाते हैं। मसलन काम बहुत ज़्यादा न करने की वजह से लोग अक्सर ताश की फड़ें लगाए बैठे रहते, कबूतरबाज़ी करते, यमुना में तैराकी करते। छुट्टी वाले दिन तो विशेष आयोजन होता। हाथी घाट या दशहरा घाट पर पहले घंटों तैराकी कॉम्पटीशन होता फिर उसके बाद घाट पर ही हलवाई को बुलाकर दाल-बाटी छानी जाती। सब उसके लिए पहले से ही चंदा इकट्ठा करके रखते थे। फिर थोड़ी देर सुस्ताने के बाद भाँग वाली ठंडाई घोंटी जाती और दिन ढले वापस आया जाता। जैसे की मुग़लिया राजपाट अभी भी चालू हो और ख़र्चे के लिए पैसा शाही कोष से आने वाला हो। मतलब दिन भर मौजाँ ही मौजाँ।

एक से भले दो, दो से भले तीन

औसत क़द-काठी और गेंहुए रंग वाला शशि इन तीनों में सबसे बड़ा था। बाप की तो उसने शक्ल देखी भी नहीं थी और माँ बचपन में ही चल बसी थी। कुछ रिश्तेदार थे, लेकिन सब दूर ही थे, इन दोनों के अलावा ये कह सकते हैं कि उसका कोई नहीं था। बचपन में जब अकेला हुआ था तो बस्ती के लोगों ने शुरुआत में उससे बहुत हमदर्दी दिखाई लेकिन 'शहर सिखावे कोतवाल सीखे' की तरह हालात आदमी को सब सिखा ही देती है। अपनी लड़ाई आदमी को ख़ुद ही लड़नी पड़ती है। इसी कारण बचपन से ही जीने के लिए कमाना भी उसने याद न आने वाली उम्र से शुरू कर दिया था।

पहले वो ताजमहल पर पर्यटकों को हाथ का पंखा, पानी, छोटा ताजमहल जैसी चीज़ें बेचा करता था। फिर थोड़ा बड़ा होने पर कई सालों तक उसने गाइड का काम किया। हालाँकि वो ज़्यादा पढ़ा-लिखा नहीं था गाइड का काम करते वक़्त वो अंग्रेज़ी के अलावा थोड़ी बहुत दूसरी भाषाएँ भी बोलना सीख गया था। ऐसा ही है ताजगंज घर देखेंगे तो दाने नहीं होंगे खाने के लिए लेकिन शकल, सूरत, शौक़ और बातों के बादशाह ताजमहल के इर्द-गिर्द ख़ूब मिलेंगे।

हाँ तो मैं फिर से शशि पर आता हूँ। बाद में जब गाइड के धंधे में कॉम्पिटिशन

होने लगा तो उसने आने वाले टूरिस्टों को होटल दिलाने का काम भी किया। कोई टूरिस्ट ग्रुप या उनकी कोई गाड़ी दिखाई दे जाती तो वो उनके पीछे दौड़ जाता। कई बार टूरिस्ट झाँसे में आते भी तो कई बार नहीं भी। लेकिन जब कोई उसकी बातों में आकर उसके साथ चल देता तो पहले से तयशुदा होटलों में वो कमरे का इंतज़ाम करवा देता और बदले में 1000-500 रुपये की छब्बी(कमीशन) सीधा कर लेता। लेकिन नई तकनीक पुरानी चीज़ों को बेदर्दी से ख़त्म करती है। पिछले कुछ सालों में जबसे होटल ऑनलाइन बुक होने लगे तो ये काम भी बहुत मंदा हो गया था। इन दिनों वो नेहने के साथ टूरिस्टों को लोकल घुमाने-फिराने का इंतज़ाम करवाता था। शशि चंट-चालाक आदमी था और उसकी ज़िंदगी का एक ही मक़सद था ब्याह रचाना। शादी की उम्र पार किए हुए उसे तक़रीबन 5-6 साल हो चुके थे लेकिन बेचारे का कहीं रिश्ता ही नहीं लग पा रहा था और यही थी उसके जीवन की कुंठा। नेहने और बिंटू उम्र में उससे छोटे होते हुए भी पिछले कुछ सालों से उसके गहरे दोस्त, हमराज़ और सुख-दुख के साथी थे।

नेहने शशि से 4-5 साल छोटा और बिंटू से थोड़ा बड़ा था। लेकिन नेहने ने हाईस्कूल पास करने में कई साल लगाए थे इसलिए अब बिंटू के साथ ही B.A. फ़ाइनल में अटका था। नेहने शशि की तरह ही ताजमहल पर पार्ट टाइम फ़ोटोग्राफ़ी का काम करता था, लेकिन मोबाइल के बढ़ते पिक्सल कैमरा के साथ उसका काम भी दिन पर दिन छोटा होता गया। ग़रीबी की मार उसने भी बचपन से ही देखी थी। ग़रीबी वो ज़हर होती है, जो आदमी को रोज़ किस्तों में मारती है। वो भी बचपन से ऐसे ही मरता आ रहा था। अब जब जवान हो गया था तो रोज़ कमाओ और रोज़ खाओ वाला हिसाब था।

नेहने नाम से ही नहीं बल्कि लंबाई में भी वैसा ही था। लंबाई देने में ऊपर वाले कंजूसी करते हुए मेटेरियल थोड़ा कम लगाया था और उसका रंग भी थोड़ा दबा हुआ ही था। वो दिमाग़ से थोड़ा ठस्स और शरीर से पहलवान था। बचपन में वो कलुआ अखाड़े के बौना उस्ताद का चेला था, जिनके बारे में पूरे इलाक़े में क़िस्सा मशहूर था कि अखाड़े के पीपल के पेड़ पर रहने वाले भूत से जवानी में बहुत बार कुश्ती लड़ी थी। फिर जब धीरे-धीरे वो बुढ़ाने लगे तो उन्होंने अखाड़ा जाना बंद कर दिया था लेकिन उस भूत को तो कुश्ती का चस्का लग चुका था। जब बहुत दिनों तक बौना उस्ताद अखाड़े नहीं आया तो भूत बैचेन होकर सीधा उसके घर ही कुश्ती लड़ने पहुँच गया और आख़िरकार उन्हें पटखनी दे

ही आया। तब से उनका शरीर लकवे का मारा हो गया था। जब तक ज़िंदा थे तो अखाड़ा भी ज़िंदा था उनके जाते ही वो भी बंद हो गया। बाद में नेहने ने भी जिम का रुख़ कर लिया।

बचपन में ज़ब दिलवाले मूवी देखकर सब अजय देवगन के फ़ैन बनते थे वो न जाने कैसे सुनील शेट्टी का जबरा फ़ैन हो गया था। अब तो दिखने में भी सुनील शेट्टी का छोटा वर्जन लगने लगा था। सब उसे मज़ाक़ में अन्ना और सुनील शेट्टी ही कहते थे और वो भी उसी अंदाज़ में दो-चार डायलॉग और लटके-झटके मारना सीख गया था।

बिंटू की तरह वो आशिक़-मिज़ाज तो नहीं था लेकिन फिर भी एक रेस्टोरेंट के रिसेप्शन पर काम करने वाली लड़की रूपा पर उसका दिल अटका हुआ था। आए दिन वो उसके रेस्पोरेंट में चाय-कॉफ़ी पीने चला जाता और बैठा-बैठा उसे ताकता रहता और मन-ही-मन 'ना कजरे की धार, न मोतियों के हार, न कोई किया श्रृंगार फिर भी कितनी सुंदर हो...' गाता रहता। लड़की भी धीरे-धीरे उसके मिज़ाज को भाँप गई थी और कभी उसे अकेले में कहीं मिल जाती तो उसे स्माइल पास कर देती थी। बस वहीं से नेहने का काम पैंतीस होने लगा था। उसकी दिली तमन्ना थी कि अपने सपनों की रानी को बैंड-बाजा, शहनाई के साथ डोली में विदा कराकर अपने घर ले आए। और ऐसा एक दिन होगा उसे पूरा यक़ीन था।

बिंटू, नेहने और शशि दोनों की तुलना में ही नहीं बल्कि वाक़ई में ख़ूबसूरत था। ठीक-ठाक लंबाई, गोरा चिट्टा रंग और अपने भूरे बालों में वो क़तई हॉलीवुड का सस्ता हीरो नज़र आता था। आस-पास की कई लड़कियाँ उस पर फ़िदा थीं। लेकिन वो शालू पर फ़िदा था। प्यार का बुख़ार जब लपेटे में लेता है तो आदमी तेज़ हवा में हिलते हुए पीपल के पेड़-सा हो जाता है जिस पर बैठे हुए भूत कूदने लगते हैं। प्यार चूँकि उफ़ान पर था तो उसे शालू को पाना था हर क़ीमत पर। लेकिन बात पड़ोस और बस्ती की ही थी तो शादी-ब्याह जैसी बात थोड़ा मुश्किल थी। बस्ती-मोहल्ले के हिसाब से आस-पास के सब लड़के-लड़कियाँ एक-दूसरे के भाई-बहन होते हैं और भाई-बहन वाली उन्हीं आज़ादियों के चलते ही तो दोनों का प्यार परवान चढ़ा था।

यूँ तो उसका प्यार बहुत ज़्यादा पुराना नहीं था लेकिन छह महीनों में छह जन्मों की प्यास सिर उठा चुकी थी। शालू भी कम तीखे नैन-नक्श वाली नहीं

थीं। डेढ़ लाख फ़ॉलोवर्स के साथ teekhi_shaalu नाम से वो आगरा की टिक-टॉक स्टार थी। दोनों दिन भर ख़यालों में ही एक-दूजे में डूबे रहते और एक-दूसरे को टिक-टॉक बनाकर भेजते रहते। बिंटू जबरदस्ती उसकी गली के चक्कर लगाता रहता और शालू भी बार-बार गली में ये झाँकती रहती कि कहीं बिंटू तो नहीं गुज़र रहा। कुछ नहीं तो छज्जे पर खड़े होकर एक-दूसरे से फ़ोन पर बतियाते रहते। बिंटू पतंगबाज़ी के बहाने कोई सस्ती शायरी पतंग पर लिखकर उसे शालू की छत पर गिरा दिया करता था। बिंटू को इंतज़ार था तो सही मौक़े का जब उसकी ज़िंदगी कोई अच्छा मोड़ ले और वो हमेशा के लिए शालू को अपना बना सके। वक़्त तो उन सबका बदलने वाला था, लेकिन समय का ऊँट जब सुस्ताने बैठता है तो जाने किस करवट लेगा ये ख़ुद ऊँट को भी नहीं पता होता है।

अढ़ाई दिन की बादशाहत

अगली सुबह पूरी मस्ती में नेहने अँगड़ाई लेते हुए उठा। सर्दियों में सूरज थोड़ा देर से ही गर्म होना शुरू होता है। अब तक गुनगुनी घाम घर के चबूतरे पर फैलने लगी थी और रौशनदान से छनकर उसके कमरे तक आ रही थी। रात की शराब की ख़ुमारी तो उतर चुकी थी, लेकिन पैसों की गर्मी शरीर में उबाल मार रही थी। ताजगंजी आदमी रात को न जाने कैसे ख़ामोश सो जाता है। लेकिन रात की चुप्पी को वो सुबह होते ही वसूलना शुरू कर देता है। सवेरे से ही लोग घरों के बाहर निकलकर डाबर लाल या निराला दंत मंजन से दाँत रगड़ने के बहाने गलियों में निकल आते और दाँत घिसते हुए दुनिया जहान की बातें बनाने लगते। लेकिन ये सुबह थोड़ा अलग, कुछ ज़्यादा एक्साइटमेंट लिए हुए थी।

"पाकिस्तान की तो कह रहे हैं पूरी ऐसी-तैसी है जाएगी। उनकी तो पूरी व्यवस्था ही हमारे नोटों पे चलती रही है और आतंकवादी अब सब कोमा में चल देंगे। जो पैसा इकट्ठा कर रखो होगो, वो सब तो अब कूड़ा है, का करेंगे अब ?" एक औरत कह रही थी।

"अभी तो कह रहे हैं कि मैंने एक ही इंजेक्शन दयो है अबई तो दो और बाकी हैं।"

"लेकिन सही में न चलेंगे तो फिर का होगो। हमारे पास जो है उनको का करेंगे।" दूसरी औरत ने शंका ज़ाहिर करी।

"हम तो कह रहे हैं बहुत सही है। हमारी का है बहुत झाड़ के निकालेंगे तो 10-20 निकल आएँगे। जिन्होंने अपने घरों में सोफ़े, गद्दा, दीवार में चिनवा रखे होंगे उनकी सोचो, उनको का हाल होगो? बहुत ऐंठते हते, सब ऐंठन निकल जाएगी धन्ना सेठन की।"

नेहने अपनी ही मस्ती के ख़ुमार में था। आधी बात उसे सुनाई पड़ी थी और आधी नहीं। अपनी ख़ुमारी में चूर उसने ऐसे ही बतियाने को पूछ लिया, "अरे कहाँ की बात चल रही है ताऊ?"

जिन ताऊ से उसने सवाल किया था असल में वो जगत ताऊ थे और क्या छोटा और क्या बड़ा पूरा मोहल्ला ही उन्हें ताऊ कहता था। एक नंबर के गपोड़ीबाज़ आदमी थे। पहेलियाँ बुझाना उनका पसंदीदा शौक था और उनके क़िस्से सुनाने का अंदाज़ भी निराला होता था। बस बैठ जाओ और क़िस्से सुनते रहो पूरे दिन, न ख़ुद काम करें और जो बैठ जाए उनके पास तो वो भी काम-धंधे से जाए।

वो बोले, "ले तोये कछु ना मालम?"

"का ना मालम? कछु बताओगे भी?" नेहने उनके पास जाकर बैठ गया।

"रात की कोई बात न मालम?" उन्होंने थोड़ा आगे झुककर अजीब तरीक़े से पूछा तो नेहने कल रात की बात याद करके थोड़ा-सा डर गया। वो सोचने लगा कहीं इन्हें कोई भनक तो नहीं लग गई। फिर हकलाते हुए बोला, "क... क्क... कौन-सी बात? मेरे को का मालम?"

"लेओ जाए तो कछु मालम ही ना हैं।" ताऊ ने आस-पास बैठे लोगों से हँसते हुए कहा तो सब मुस्कुराने लगे। "अब तो तेरे को पूरी बात बतानी ही पड़ेगी, लेकिन वाके लिए एक क़िस्सा सुननो पड़ेगो, सुनाऊँ?"

उनकी बात सुनकर थोड़ा रिलैक्स हुआ। फिर उसे समझ आया कि ताऊ तो ऐसे ही बकैती करने के चक्कर में हैं, भला उन्हें रात की बात कैसे पता चलेगी। वो तो खामखा ही घबरा रहा था। तसल्ली पाकर वो भी बोला, "हाँ सुनाओ सुनाओ।"

ताऊ गला खँखारकर बोले, "तो लाला, तेने गंगाधर पटेल और बुलाकीराम नाई को तो नाम सुनो ही होगो?"

“ना हमने तो ना सुना।” नेहने तपाक से बोला।

“धत्त तेरे की! जे आज कल के मौड़ा-मौड़ी तो कछु ना जाने हैं। ये बैमन गाँव है न यहीं से 25-30 किलोमीटर पे, वहाँ बहुत समय पहले एक ज़मींदार गंगाधर पटेल रहो करते, वो बड़े ही ज्ञानी आदमी हते। उनको एक चेला था बुलाकीराम नाई, जो उनका हुक्का, सेवा-पानी करता था। बुलाकी भी तेज बुद्धि का आदमी था। एक बार गंगाराम के मन में आई कि चलो कहूँ घूम के आया जाए। उन्होंने अपने चेला बुलाकी को बुलाया और अपनी इच्छा बताई और साथ ही उसे भी साथ चलने को कहा। अब गाँव छोड़ के इतने दिन के लिए कौन जाए, लेकिन जमींदार जी को मना भी कैसे करें तो बुलाकी ने कहा कि महाराज चल तो मैं दुंगो लेकिन अगर मैंने कोई भी अजीब चीज़ देख मेरे मन में कोई शंका भई तो आपको उसका समाधान करना पड़ेगो और अगर ऐसा न हुआ तो मैं वहीं तुरंत तुम्हें छोड़के वहाँ ते चलो आऊँगो। गंगाधर ने हँसते हुए बुलाकी की बात मान ली।”

नेहने के साथ बाक़ी लोग भी ध्यान से उनकी बात ऐसे सुन रहे थे जैसे पंडित जसराज सवेर ही सवेरे राग भटियारी सुना रहे हों।

“तो भई, फिर ऐसी लला कि वो रात में यहीं गोबर चौकी पुलिया वाली मीठी प्याऊ की धर्मशाला में रुके हते और बुलाकी निकलो हतो खाने-पीने की व्यवस्था करने। वहाँ न जाने ऐसों का देख के आयो कि धर्मशाला पहुँचते ही उसने अपनी संदूक निकाली और अपने कपड़ा-लत्ता भरन लगो। गंगाधर ने कही के रे बुलाकी का भयो कैसे पगला रह्यो है। बुलकी नाई बोला कि महाराज ऐसो सीन देख के आ रह्यों हूँ कि आप पे बताए न बतेगी। तो तासे में अपना सामान लऊँ और चलूँ यहाँ से। देश भ्रमण अब तुम्हीं करो। तो गंगाधर हँसते हुए बोले कि बेटा बुलाकी बता तो सही का देखो तेने? हमें भी मालम पड़े। तो बुलाकी बोला कि महाराज में तुमाए खाने के लिए बिड़ई, जलेबी, रबड़ी इत्यादि सामान लेके निकला था और देखा कि रस्ते में एक बरात जा रही है और बरात भी कोई ऐसी-वैसी न; शाही बरात एक दम। दूल्हा घोड़ी पे बैठा था, बराती संग चल रहे और बैंड पे गाना बज रह्यो के आज मेरे यार की शादी है, ऐसा लगता है जैसे पूरे संसार की शादी है। तो गंगाधर बीच में ही बोल पड़े कि बेटा इसमें अनोखा क्या है ये तो हर बरात में ऐसा ही होवे है। तो बुलाकी झल्ला के बोला कि देखो बीच में मत टोको ज़मींदार साब, पूरी बात सुन लेओ। तो मैंने देखी कि एक आदमी जो

कि लड़के का बाप ही होगा। अपनी कमर में लटकी पोटली में से शाही सिक्के निकाल-निकाल के बरात पर लुटा रह्यो है और आश्चर्य कि बात ये है कि कोई भी आदमी उन अशरफ़ियों को उठा ही नहीं रहा है। सब ऐसे उन्हें पैरों से दबाते हुए आगे बढ़े जा रहे हैं जैसे पैसा न हो धूल-मिट्टी हो। और इससे भी ज़्यादा ताज्जुब की बात ये है कि ख़ाली एक लड़का उन अशरफ़ियों को अपनी झोली में कूद-कूद के भर रहा है, सड़क से उठा रहा है। लोग उसके हाथों को अपने पैरों से कुचले दे रहे हैं पर वो है कि मान ही नहीं रहा। और दूल्हे का बाप जो ख़ुद ही शाही वेशभूषा में है चिल्ला-चिल्ला के कह रहा है कि चली के न चली। अब बताओ इस गुत्थी का उत्तर है आपके पास?

सब बात ध्यान से सुनके गंगाधर पटेल मुस्काते हुए बोले कि बुलाकी, तेरी शंका का समाधान है मेरे पास, पर पहले मेरे को जींम (भोजन) लेन दे। फिर मैं तेरे को बताता हूँ। बुलाकी बैठ गया और गंगाधर खा-पी के बीड़ी जलाते हुए बोले कि सुन बुलाकी, बात तबकी है जब शेरशाह और हुमायूँ के बीच चौसा का युद्ध हो रहा था। युद्ध में हुमायूँ की हार हो गई और जान बचाने के लिए उसके सैनिकों ने उसे एक हाथी पर बैठाकर नदी में कुदा दिया कि महाराज नदी पार करो जल्दी दुश्मन बस पीछे ही है। नदी में बाढ़ आई हुई हति और बहाव बड़ा तेज़ रहा। हाथी डूबने लगा और हुमायूँ पे तैरना नहीं आता था वो डूबने लगा। तभी वहीं आ पहुँचा एक भिश्ती निज़ाम नाम का। उसने अपनी मशक पर हुमायूँ को लिटा के नदी पार करा दी और ऐसे हुमायूँ के प्राण बचे।

बाहर आके हुमायूँ ने निज़ाम से कही कि जान ले तूने किसकी जान बचाई है। बता क्या चाहिए तुझे? निज़ाम बोला महाराज अभी तो आपके पास ही कछु नाए जो आप मेरे को दोगे लेकिन अगर आप फिर से बादशाह बन जाओ तो मुझ ग़रीब को भी अपनी रियासत का अढ़ाई दिन का बादशाह बना देना। हमें आगरा के सेठों को मसक चलाकर दिखानी है, बस इतना ही चाहिए। अब हुमायूँ इस समय जान बचने से बड़ा ख़ुश था उसने भी प्रभु की तरह कह दी कि तथास्तु!

फिर जब बाद में जब हुमायूँ गद्दी पे फिर से बैठा तो उसे अपनी बात याद आई उसने निज़ाम को बुलवा के अढ़ाई दिन का बादशाह उसे बना दिया। निजाम के घर में बहुत सारी चमड़े की पुरानी कटी-फटी मसक रखी थी। उसने वो सब मँगवा ली और उनमें से गोल-गोल चमड़ा सिक्के के जैसा कटवा दिया, फिर उसपे शाही मोहर लगवा के घोषणा करवा दी कि आज से चमड़े के सिक्के ही

अशरफ़ी। शाही ख़ज़ाने से जिसे भी धन दिया जाएगा वो इन्हीं सिक्कों के रूप में होगा और बड़े-बड़े धन्ना सेठों से सोने कि मोहरें निकलवा ली और बदलें में क्या दिया वही चमड़े के सिक्के। अब बादशाह को कैसे मना करे कोई। दो दिन सिक्के ख़ूब दबा के चले फिर तीसरे दिन ज़रूरी काम में निज़ाम को अपने लड़के कि शादी भी करनी थी। उसने सोचा अभी करवा लेओ यार थोड़ी पूछ भी है मार्केट में, कल के बाद कौन पूछेगो हमें।

उसने आनन-फानन में लड़के की शादी पक्की करके बारात निकाल दी। और ख़ुशी में वही चमड़े के सिक्के उछाल रहा था और पूछ रहा था के चली के न चली। और लोग उन सिक्कों को इसीलिए नहीं उठा रहे थे कि कुछ देर बाद ही पूछेगा कौन इन्हें, जान देओ, मरन देओ। तो बेटा बुलाकी तुम अभी उसी बारात को देखकर आते हुए लग रहे हो।"

बुलाकी कुछ बोलता उससे पहले नेहने बोल पड़ा, "ऐ ताऊ, कहानी तो तुमने बड़ी लंबी-चौड़ी सुना डाली लेकिन जो बात चल रही थी वो कहाँ गई? उसका इस सबसे क्या मतबल है?"

ताऊ ने भी अपने कुर्ते की जेब में हाथ डाला और बीड़ी निकालकर सुलगा ली फिर धुआँ के साथ-साथ खाँसी छोड़ते हुए बोले, "क्योंकि आज के टेम में भी एक ऐसे ही युगपुरष आए हैं जो रातों-रात पुराने पैसे को कूड़ा बना दिए हैं।"

"कौन हैं वो युगपुरुष?" नेहने को कुछ ढबका-सा तो हुआ लेकिन बात अभी भी उसको पूरी समझ नहीं आई।

"उनको ऊ नाम पतो लग जाएगो, लेकिन पहले जे तो पूछ ले कि वो बाबलों कौन हतो जो चमड़े के सिक्के बटोरे डौल रह्यो हो?" ताऊ ने हँसकर कहा तो उनके साथ आस-पास बैठे सब लोग हँसने लगे, लेकिन नेहने को उनकी हँसी का कारण समझ नहीं आया।

"हाँ जेऊ बता देओ के कौन हो वो बाबरसिल्लो?"

"पहले जान ले वो युगपुरुष हैं कौन? वो हैं अपने परधानमंत्री मोदी जी और वो बाबरो हतो वो जाए कछु मालूम ही ना हति कि कल से सिक्का चलेंगे ही नहीं जैसे के तू बाबरो है, कछु पतो ही ना हैं।" और ताऊ के साथ-साथ सब ज़ोर-ज़ोर से हँसने लगे।

"पूरी दुनिया को मालम है नोटबंदी है गई है और इन्हें कछु ख़बर ही ना है।" हँसते हुए एक औरत बोली।

"नोटबंदी? कैसी नोटबंदी?" ये शब्द नेहने ने पहली बार ही सुना था लेकिन उसका मन अजीब से डर से भर गया।

"पनसउवा बंद कर दये।" दूसरी औरत ने अपने दाँत रगड़ना रोककर कहा।

"और हजारी भी।"

"क्या बंद कर दिए?" नेहने ने फिर पूछा।

"नोट और क्या!" एक आदमी ने थोड़ा चिल्लाकर कहा।

"ऐसे कैसे बंद कर दिए? किसने बंद कर दिए?" नेहने घबराया हुआ उठकर खड़ा हो गया।

"अरे सरकार ने बंद कर दिए, मोदी जी ने बंद कर दिए।"

"सही बताओ यार, सुबह-सुबह नाटक मत करो।"

"ले हमारी बात पे यक़ीन न है तो टीवी देख ले, मोबाइल में चेक कर ले या अख़बार पढ़ ले मालूम चल जाएगी। लेकिन तेरा मुँह क्यों सूज रहा है सुन के? तोपे कौन-सी गड़ी माया रखी है? तोपे तो माया के नाम पे मौसी ही है।" ताऊ हँसते हुए बोले।

नेहने समझ गया ताऊ का इशारा दाँत घिस रही पड़ोस की मौसी की तरफ़ है लेकिन अनजान बनता हुआ बोला, "ना-ना माया की बात नहीं है, इंडिया उलट-पुलट है जाएगो। ऐसो कैसो होगो वोही समझ में नहीं आ रही।"

"आ जाएगी बेटा सब समझ में आ जाएगी... मोदी है तो मुमकिन है।"

नेहने घर के अंदर मोबाइल लेने को भागा। रात को जो उनके साथ घटा था, उसमें वो दुनिया को भूल ही गए थे। अपना मोबाइल तक किसी ने चेक नहीं किया था। उसने अपना मोबाइल उठाकर नेट चालू किया तो ढेर मेसेज आने लगे। जिन्हें पढ़कर नेहने के पैर काँपने लगे और वो वहीं माथे पर हाथ रखकर नीचे बैठ गया। उसके समझ ही नहीं आया कि ये आख़िर उनके साथ ये हुआ क्या है। कुछ पलों के बाद उसे ख़याल आया कि चलकर बिंटू और शशि को भी ख़बर दी जाए।

नेहने घर से निकला। बिंटू का घर पास में ही था। बिंटू भी हाथ में अख़बार लिए उसकी तरफ़ ही आ रहा था। और नेहने की तरह ही उसके चेहरे का रंग भी फक्क पड़ा हुआ था।

"मिल गई ख़बर?" बिंटू ने रुआँसा होकर नेहने से पूछा।

"ख़बर... क्या ख़बर यार? जो कुछ अच्छा हो सकता था पूरी ज़िंदगी में

वो कल रात को हुआ था और ख़ुशी एक रात भी न चली। सुबह उठते हुए ही ये मनहूस ख़बर मिल गई। रस्सी हाथ में आते ही साँप बन गई।"

"मैंने तो यार उस बुढ़ऊ की ख़बर देखने के लिए अख़बार उठाया था लेकिन यहाँ तो कोई और ही ख़बर चल रही है। पढ़ते ही फट के चौहत्तर हो गई।" बिंटू ने भारी आवाज़ से कहा।

दोनों ने अब शशि को भी इस ख़बर से वाक़िफ़ कराने का सोचा आख़िर पूरी मनहूसियत वो अपने चेहरे पर ही क्यों लेकर चले अपने तीसरे पार्टनर को भी भागीदार बनाया जाए यही सोचते हुए वो शशि के घर की तरफ़ बढ़ गए। शशि अभी तक सोया पड़ा था। बहुत बार कुंडी खटकाने के बाद उसने आँख रगड़ते हुए दरवाज़ा खोला।

"रात भर चैन थोड़ी पड़ा होगा तुम दोनों को। सबेरे-सबरे ही ससुर भागते चले आ रहे हो।" उसने हँसते हुए अँगड़ाई लेकर कहा।

"लो तुम भी लो बेचैनी की दवाई।" बिंटू उसकी ओर अख़बार बढ़ाते हुए बोला।

एक मिनट के लिए तो शशि को लगा कि बुड्ढे के मर्डर केस में उनका नाम आ गया है। उसने तुरंत अख़बार लेकर देखना शुरू किया तो कुछ और ही मिला, जो मर्डर के इल्ज़ाम में फँसने से भी ज़्यादा ख़तरनाक लग रहा था। देखते-ही-देखते शशि के चेहरे के भाव भी बदल गए।

"भेंचो आज तक एक बंदी तो आई नहीं ज़िंदगी में और आज सीधे ही नोटबंदी आ गई।" अगले ही पल शशि भें-भें करके चिल्लाने लगा। उसके देखा-देखी बिंटू और नेहने भी पछाड़ खाने लगे।

"बताओ यार रात को ख़ज़ाना हाथ लगा और सुबह तक लता-पत्ती बन गया। ये तो सत्यनारायन की कथा के जैसी बात हो गई। क्यों रूठ गए ऊपर वाले हमसे?" बिंटू ने दुखी मन से कहा।

"मेरे कू तो लग रह्यो है वो बुढ़ऊ भी ये ख़बर सुनकर ही टें बोला होगा। सोच रह्यो होगो कि क्या होगा इस पैसे का? जिसके पास इतना पैसा हो, तो वो बेचारा सदमे से मरेगा नहीं तो क्या होगा?" नेहने ने कहा।

बिंटू अभी भी अपने दुख को दबा नहीं पा रहा था, "उसकी ख़बर भी तो देखो कहीं ऐसा न हो कि पैसा तो पानी हो ही गया है और ऊपर से उसके क़त्ल के इल्ज़ाम में भी न फँस जाएँ हम लोग।"

"ऐसे मत कहे यार नहीं तो मेरे को भी बुड्ढे के जैसो हार्ट अटैक आ जाएगो।" शशि ने अपने दिल पर हाथ रखते हुए कहा फिर दो घड़ी ठहरकर बेचैनी से उसने अख़बार को खँगालना शुरू किया तो कोने में छोटे से कॉलम में उन्हें ख़बर मिल ही गई।

'रिटायर इंजीनियर की हृदयघात और अस्थमा अटैक के कारण मृत्यु। उनके आवास में उनका शव पाया गया। बहुत देर तक फ़ोन नहीं उठाने पर नौकरों ने जाकर देखा था, लेकिन दरवाज़ा न खुलने पर लोगों की मदद से दरवाज़ा तोड़कर उन्हें निकाला गया। इन दिनों वो घर में अकेले थे, उनका परिवार इंडिया से बाहर गया हुआ था।'

ये ख़बर पढ़कर उन्हें थोड़ा सुकून मिला कि किसी भी आदमी को उनकी मौत से नहीं जोड़ा गया। लेकिन असल समस्या तो अभी भी सुरसा जैसा मुँह खोले खड़ी थी।

थोड़ी देर तक ऐसे ही ग़म में पड़े रहने के बाद शशि अपने साथ उन दोनों को भी थोड़ा दिलासा दिलाते हुए बोला, "कोई-न-कोई रास्ता तो और होगा यार। पूरे देश में बहुतेरे लोगों के पास पुराना पैसा होगा। अख़बार में भी लिखा है कि बैंक 31 दिसंबर तक नोट बदलेंगे। एक घंटे में मिलते हैं और बाहर चलकर खोजते हैं कोई तो रास्ता निकलेगा। ऐसे तो हार नहीं मानेंगे।"

शशि का दिलासा काफ़ी तो नहीं था लेकिन फिर भी बुझे मन से दोनों ने हामी भर दी। कहते हैं कि मोटे गोश्त को चबाने के लिए दाँत भी पैने होने चाहिए। पैसा तो पा गए थे लेकिन इस पैसे को सँभाले कैसे। हर किसी से पैसा सँभलता भी नहीं है। सदाबहार की तरह हमेशा जवान रहने वाला वो पैसा अब एक ही रात में बूढ़ा और पुराना हो चुका था, अब इन बूढ़े नोटों का इलाज कैसे करवाना था इसका कोई जंतर उनके पास नहीं था। आगे की लड़ाई कठिन होने वाली थी जिसके लिए वो तीनों बिलकुल भी तैयार नहीं थे।

56 इंच का सीना

थोड़ी देर के बाद तीनों चौक में मिले। चौक नाम से तो से ऐसा लगता है, जैसे कोई चौराहा हो लेकिन वो कोई चौराहा नहीं था। चौक के बीचों-बीच एक बड़ा नीम का पेड़ था जिसके चारों तरफ़ चबूतरा बना हुआ था। चारों तरफ़ 20-25 फ़ुट ख़ाली जगह छोड़कर लाइन से डिब्बे की तरह सटे हुए छोटे-बड़े मकान बने हुए थे। इस ख़ाली जगह में बच्चे खेलते, औरतें दुनिया भर की बातें बनातीं और आदमी लोग ताश की फड़ लगाए बैठे रहते। उस दिन भी निठल्ले और कामचोरों ने एक फड़ लगा रखी थी। दहला पकड़ चालू था और लोग दहले के साथ-साथ रात में हुए हादसे का सिरा भी पकड़ने की कोशिश कर रहे थे।

“सही है लल्ला ताश में 10 तक ही नंबर हैं, नहीं तो जेऊ चपेट में आ जाते।” एक ने कहा।

सब ऐसे ठहाका मारने लगे जैसे वहाँ रम्पत हरामी की कॉमेडी चल रही हो। वो ठहाका उन तीनों के दिल पर हथोड़े-सा चोट कर रहा था।

“बताओ एक ही रात में ऐसी गोली चलाई के सब में छेद हो गए।” दूसरे ने पत्ता फेंकते हुए कहा।

“लेकिन नोट तो बदले भी जाएँगे न ? ख़बर में तो यही है।”

"अरे वोही तो! कितना बदलेंगे? हमारे जैसे छोटे-मोटे आदमी की तो ठीक है। जो अपनी औक़ात से ज़्यादा मोटा पैसा लेके गया बदलने बस उसे धर लेंगे इनकम टैक्स वाले। यही तो सरकार की चाल है।" एक ने ऐसे ज्ञान झाड़ा जैसे नोटबंदी विशेषज्ञ हो।

"हम्म! बिलकुल सही कही। अरे अब कल से देखना जगह-जगह बिखरे पड़े होंगे पुराने नोट। सब साले बोरियों में बंद करके जमुना में बहाएँगे नहीं तो जे सरकार छोड़ेगी कहाँ।" दूसरा भी ऐसे बोला जैसे सरकार ने उससे पूछकर ही नोटबंदी की थी।

उन तीनों को भी ऐसे ही लगा जैसे वो रोते-रोते जमुना जी में पूरा पैसा बहा रहे हैं। जगह-जगह 1000-500 के पुराने नोट उड़ रहे हैं और गाँधी जी ज़ोर-ज़ोर से हँस रहे हैं।

वहाँ से आगे बढ़कर वो सलिल सैलून की तरफ़ चल दिए। सलिल सैलून की दुकान के बाहर 'स्मार्ट बनिए' का बोर्ड लगा हुआ था और अंदर अजय देवगन, ऋतिक रौशन, राधे भैया, संजू बाबा के साथ-साथ दो-चार विदेशी मॉडल की फ़ोटो लगी हुई थी। ये नाई लोग दुकान में फ़ोटो तो दुनिया भर की स्टाइलिश लगा रखते हैं लेकिन असल में कोई भी ऐसा नाई फ़ोटो के जैसी बाल नहीं काट पाता अलबत्ता हर आदमी के बैठने से पहले पूछते ज़रूर हैं कि कौन-सी कट कर दूँ, उड़ता पंजाब जैसी, रणवीर कपूर जैसी या फिर आमिर ख़ान जैसी सादा? अगर सच में वो वैसी कट कर पाते तो हर मोहल्लों में शोहदे नहीं मॉडल्स घूम रहे होते। ज़्यादातर आदमी इन कटों के नाम पे या तो कटोरा कट बनवा के निकलता है या फिर कलम पैनी करवाकर।

वो लोग वहाँ मार्केट का जायज़ा ही लेने आए थे। गाँव-मोहल्ले के नाई तो हमेशा से ही ख़बरों का अड्डा रहे हैं। सलिल की दुकान भी वैसी ही जगह थी।

"देख पैसे नहीं हैं खुले, 500 का ही नोट है, फिर तू राग अलापे कि छुट्टा नहीं हैं।" शशि ने कहा।

"अरे क्या बात कर रहे हो भैया, पैसे बाद में आते रहेंगे।"

"अरे वाह! पहले लो उधार के नाम पर तेरे दस्त छूटते थे? अब तू भी उधार कर लेगा?" बिंटू ने कहा।

"अरे माहौल ही ऐसा है भैया। हर आदमी मार्केट में उधार दे रहा है सुबह से। ऐसा बाण मारे हैं मोदी जी कि एकदम राम राज आ गया है भैया राम राज।"

"अच्छा! सो कैसे?"

"सुबह-सुबह घर से निकला तो सोचा कचौड़ी-बिड़ई का नाश्ता कर लिया जाए। छक के खाई। फिर एक लस्सी पी ली और एक पाव जलेबी भी बँधवा ली। पैसे मैंने जान-बूझ के 500 का नोट दिया, सोचा के खुले हो जाएँगे लेकिन देखो तो सही बाँके बिहारी वाला बोला अरे सलिल, अब सुबह-सुबह खुले कहाँ से लाऊँ? चल तेरे खाते में लिख ले रहा हूँ। अब तुम ही बताओ भैया इस बाँके बिहारी पे 500 के खुले न होंगे? जिसकी दुकान पे बोरी की बोरी रेजगारी रोज़ बँधती हों?"

"हम्म... बात तो तेरी सही है।" नेहने ने समर्थन किया।

सल्लू ने शशि के चेहरे पर शेविंग क्रीम का फ़ोम बनाते हुए बोलना जारी रखा, "फिर भैया अगरबत्ती ख़त्म हो गई थी तो अगरबत्ती ली तो उसने भी उधार लिख लिए। उसके बाद मैंने जयंती से विमल ख़रीदा तो जयंती ने भी उधार गुटखा दे दिया। अब सोचो भैया जो आदमी उधार में किसी को चूना न लगाए वो उधार बाँट रहा है। कभी देखो हतो ऐसो भाईचारा। तो राम राज हो गया न भैया!" उसने फिर कहा, "और देखो कितना ख़ुशी का माहौल है, जबरदस्ती में आदमी हँस रहा है। वो बाँके बिहारी वाला ही फालतू की बत्तीसी दिखा रहा था। जो हर समय अकड़ में मुँह बनाए बैठा रहता था।"

"क्यों हँस रहा था? उसके कौन से बारे-न्यारे हो जाएँगे? उसके पास तो पुराना पैसा बहुत होगा।"

"अरे रोएगा तो लोग समझ जाएँगे न कि काला धन छिपाए बैठा था। लुट गया है तो रो रहा है। इसलिए दुनिया को दिखाने के लिए फालतू में हँस रहा है लेकिन भीतर-ही-भीतर न भैया साले की पसलियाँ पिघल रही होंगी कि कहाँ ले जाऊँ अब ये पैसा?" सलिल बोलकर हँसने लगा। वहीं उन तीनों को भी अपनी पसलियों में ऐसी सिहरन हुई जैसे वो भी पिघल जाएँगी। वो लोग भी लाला का दर्द महसूस कर रहे थे।

"लेकिन यार ये तो बता मार्केट की ख़बर क्या है? काम कैसे चलेगा लोगों का बिना बड़े नोट दिए-लिए?" असल में बिंटू जानना तो कुछ और ही चाह रहा था लेकिन सीधे-सीधे न पूछकर यहाँ-वहाँ घुमाकर अपनी बात कह रहा था।

"अब तो काम छोटे से ही चलाना पड़ेगा। बताओ जिन छोटे नोटों की कोई पूछ नहीं थी, रेजगारी पड़ी डोलती थी घरों में, अब देखो सब छोटे ही नोट ढूँढ

रहे हैं। बालकन की गुल्लकें फोड़ रहे हैं। अभी तो तुम देखना भैया ऐसे आदमी जिनपे काला धन होगो वो 1000 और 500 के नोटन के बदले 100 के इकट्ठे करेंगे और फिर अचानक से सरकार उन्हें भी बंद कर देगी देखियो सालों की ऐसी-तैसी हो जाएगी।" उसे इतना आनंद आ रहा था कि जैसे दूसरे का पैसा डूबने के बाद उसको ही मिल जाएगा।

"लेकिन यार परेशानी तो बहुत होगी। तेरे को भी तो हो ही रही होगी और नहीं तो होगी। काम कैसे चलेगा ऐसे में?" शशि ने कहा।

"काम कैसे चलेगा? बेड़ा गरक होगा देश और जनता दोनों का। और काले धन वाला मौज लूटेगा।" सुरेश चंद्र ने दुकान में घुसते हुए कहा।

55 वर्षीय सुरेश चंद्र सविता अपने परदादा के ज़माने से कांग्रेसी थे और उन्हें भी तो विपक्ष का धर्म निभाना था सो आते ही उन्होंने मौजूदा हालात पर तंज़ कस दिया।

"सो कैसे चच्चे?" नेहने ने गर्दन घुमाकर पूछा।

"आम आदमी, छोटे व्यापारी या नौकरी पेशा में ऐसे कितने लोग होंगे जो घरों में पैसा चिनवाकर रखते हों? सब फालतू फ़िल्मी बातें हैं। आज के टाइम में आदमी के पास पैसा होता है तो या तो वो बैंक में रखता है, या व्यापार में फँसाकर और नहीं तो प्रॉपर्टी में लगाता है। 10% से ज़्यादा आदमी घर में रोकड़ा ही कहाँ रखता है। और जो रखते भी हैं उसका भी इलाज लोग-बाग निकाल लेंगे। मरेगा तो आम आदमी ही, वो ही पिसेगा।"

"कैसा रास्ता निकाल लेगा चच्चे?" बिंटू ने पूछा।

"अरे आदमी पर ज़रा-सा पैसा आ जाए तो आदमी सोना ख़रीद लेता है। कल रात पूरे देश में करोड़ों-अरबों का सोना बिका है। लोगों को अभी तक भरोसा थोड़े ही है कि नोटबंदी सच में होगी। कुछ तो चिल्ला रहे हैं कि इनको वापस लेना पड़ेगा फ़ैसला। बहुतेरे दुकानदार तो अभी भी पुराने नोटों से व्यापार चालू रखे हुए हैं कह रहे हैं कि ऐसे थोड़े ही होता है, जो रातों-रात नोट बंद कर दिए जाएँ लेकिन बेचारों को का मालूम अब हमारी सरकार थोड़े ही है। हमने भी सन 78 में बंद करे थे नोट, लेकिन मजाल है कि कोई आदमी परेशान हुआ हो। देखना पब्लिक कैसे पागल होगी। सड़कों पे ड्रामे होंगे और तानाशाही तो देखो एक ही दिन में कैसा बवाल खड़ा कर दिया देश में। लेकिन हम लोग भी चुप नहीं रहेंगे, आंदोलन करेंगे।" सुरेश चंद्र ने जोश में कहा।

"अरे चच्चे, नोटबंदी जैसी चीज़ के लिए 56 इंच का सीना चाहिए। आपकी सरकार की तो गुटखाबंदी भी फ़ेल हो गई हति और तुम्हें का लग रही है कि क्या सरकार फ़ैसला वापस ले लेगी?" सल्लू बोला।

"सो तो पता नहीं... जो न करवा दे ये सरकार देश में!"

"लेकिन चच्चे, कौन-सी दुकान वाले पुराने नोट चला रहे हैं?" बिंटू का ध्यान कहीं और ही था।

"अरे नरेना की दुकान पर ही जाकर देख लो। उसने तो अपनी बिक्री और बढ़ा ली है लोग-बाग महीने भर का राशन खरीदकर ले जा रहे हैं पुराने नोटों से।" सुरेश चंद्र ने बताया।

"लेकिन सरकार तो कह रही है कि अभी दो इंजेक्शन और हैं उनके पास, कहीं प्रॉपर्टी और सोना ही तो नहीं है दोनों?" सल्लू ने ऐसे कहा जैसा पूरा अर्थशास्त्र का ज्ञानी हो।

"एक से ही जो तबाही होने जा रही है, वो देख लेना। आगे की हिम्मत ही न होगी सरकार की। मोहम्मद बिन तुग़लक का नाम सुना है... ऐसे ही ऊट-पटांग काम किया करता था वो। उसने भी करी थी नोटबंदी। फ़ेल हुआ था बुरी तरह से फ़ेल। सब राजपाट चौपट हो गया था।" सुरेश चंद्र बोले।

"क्या कही, तुग़लक? जे कौन था?" सल्लू ने पूछा।

आगे की कहानी सुनने में उन तीनों को कोई इंटरेस्ट नहीं था। दो बातें फ़िलहाल समझ आ गई थीं। सोना और नरेना पंसारी, जहाँ वो पुराने नोट चला सकते थे।

सोने की तगड़ी

सोनचिरैया कहे जाने वाले इस देश में लोग अब भी सोने से इतना जुड़े हुए हैं कि चिड़िया के दाने की तरह पाई-पाई इकट्ठा करके सोना ख़रीदते हैं, ये सोचते हुए कि इन्वेस्टमेंट हो जाएगा और ज़रूरत के समय जब सोने का रेट बढ़ेगा तो बेच देंगे। लेकिन उनकी भावनाएँ सोने से इतनी मज़बूती से जुड़ी रहती हैं कि एक बार ख़रीदने के बाद बेचना तो दूर, ये भी चेक नहीं करवाते कि जो 22 कैरेट का सोना ख़रीदकर लाए हैं असल में वो उतना है भी या नहीं। लोग सोने को अपने बुरे दिनों के लिए सँभालकर रखते हैं लेकिन जितनी बुरी हालत में वो रह रहे होते हैं वो बुरे दिन जाते नहीं और अच्छे आते नहीं। उनकी तरह वो सोना भी घरों में रखा ही रह जाता है।

"सुना भाई, सोना भी तो ख़रीद सके हैं।" नेहने ने दुकान से बाहर आते हुए कहा।

"जे बात तो दिमाग़ में पहले ही हती। मैं सोच रह्यो कि अगर कल को तुम लोगन की भाभी आएगी तो हमसे पूछेगी न तू क्यों नहीं लाया रे सोने की तगड़ी? मेरे मन में बस वोही विचार चल रह्यो है, चलके सोने की तगड़ी ही ले लें का?" शशि ने भोली-सी मुस्कुराहट के साथ कहा।

"हाँ भैया, मैं भी सोच रह्यो हूँ कि एक मोटी-सी चेन ले लूँ सोने की।" नेहने ने भी कहा।

"लेकिन भैया सोने की तगड़ी महँगी न मिलेगी? सब भाभी की तगड़ी में ही लगा दोगे तो हमारी लुगाइयन के लिए का बचेगो? सोने का रेट इस गाने के टेम पे इतनो न रहो होगो नहीं तो खरीदने की तो छोड़ो लिख भी न पाता कोई। और सब तगड़ी में ही लगा दोगे तो और काम कैसे होंगे?"

शशि को बिंटू की बात ठीक तो लगी लेकिन फिर भी वो बोला, "अरे तो यार सोने में पैसा तो खरा है, जब मन में आए तो बेच दो।"

"लेकिन कोई देगा इतना सोना एक साथ हमको और कहीं उसने पुलिस-वुलिस में बता दी तो। मामला उल्टा न पड़ जाए कहीं।"

आशंकाएँ तो इस समय बहुत थीं इसलिए वो हर क़दम फूँककर रखना चाहते थे। फिर ट्राई तो करना ही था न। घर से पैसे लेकर चल पड़े। ये पहला मौक़ा था जब वो ज़िंदगी में सोना ख़रीदने जा रहे थे। तीनों ने सौ-सौ ग्राम का एक बिस्कुट लेने का फ़ैसला किया था। किसी बड़े शोरूम में जाने में उन्हें बड़ी हिचक-सी लग रही थी तो उन्होंने सर्राफ़ा बाज़ार की एक छोटी दुकान में जाने का सोचा। दुकान में अभी भी भीड़ थी। सर्राफ़ और उसके सब लड़के अभी व्यस्त थे। तीनों दुकान के काउंटर पर जाकर खड़े हो गए।

"क्या चाहिए भाई?" दुकानदार ने पूछा।

"गग... गोल्ड।" बिंटू ने हकलाते हुए कहा।

"हाँ-हाँ, उसी की तो दुकान है ये। लेकिन चाहिए क्या अँगूठी, चेन या कुछ और?" दुकानदार ने उन्हें घूरते हुए देखा।

शशि चुप ही रहा तो नेहने हौले से बोल पड़ा, "चे... चेन दिखा दो।"

दुकानदार ने उन तीनों को घूरकर ऐसे देखा जैसे उनको तौल रहा हो। फिर कान खुजाते हुए बोला, "नोट तो पुराने ही होंगे।"

"हाँ भाई साहब, वो ही नोट है जो अब तलक भाग-भाग के चलते अभी और कोई से नये तो अभी तक मार्केट में आए नहीं है, जो ये पुराने हो गए।" नेहने ने अपने जेब में पड़े हुए पैसों पर हमदर्दी जताते हुए कहा।

"अरे आए नहीं हैं तो आ जाएँगे लेकिन मैं तो आपके ही फ़ायदे की बात कर रहा था। देखो अगर पुराने नोट खपाने हैं तो सबसे बढ़िया बिस्कुट ले लो। कल से वही बेच रहे हैं हम, लेकिन कुछ भी ख़रीदो पैन कार्ड लगेगा।"

"पैन... पैन कार्ड तो नहीं है हमारे पास। उसके बिना कोई रास्ता नहीं है क्या?" शशि ने कहा।

इतना सुनते ही सर्राफ़ ने उन्हें अपने पीछे अंदर वाले कमरे में बुलाया। तीनों चुपचाप उसके पीछे अंदर चल दिए। अंदर जाकर सर्राफ़ ने एक सेफ़ खोली और उसमें से तीन-चार साइज़ के सिक्के और बिस्किट निकालकर काउंटर पर सजा दिए और उनके चेहरे के भावों से उनको भाँपने की कोशिश करने लगा। तीनों ने सोना इस तरह से सिर्फ़ फ़िल्मों में ही देखा था। सामने इस तरह से देखकर तीनों का चेहरा भी सोने जैसा चमकने लगा।

"सोने की तगड़ी होगी भाई साहब आपके पास?" शशि से रहा ही नहीं गया।

"सोने की तगड़ी? ये कौन-सी चिरांद का नाम है?" सर्राफ़ ने थोड़ा चौंककर पूछा।

"अरे वोही जो महिलाएँ कमर में पहनती हैं।" शशि ने अपनी कमर पर हाथ फिराते हुए उसे समझाने की कोशिश की।

"अरे कमरबंद की बात कर रहे हो आप लोग। वो तो ऑर्डर पे ही बनाते हैं हम। और मैं आपको बताऊँ आप उस सब के चक्कर में मत पड़ो, आपको घाटा रहेगा। उसमें हम लेंगे अपने 20 से 25 परसेंट मेकिंग चार्ज फिर बाद में आपको बेचना तो पड़ेगा ही आज नहीं तो कल, फिर दोबारा चार्ज कटेगा। बिस्किट ले लो सबसे बढ़िया जुगाड़ है।" हर दुकानदार की तरह उसकी भी अपनी कन्विंसिंग स्किल्स थीं।

"वैसे बेचने की तो न सोच रहे हम, लेकिन फिर भी जिसमें फ़ायदा है वो ही काम सही है बिस्किट ही ले लेते हैं।" शशि ने अपनी हथेलियाँ बग़ल में घुसाते हुए कहा।

"कितना चाहिए?"

तीनों आपस में फुसफुसाकर बात करने लगे फिर बोले बिंटू बोला, "ये छोटे हैं थोड़े बड़े नहीं मिलेंगे?"

"हम्म... हाँ मिल तो जाएगा एक नंबर का चोखा माल लेकिन रसीद कच्ची मिलेगी।"

"कच्ची क्यों?" नेहने ने थोड़ा अकड़ के साथ कहा।

"पक्की रसीद ले लो हमें क्या है निकालो पैन कार्ड और एकाउंट से पैसा

ट्रांसफ़र कर दो।" दुकानदार कुछ ज़्यादा ही काइयाँ आदमी था और उनकी पोजीशन को ताड़ चुका था, इसलिए उसने पासा थोड़ा घुमाकर फेंका।

"एकाउंट से? लेकिन हमारे पास तो कैश ही है।" बिंटू ने मायूस होते हुए कहा।

"हाँ वही तो नोट पुराने, पैन कार्ड है नहीं और बिल पक्का दे दूँ? ख़ाली तुम्हीं को डर है, हमें तो पकड़ेगी ही नहीं सरकार!" सर्राफ़ जान-बूझकर थोड़ा झुंझलाते हुए बोला।

"नहीं लेकिन गारंटी तो होनी चाहिए कुछ।" शशि ने थोड़ा डरते हुए कहा।

"भाई साहब, जो नोट तुम लेके घूम रहे हो न उसकी तो रत्ती भर भी गारंटी नहीं है। और हम तो आख़िर सोना बेच रहे हैं।" उसने बिस्किट अपनी तरफ़ खींचते हुए कहा।

नेहने ने उसका हाथ पकड़ लिया, "अरे वो बात नहीं हैं भाई साहब आप ये बताओ कितने के पड़ेंगे और हमारे पास पुराने वाले ही नोट हैं, पैन कार्ड नहीं है और पैसा केश ही है। अब आप बताओ।"

"अब ठीक है ना चलिए बैठिए मैं लाता हूँ आपके काम की चीज़ और निश्चिंत रहो। कल से मैंने 50-60 बिस्किट ख़ुद ही बेच दिए हैं। अब तो ये समझ लो कि आख़िरी माल बचा है बस।" कहते हुए सर्राफ़ ने अलमारी के दूसरे हिस्से से 100 ग्राम वाले बिस्किट निकालकर उनके सामने रख दिए।

तीनों की आँखें मुस्कुरा रही थीं, "तुरंत से पहले ले लो आख़िरी लॉट है... सब माल बिक गया है और हम भी कल से बेच थोड़े पाएँगे। क्या करें सख़्ती ही इतनी है।"

तीनों ने बिस्किट के पैसे पकड़ाए और ख़ुशी में झूमते हुए वापस लौट आए।

***

सर्राफ़े के दुकान से निबटने के बाद तीनों ने राशन की दुकान का रुख़ करने का सोचा। तीनों ने नरेना पंसारी की तरफ़ मोटरसाइकिल मोड़ दी। लेकिन वहाँ पहुँचे तो देखा कि उसकी दुकान पर भारी चिल्ल-पौं मची हुई थी। ऐसी भीड़ और अफ़रा-तफ़री जैसे कि वो राशन फ़्री में बाँट रहा हो। लोग लंबी-लंबी लिस्ट घर से बनाकर लाए थे और रिक्शे भर-भर के सामान ले जा रहे थे।

"का चल का रह्यो है यार जे? यहाँ तो लग रहा है 1000 के नोट लिए घूम रहे हैं। इतनी भीड़ में तो ना जाने कब तक नंबर आए!" बिंटू भीड़ देखकर बोला।

"लेना क्या-क्या है बस वो बताओ, बाक़ी सामान मैं बँधवाता हूँ।" नेहने ने बाजू चढ़ाते हुए कहा।

तभी तीनों की नज़र एक आदमी पर पड़ी जिसने एक बोरी भरकर नमक रिक्शे पर लदवाया।

शशि ने हँसते हुए पूछ लिया, "क्यों भाई साहब, घर में तीनों टाइम नमक ही खाते हो क्या?"

आदमी थोड़ा खीजा हुआ था। शशि की तरफ़ घूरते हुए बोला, "खाते तो बहुत कुछ हैं लेकिन अब खाने को मिलेगा तो कुछ खाएँगे न। नमक की ऐसी भारी क़िल्लत होने वाली है कि दुनिया ही फ़ीकी हो जानी है। सरकार इमरजेंसी लगाने वाली है 500 रुपये किलो बिकेगा नमक। तब ख़ाली गाना ही गाना- जुबाँ पे लागा रे नमक इश्क का..."

"क्यों? ऐसा क्यों भाई साहब?" शशि उसकी बात सुनकर थोड़ा अचरज में आ गया था।

"ऐसा क्यों? ये क्या बताएँ तुम ही बता दो नोटबंदी क्यों हुई? पूरे में हल्ला मचा पड़ा है कि नमक 500 तक जाएगा तभी तो हम ले रहे हैं नहीं तो हम कौन से बौरा गए हैं।" इतना कहकर वो आदमी चल दिया।

तीनों ने सोचा कि नमक इतना महँगा हो जाएगा तो वो भी ढेर सारा ख़रीदकर रख लेते हैं। पैसा तो है ही फिर मज़े से बैठकर धीरे-धीरे खा लेंगे और अगर दाँव पड़ा तो बेच भी देंगे। नेहने ने आटा, तेल, साबुन, रिफ़ाइंड, चना, दाल, चावल के अलावा काजू, किशमिश, बादाम जो कि वो लोग मुश्किल से ही ख़रीदते थे, सभी भारी मात्रा में एक काग़ज़ पर लिख लिए लेकिन सबसे ज़्यादा अगर कुछ लेना था तो वो था पाँच बोरी नमक। और नेहने लिस्ट लेकर लोगों के ऊपर-नीचे से चढ़कर भीड़ को चीरता हुआ घुस गया सामान पैक करवाने। बड़ी देर के बाद जब नेहने लूटे-पिटे योद्धा-सा सामान पैक करवाकर बाहर निकलने ही वाला था तो किसी को कहते हुए सुना, "चार बोरी चीनी... चार बोरी चीनी।"

तीनों थोड़ा चौंके फिर उस आदमी से पूछ ही लिया, "क्यों भाई साब, चीनी भी महँगी होने वाली है क्या?"

अगला आदमी थोड़ा सहम-सा गया और पीछे मुड़कर पूछने लगा, "क्यों और क्या महँगा होने वाला है?"

"नमक और क्या!" बिंटू ने पूरे आत्मविश्वास से कहा।

"अरे दिमाग़ तो ठीक है ? नमक क्यों महँगा होगा। नमक की क्या कमी है ? नोटबंदी के बाद से बंद तो चीनी मिल होंगी तो फिर नमक क्यों महँगा होगा?" आदमी पूरे यक़ीन से बोला।

"हैं! सही बता रहे हो ?" शशि ने ऐसे चौंकते हुए कहा जैसे इस जानकारी से बुद्धत्व की प्राप्ति हो गई हो।

"अरे पूरे वॉट्सएप पे चल रहा है, ये देखो।" आदमी अपना मोबाइल निकालकर वॉट्सएप विश्वविद्यालय के नोट्स ढूँढने लगा।

शशि ने टाइम ख़राब करना सही नहीं समझा और बोला, "हाँ-हाँ ठीक कह रहे होंगे यार, समझदार आदमी लग रहे हैं। नेहने, एक काम कर यार, नमक तो रहने दे, ज़िंदगी में मीठे की कमी नहीं होनी चाहिए। तू चीनी की बात कर।"

भारी समस्या हो गई, फालतू में इतना नमक ले लिए थे। अब एक-दूसरे का मुँह देखते हुए वो भी 'चीनी-चीनी' चिल्लाने लगे। नेहने ने पंसारी की दुकान पर काम करने वाले लड़के से कहा, "भैया नमक नहीं चीनी चाहिए।"

लड़का सुबह से ही काम के चक्कर में खिसियाया बैठा था, वो फट पड़ा। और बड़ी मिन्नतों के बाद लड़का नमक के साथ-साथ ही चीनी देने को तैयार हुआ। वो लोग सब सामान ऑटो में लदवाकर घर की तरफ़ चल दिए। घर पहुँचने पर पता चला नमक और चीनी कि ख़बरें चारों तरफ़ आग-सी फैली हुई थी। हर कोई आदमी 10 किलो चीनी तो कोई पाँच किलो नमक लेके लौट रहा है।

अफ़वाहें सच से ज़्यादा उत्तेजक होती हैं। इनके पैर तो नहीं होते लेकिन ये चलती बहुत तेज़ हैं। नफ़रत फैलाने वाले इनको पैदा करते हैं, बेवकूफ़ इन्हें हवा देते हैं और मूर्ख इन्हें स्वीकार कर लेते हैं। जब भी देश में कुछ अलग होता है तो अफ़वाहें ज़ोर पकड़ लेती हैं। उस वक़्त भी नई-नई अफ़वाहें फैली हुई थीं। कुछ ही देर में वॉट्सएप पर फिर से नया ज्ञान आ गया कि 'मार्केट में नमक और चीनी की अफ़वाहें फालतू हैं, ध्यान न दें।' लेकिन अब क्या ? अब तक तो वो सामान लाकर घर में भर चुके थे। अब क्या फ़ायदा ?

***

तीनों ख़ुश तो हो रहे थे कि जिस तरीक़े से वो ख़रीदारी कर रहे थे वैसे कभी ज़िंदगी में नहीं की थी लेकिन वहीं दूसरी तरफ़ डर भी था कि जो बड़ी रक़म अभी भी हाथ में है, उसका बंदोबस्त कैसे करना है ? कर भी पाएँगे या नहीं। इसी सब

की कशमकश थी। इसके बाद नोटों को सीधे तौर पर बदलने का तरीक़ा सिर्फ़ बैंक ही था, जो कि कल सुबह से खुलने वाले थे। उन्होंने अगले दिन से बैंकों में जाकर नोट बदलवाने का प्लान बना ही लिया था क्योंकि पैसा सिर्फ़ ख़र्च करके उड़ा ही नहीं देना था बल्कि बदलवाकर नया कर लेना था ताकि जो भविष्य के जिन सपनों का स्केच उन तीनों ने अपने मन ही मन बनाया था उनमें पैसों के ब्रश से रंग भरा जा सके।

"नये नोट पर मालूम है फ़ोटो किसकी रहेगी? बता तो रहे हैं कि सुभाष चंद्र बोस और सरदार पटेल भी अब नोट पे आएँगे।" नेहने ने चुप्पी को तोड़ते हुए, सुनी-सुनाई बात बताते हुए बोला।

"मतलब गाँधी जी की छुट्टी!" बिंटू ने हँसते हुए पूछा।

"नहीं-नहीं वो भी रहेंगे। उन्हें कहाँ छुट्टी मिलेगी।" शशि बीच में बोला पड़ा।

"भैया दो हज़ार का नोट देखा? देखने में ऐसो लग रह्यो है जैसे होली में भीगकर रंगीलो है गयो है।" नेहने ने कहा।

पूरी बात तो किसी को मालूम नहीं थी और वैसे भी आम हिंदुस्तानी पूरी बात जानने की कोशिश ही कहाँ करता है। थोड़ा कहीं सुन लेता है, थोड़ा कहीं पढ़ लेता हैं और फिर क़यास और अटकलें ही लगाता रहता है और वही कयास नमक-मिर्च लगाकर सामने वाले के सामने परोस देता है।

"मैंने तो सुनी है कि उसमें चिप लगी होगी। कहीं से भी पकड़ में आ जाएगा।" नेहने ने ऐसे बताया जैसे कोई राज़ बता रहा हो।

"सही कह रहा है क्या?" शशि थोड़ा सहम गया।

"हाँ वॉट्सएप पे आया है एक वीडियो।" नेहने ने मोबाइल निकाल लिया।

अफ़वाहों का बाज़ार ज़ोरों पर था। दुनिया भर का ज्ञान बैठे-बैठे आदमी वॉट्सएप पर ही पाए जा रहा था। दिन भर नोटबंदी और उससे जुड़ी कोई-न-कोई ख़बर, किसी-न-किसी अफ़वाह की चाशनी में डूबी हुई वॉट्सएप पर आती रहती थी। फिर से उसी की बात सुनकर शशि थोड़ा रिलैक्स हो गया।

"अरे ये वॉट्सएप विश्वविद्यालय तो तू रहने ही दे। भूल गया अभी क्या हाल हुआ था?"

"अरे नहीं भैया सही में न्यूज़ की क्लिप है... देख लो ख़ुद ही।" नेहने ने एक वीडियो प्ले कर दिया।

तीनों ने वीडियो देखा जिसमें नोट एक न्यूज़ एंकर ने नये नोट का ऐसा महिमामंडन किया जैसे वो नोट कम हवाई जहाज़ ज़्यादा हो। बित्ती भर का नोट अत्याधुनिक टेक्नोलॉजी से सुसज्जित हो और मानो नोट प्रिंटिंग प्रेस में नहीं छप रहा हो बल्कि साइंटिस्ट लेबोरेट्री में डेवलप कर रहे हों।

"जाने का-का ख़बर आ रही है, अब बताओ कह रहे हैं चिप लगी है नोट में। जे भी कोई बात है!" शशि खिसियाया-सा बोला।

"चिप यार कैसी भी हो, होगी तो चिप ही ना। एक काम करेंगे इकट्ठा करके नहीं रखेंगे गड्डी में। और नोट मोड़-मोड़ के रख देंगे। अगर चिप होगी भी तो टूट जाएगी।" नेहने ने कहा।

"भक्क साले! सब चंडूखाने की ख़बरें हैं। और अगर ऐसा कुछ होगा भी, तो हमसे पहले बड़े बहुतेरे बैठे हैं पकड़ाने को। माल हाथ आते ही जल्दी उसे ठिकाने लगा देंगे।" शशि ने कहा।

तभी बिंटू के मोबाइल पर शालू का फ़ोन आ गया।

"उठाओ उठाओ... पूरी दुनिया में सबसे ज्यादे सुखी तुम्हीं तो हो।" शशि ने थोड़ा चिढ़ते हुए कहा।

बिंटू मुस्कुराते हुए उठ खड़ा हुआ और एक तरफ़ जाकर बात करने लगा।

"हाँ हैलो जानेमन!"

"मिल गई फ़ुरसत फ़ोन उठाने की? इतने मैसेज किए, तीन बार कॉल भी की, लेकिन तुम तो न जाने किसके साथ बिजी हो।" शालू ने थोड़े ग़ुस्से से कहा।

"अरे वो बस थोड़ा गाँधी जी के साथ उलझे हुए थे।" बिंटू ने भी मज़ाक़ में जवाब दिया।

"हाँ उन्हीं के साथ लगे रहना अब मुझे मत करना फ़ोन।"

"अरे नाराज़ क्यों हो रही हो यार, तुम भी तो दिन भर अपने वीडियो बनाने में लगी रहती हो। मैं कुछ कहता हूँ क्या? अच्छा वो सब छोड़ो कल मिलते हैं न यार।"

"नहीं, क्या करोगे मिलकर तुम? जाओ अपने गाँधी जी साथ रहो।"

"अरे नहीं न यार, कल शाम में मिलो न छह बजे। तुम्हें सीसीडी ले चलते हैं।"

"सीसीडी क्यों अब शाहजहाँ पार्क में नहीं मिलोगे? और छह बजे तो बिलकुल नहीं मैं शाम को नहीं आ पाऊँगी। चलना है तो मूवी लेकर चलो वो

भी दोपहर का शो।"

"अरे अभी मूवी नहीं यार अभी कुछ दिन बहुत बिज़ी हूँ। छह बजे मिलो न।"

"बिज़ी हो ? ऐसा कहाँ बिज़ी हो ?"

"अरे बस ऐसे ही अब क्या बताऊँ तुमको यार। समझाता हूँ वो सब बाद में, अभी कल छह बजे मिलो फ़तेहाबाद रोड वाले सीसीडी में। अब ज़्यादा सवाल मत करो। आ जाना बस, तुमको छत से देखकर मन नहीं भरता, वहीं बैठकर बात करेंगे।"

"अच्छा ठीक है कोशिश करूँगी लेकिन मेरे मैसेज का रिप्लाई करते रहना, नहीं तो फिर देख लेना तुम।"

"हाँ-हाँ देख लेंगे, देखने के लिए ही तो हैं हम... चलो अब बाद में बात करते हैं।" बिंटू ने हँसते हुए फ़ोन रख दिया।

शशि और नेहने दोनों ने बिंटू को आता हुआ देखकर बातें बंद कर दीं और उसकी ओर सवाल उछालते हुए कहा, "हो गई बात... सब उगल तो नहीं दिया न उसके सामने ?"

"अरे नहीं भैया, कुछ नहीं बताया। इतना तो दिमाग़ में भर दिए हो आप। चलो अब आगे की सोचो क्या करना है।" बिंटू ने कहा।

शशि बड़ी सावधानी से काम लेना चाहता था, इसलिए दोनों को बहुत समझाइश दी थी, ख़ूब रटाया-पढ़ाया कि कैसे ज़्यादा लोगों की नज़रों में नहीं आना है। बीच-बीच में भी तो दोनों को टोका-टाकी करके कुछ-न-कुछ समझाता रहता था। पैसों के बाबत उसने दोनों को ताकीद दी थी कि किसी को भी इस बात की कानों-कान ख़बर नहीं लगनी चाहिए। न किसी दोस्त को, न घरवालों को और न प्रेमिका को। दोनों ने बात तो किसी से शेयर नहीं की थी, लेकिन बीच-बीच में दोनों को पैसे का चुन्ना काटता रहता था और बार-बार दोनों ऐसे कुद्दी मारने लगते जैसे बंदर के हाथ में हीरों का हार लगा हो तो छुपाए कहाँ जेब तो है नहीं कि अंदर रख ले, सो गले में डाले दुनिया को दिखाए फिर रहा हो।

अभी आगे कोई कुछ बोल पाता कि उससे पहले ही नेहने बोल पड़ा, "भैया एक बात कहूँ, एक बुलेट ख़रीद लेते हैं। इस फटफटिया पर घूम-घूमकर उकता गए हैं।" नेहने ने अपनी पुरानी हीरो हौंडा स्प्लेंडर पर निगाह डालते हुए कहा।

शशि को इस बात से ग़ुस्सा आ गया, "सब अपना-अपना हिस्सा ले लो और जो जी में आए करो। बुलेट ले लेते हैं। अभी जो समान लेकर घर में भरे हैं,

सब पड़ोसी घुन्ना रहे। सोच रहे होंगे कि इन कड़कों के पास पैसा कहाँ से आ गया। बुलेट और निकाल लेओ और एक छतरी और ख़रीद ले और पीछे बैठा ले काऊ मोड़ा को। फिर वा मोड़ा पे नारे लगवाना कि राजा बाबू की जय हो, राजा बाबू पधार रहे हैं। और कोई पूछे उससे पहले ही चौक में मुनादी करवा देओ कि सुनो-सुनो ताजगंज वासियों हमने एक डोकरा के घर में ते लाखों रुपया पार करे हैं और अब हम अज़ीम-ओ-शान रईस हैं, ख़बरदार जो कोई हमसे अटका तो वाये लालक़िले से नीचे फिकवा देंगे।"

लेकिन नेहने अभी भी उसकी बात हलके में ही ले रहा था। वो सुनील शेट्टी की मिमिक्री करते हुए बोला, "हाँ तो अगर किसी ने कुछ कहा भी तो चीर के रख दूँगा उसे।"

"अरे ओ मेरे गोपी किशन के सुनील शेट्टी। डर पड़ोस का नहीं है। कहीं यहाँ-वहाँ ज़्यादा ख़बर फैली तो लोग-बाग पीछे लग जाएँगे और फिर कहीं मामला पुलिस तक पहुँच गया न, तब अपना टेशू यहीं अड़ाते रहना।" शशि ने एक बार फिर उसे ठंडे दिमाग़ से समझाया।

"अब तो भैया पैसा हाथ लगा है तो क्या उसको दीवार में चिनवा के रखवा दें? इस्तेमाल तो करेंगे ही न। फिर क्या मतलब ऐसे पैसे का?" बिंटू भी नेहने के सुर में सुर मिलते हुए बोला।

"अरे इस्तेमाल करेंगे यार लेकिन हौले-हौले। अभी माहौल तो देख लें कि बयार किधर बह रही है। फ़िलहाल तो टारगेट यही है कि किसी भी तरीक़े से ये पुराने नोट बदल लिए जाएँ और रही बात बुलट की तो वो तो बाद में भी आ जाएगी। हमें सब पैसा ख़र्च थोड़े ही कर देना है। बदलवाना है ताकि उसको आगे भी इस्तेमाल कर सकें। समझे मेरे रंगा-बिल्ला?" शशि ने दोनों को पुचकारते हुए कहा।

वो दोनों भी कुछ समझते हुए शांत हो गए।

"कल बैंक के लिए तैयार रहियो। फ़िलहाल तो वही एक जगह है जहाँ से नोट बदलेंगे।" शशि ने अपनी बात पूरी की।

***

अगली सुबह तीनों बैंक जाने के लिए निकले थे। उन्हें अंदाज़ा था कि बैंक में भीड़ हो सकती है इसलिए वो नौ बजे ही घर से निकल पड़े थे। बैंक पहुँचने के रास्ते में उन्होंने देखा लंबी लाइन लगी हुई है जबकि बैंक अभी भी एक

किलोमीटर दूर था।

"अरे दादा रे! इतनी लंबी लाइन! जहाँ तलक देखो आदमी ही आदमी दिखाई पड़ रहा है। काहे चीज़ की लाइन है यार।" तीनों चौंक गए।

बिंटू ने किसी से डरते हुए पूछ ही लिया, "भैया ये बैंक की लाइन है क्या?"

"और नहीं तो क्या, हम यहाँ सुबह से ठंड में बाबा बर्फ़ानी के दर्शन करने आए हैं!"

ठंड में जब आम आदमी अपनी रज़ाइयों से बाहर आने की हिम्मत नहीं करता है और ऐसे में अगर सुबह से बैंक में लाइन लगाना पड़ रहा हो तो खीज उठना तो लाज़िमी था। उस आदमी की आवाज़ में भी वो खीज साफ़ दिखाई पड़ रही थी।

"सत्यानाश! यहाँ तो पूरे दिन में भी नंबर नहीं लगने वाला।" नेहने ने हवा में हाथ पटकते हुए कहा।

तीनों ने वहाँ टाइम खोटी न करते हुए कहीं और दूसरे बैंक में जाने का सोचा और भी कई बैंकों के चक्कर लगाए लेकिन सब जगह वैसी ही लंबी लाइन। आदमी, औरत, लड़के, बूढ़े सब लगे हुए थे क़तार में। आख़िर तंग आकर एक बैंक की लाइन में वो लग ही गए। लेकिन अब जिस लाइन में वो लगे थे वो पहले बैंक वाली लाइन से बहुत ज़्यादा लंबी थी।

"मर गए ससुर हुसियारी में, जासे तो वहीं लेन में लग जाते।" नेहने अपनी ग़लती पर पछताते हुए बोला।

"वो कहावत हैं न कि सयाना कुत्ता गू खावे है बस वोही हो गई।" शशि को भी निराशा हो रही थी।

लाइन में खड़े-खड़े बहुत देर हो चुकी थी, लेकिन ऐसा लग रहा था जहाँ खड़े हुए थे वहाँ से आगे ही नहीं बढ़ पा रहे हैं। सुबह घर से भूखे पेट ही निकले थे तो तीनों के पेट में भी हलचल होने लगी थी।

"तीन घंटा हो गए भैया लेकिन बैंक अभी भी कम-से-कम डेढ़ किलोमीटर होगा। मुश्किल से 50 मीटर बढ़ पाए हैं। ऊपर से नाश्ता भी न करके आए, भूख और लग रही है।" बिंटू पेट सहलाते हुए बोला।

"हाँ यार भूख तो बहुत ज़ोर की लग रही है। ऐसा करें भैया एक-एक करके कुछ खा-पी आएँ, यहाँ तो दिनभर का सत्संग है।"

नेहने ने यह कहा ही था कि आगे से हो-हल्ला की तेज़-तेज़ आवाज़ें आने

लगीं। हो-हो... मार-मार सारे ने... ले-ले... धी के टना... दे-दे... हू-हू... हो-हो... जैसी आवाज़ें। सब आगे झाँककर देखने लगे तो समझ आया कि आगे कोई कर्री वाली चिरांद हो गई है।

"अरे कौन्ने रायता फैला दिया?" नेहने ने ज़ोर से कहा।

"अरे क्या मालूम।" किसी ने उसकी बात का जवाब दिया।

"बैंक की लाइन में जबरदस्ती बीच में घुस रहे थे ससुर के, जब समझाई तो कहने लगे हम तो बहुत देर से लाइन में खड़े थे, वो भूख लग आई तो बेड़ई खाने चले गए थे।" किसी दूसरे ने कहा।

"दायरी के! यहाँ हम सुबह से ऐसी की तैसी करा रहे हैं और इन्हें लग रही है के जे लल्लू जगधर के मेला में आए हैं और मारो सालेन ने ख़ाली गारी दैबे की ही परंपरा ही मत निभइयो।" किसी तीसरे ने कहा।

तीनों ने एक-दूसरे को देखा और नाश्ते का प्रोग्राम बिना कोई चर्चा किए सबने चुपचाप कैंसिल कर दिया। क्या पता उनके साथ भी सिर फुटव्वल हो जाती तो कौन पड़े पचड़े में। थोड़ी ही देर में वहाँ माइक-कैमरा लेके लोकल पत्रकार और पहुँच गए।

"लो जे भी आ गए... इनकी ससुर अलग ही चिरांद है, जहाँ देखो वहीं पहुँच जावें हैं।" शशि ने रिपोर्टर को देखते हुए कहा जो उनकी ही तरफ़ माइक पर कुछ कहते हुए बढ़ा चला आ रहा था।

"...लोग सुबह से ही लाइनों में लगे हुए हैं लेकिन ऐसा लगता नहीं है उन्हें कोई ज़्यादा परेशानी हो रही है बल्कि लोग ख़ुश ही नज़र आ रहे हैं... चलिए चलकर लोगों से ही पूछते हैं कि उन्हें कैसा लग रहा है।" पत्रकार ने नेहने के आगे खड़े हुए आदमी के मुँह पर माइक ले जाते हुए कहा, "ये बताइए ठंड बढ़ गई है और यहाँ लाइन में लगे हुए हैं, कैसा लग रहा है?"

वो पत्रकार बात पूरी कर भी पाता उससे पहले ही नेहने के आगे खड़ा हुआ आदमी खिसियाकर बोला, "अरे माँ चु# पड़ी है ठंड में... तुम्हें मज़ा आ रह्यो है?"

मानो वहाँ हँसी का बम फूट पड़ा, लोग हँस-हँस के दोहरे हो गए। पत्रकार सिटपिटाकर अपनी खींसे निपोरता हुआ वहाँ से सरक लिया। पूरे दिन वहाँ इसी तरह की कुछ-न-कुछ बमचक होती रही और जब बैंक बंद होने का टाइम आया तब जाकर वो बैंक के अंदर पहुँच पाए। सिर्फ़ नेहने और शशि ही नोट बदल

पाए जब बिंटू का नंबर आया तो बैंक मैनेजर ने आकर कह दिया कैश ख़त्म हो गया। बिंटू के साथ-साथ बाक़ी लोग भी मन मसोसकर रह गए। कुछ ने हंगामा शुरू कर दिया तो मैनेजर ने सबको बाहर निकलवा दिया कि चलो अब बैंक बंद होने का टाइम हो गया अब कल आना। कुढ़ते-चिढ़ते हुए सब अपने घर को हारी हुई सेना से चल दिए।

छल की दुनिया

दिन भर लाइन में खड़े रहे भूखे-प्यासे और बदले में मात्र नौ हज़ार रुपये बदले। एक तरह से तो उनके महीने भर की कमाई के बराबर थे। उनकी जगह कोई और होता तो बहुत ख़ुश होता लेकिन उनके पास अभी ढेरों रुपया पड़ा था तो अब उन्हें वो मामूली लग रहा था। उनकी जगह अगर और कोई आम आदमी होता तो उसका कम से कम 10-15 दिन का काम चलाने का जुगाड़ तो बन ही गया होता। लेकिन वो लोग आम आदमी लाइन में लगे ज़रूर थे लेकिन अब कहाँ वो आम आदमी थे। वो तो अब लखपति थे। सोच रहे थे कि इस तरह से तो नोट बदलवाते हुए वो शहीद हो जाएँगे लेकिन नोट पूरे न बदलवा पाएँगे। आज की उठा-पटक देख ही ली थी उन्होंने और इस बात से तीनों आजिज़ आ गए थे। हर दिन अब उनकी ज़िंदगी में एक अलग ही रोमांच लेकर आ रहा था। और अभी न जाने ऐसे कितने दिन उन्हें देखने थे।

"साला पैसा आया भी तो इस तरह से... या तो नोटबंदी के कुछ दिन पहले आ जाता या फिर कुछ दिन बाद नये नोटों की शकल में।" नेहने ने कहा।

"अबे जे चौं भूल जाबे है कि न ये नोटबंदी होती और न ये पैसे हमारे हाथ में होते। और हम घूम रहे होते ताजमहल के गेट पर फिरंगियों के आगे-पीछे।

अब इतनी मेहनत तो करनी ही पड़ेगी।" शशि बोला।

"हाँ तब तो फिर ये हमारी मेहनत की कमाई हुई न कि किसी और का मारा हुआ काला धन।" बिंटू ने हँसकर कहा।

"दिमाग़ ही भन्ना गया यार, चलो मुखिया की चाय पीते हैं।" नेहने ने कहा।

जब कभी भी काम से सर भारी हो जाता तो वो लोग कैलाश टॉकीज के पास वाले मुखिया टी स्टाल पर जाकर ही चाय पीते थे। जहाँ चाय पीने वालों की हमेशा भीड़ लगी रहती थी और दो-दो भगोनों में चाय हर वक़्त उबलती ही रहती थी। शिव सिंह मुखिया अपने तेज़ हाथों से बीच-बीच में चलाते रहते और कुछ-कुछ डालते रहते। कभी चाय बनाने के बाद चेक नहीं करते कि कैसी बनी है लेकिन मजाल है जो चाय का फ़्लेवर कभी दायें से बायें सरक आए।

"ना भाई लोग तुम्हीं पियो वो अफ़ीम वाली चाय। मुझे तो कहीं अर्जेंट जाना है। वैसे ही लेट हो गया हूँ।" बिंटू मोबाइल में टाइम देखते हुए बोला।

"अफ़ीम वाली चाय! तुम्हाये अब्बा बता गए थे का कि मुखिया जी अफ़ीम मिलावे हैं चाय में? इतनी महँगी अफ़ीम कौन गधा मिलाएगो चाय में।" शशि ने झुंझलाते हुए कहा।

"और नहीं तो का कारण है कि जो एक बार वहाँ की चाय पी ले तो कहूँ और की चाय अच्छी ही न लगे है। पूरी दुनिया जाने है लेकिन माने साला कोई नहीं है। अब अफ़ीम डालता हो या गाँजा। पियो तुम लोग मैं तो चला।" बिंटू वहाँ से निकल लिया।

दोनों को ही मालूम था कि जनाब को कहाँ जाने की जल्दी है। सुबह-सुबह ही पैसे भी निकलवा लिए थे बिंटू ने। अपनी महबूबा को गिफ़्ट देने के लिए। उसकी देखा-देखी नेहने भी ऊदबिलाव-सा कूदने लगा। शशि ने बहुत समझाया लेकिन ये नये लौंडे कोई बात समझे तब न। फिर उन्हें देखकर शशि के भी मन में टीस उठकर रह गई कि काश उसकी भी कोई दिलरुबा होती जिस पर वो भी अपनी जान छिड़क पाता।

बिंटू वहाँ से सीधे निकलकर तब्बू इलेक्ट्रॉनिक्स की शॉप पर पहुँचा।

"तब्बू भाई, आईफ़ोन चाहिए।" बिंटू ने हाँफते हुए सवाल किया।

"हाँ-हाँ मिल जाएगा। कौन-सा 7 या 7+ चाहिए?" तब्बू ने पूछा।

"कोई भी चलेगा।"

"लेकिन नोट नया ही चलेगा या फिर ट्रांसफ़र कर दो पैसा।" तब्बू ने कहा।

बिंटू का मुँह उतर गया, "अरे अब नया नोट कहाँ से लाएँ ऐसे में भाई। पूरे दिन लाइन में लगे रहे तब भी तो पैसा नहीं बदले अब बताओ आम आदमी करे तो का करे। और फिर पुराने नोट को खपाने के लिए ही फ़ोन ख़रीद रहे हैं, नहीं तो ऐसे में कोई क्यों ख़रीदे? और आप लोग तो व्यापारी हो, सेल दिखाकर बैंक में पैसे जमा करवा ही सकते हो।"

"करवा तो सकते हैं लेकिन बैंक के नाम से भी डर लग रहा हैं अब तो। बैंक की भीड़ और पूरे दिन बैंक में होने वाली बमचक के बारे में तो पूरे में हल्ला हो रहा है। कहीं सर फूट रहे हैं, तो कहीं लाठी चल रही है। फिर ऊपर से लगे है कि एक साथ पैसा जमा करवाएँ तो कहीं सरकार ज़ब्त न कर ले।"

"अरे ऐसे कैसे ज़ब्त कर लेगी सरकार जनता के पैसे।" बिंटू ने बमककर कहा।

तब्बू के तेवर भी कम नहीं थे आख़िरकार डील और डायलॉग देने में तो ताजगंज का हर आदमी माहिर होता है- "चौं सरकार ने नोट बंद कर दिए तो किसी ने कॉलर पकड़ लीनो का सरकार को। का कर लो काऊ ने? जब सरकार नोट बंद कर सके है तो ये कछु भी कर सके है... देखते रहो बस, अभी का है अभी तो और खेल होवे।"

"वो सब ठीक है तब्बू भाई, लेकिन मुझे तो अभी अर्जेंट में फ़ोन चाहिए कोई रास्ता निकालो न।" बिंटू ने घड़ी देखते हुए कहा।

"वैसे ये एक ही सेट बाक़ी है मेरे पास, एक कस्टमर के लिए मँगवाया था। एक बार उससे बात कर लेता हूँ।" तब्बू ने अपना फ़ोन उठाया और एक नंबर मिलाया।

"हैलो अरे मुकरी! कहाँ हो भाई?" तब्बू ने कहा।

"कहीं भी हूँ, तू सीधे काम बता न।"

"अरे यार तुम्हारे लिए जो फ़ोन मँगवाया था, उसके लिए एक ग्राहक खड़ा है। अगर तुम लोगे तो रोक लूँ न बेचूँ?"

"नहीं फ़िलहाल मैं फ़ोन नहीं ले रहा। नोटबंदी के चक्कर में पैसे का जुगाड़ ही नहीं हो पा रहा है। अगर कुछ दिन रोक सके तो रोक ले।"

"अरे तुम्हारे मोहल्ले का ही लड़का है यार। तुमको बाद में चाहिए तो मैं दूसरा मँगवा दूँगा।"

"मोहल्ले का कौन लौंडा है जो लेटेस्ट आईफ़ोन ख़रीद रहा है ऐसे टाइम

में?" मुकरी थोड़ा चौंक गया।

"अरे वो बिंटू है न बिंटू, वही ले रहा है। लेकिन नोट पुराने दे रहा है। अब ऐसे में नये नोट दिख नहीं रहे हैं और पुराने से भी नाता ख़त्म कर लें तो दुकान तो बंद करनी पड़ जाएगी न। ले तो लेता हूँ पुराने नोट अगर कोई जुगाड़ हो बदलवाने की तो बताओ।"

"उस साले कंगले के पास कहाँ से पैसे आ गए।"

"उससे हमको क्या लेना-देना! आप ये बताओ कोई जुगाड़ हो इनको बदलवाने का तो..."

"अरे यहाँ अपनी नहीं सँभल रही तेरे को कहाँ से जुगाड़ बताएँ... चल रख फ़ोन।" मुकरी ने झुंझलाकर फ़ोन काट दिया।

इज्ज़त बचाने के लिए तब्बू ने बोलना जारी रखा, "ठीक है यार, जैसे बता रहे हो वैसे ही।"

मुकरी से बिंटू ख़ूब अच्छे से वाक़िफ़ था। दो गली छोड़कर ही मुकरी का घर था। मुकरी क्या करता था किसी को पता नहीं लेकिन पैसा अच्छा कमाता था ये सबको पता था, ख़ूब ख़र्चा जो करता था। दरअसल मुकरी एक ऐसे गैंग का मेंबर था जो लोगों से फ्रॉड करके पैसे बनाते थे। ये लोग OLX पर गाड़ी का ऐड चेक करते और फिर उस गाड़ी की डिटेल लेकर एक दूसरा एड फेक प्रोफ़ाइल से इतने सस्ते दामों में लगा देते कि उस नज़र पड़ने वाला गाड़ी के बहुत ज़्यादा सस्ते रेट देखकर पगला जाता और ख़रीदने के लिए बिलबिलाने लगता। फिर ये लोग अपनी जगह, अपनी परेशानी, मजबूरी बताकर सामने वाले से या तो पैसे ट्रांसफ़र करवा लेते या फिर उसको पैसे के साथ ज़्यादातर भरतपुर के आस-पास वाली लोकेशन पर बुला लेते। नये जगह के आदमी को क्या पता कौन लोग हैं और ऐसे में उससे सारे पैसे लूटकर उसे छोड़ देते। उसके बाद आदमी थाने के चक्कर लगाता तो पता चलता फ़ेक आईडी, फ़ेक नंबर और फिर बस एक केस दर्ज होकर रह जाता और वो लोग पुलिस की पकड़ से आज़ाद अगला बकरा तलाशने लगते।

बाक़ी लोगों की तरह बिंटू को भी उसके बारे में अता-पता न था। बिंटू तो ये भी नहीं जानता था कि मोहल्ले के बाक़ी लौंडों की तरह मुकरी भी शालू पर फ़िदा था और उसे बिंटू और शालू के बीच चल रही खिचड़ी का ख़ूब अंदाज़ा था। इसी कारण मुकरी, बिंटू से बहुत चिढ़ता था और फ़िराक़ में था कि किसी

भी तरह उसका पत्ता शालू की ज़िंदगी से साफ़ कर सके। इसीलिए उसे किसी भी तरह से मज़ा चखाकर नीचा दिखाना चाहता था। इधर बिंटू मुकरी के रब्बो-रुआब से इम्प्रेस तो था ही, तब्बू की उससे बातें करने से उसके कान में ये बात बैठ गई कि मुकरी के पास कोई-न-कोई जुगाड़ है नोट बदलवाने का।

बिंटू, मुकरी की आवाज़ तो सुन नहीं पाया था इसलिए थोड़ा बेचैन हो रहा था कि उसने क्या-क्या कहा था।

"हाँ तो क्या बात हुई?" आतुर होकर बिंटू ने पूछ लिया।

"हाँ यार काम तो हो जाएगा लेकिन 10 हज़ार रुपये एक्स्ट्रा देने पड़ेंगे। नोट बदलवाने में कमीशन देना पड़ेगा।" तब्बू ने गोटी फेंकते हुए कहा। उसे तो अपने फ़ायदे से मतलब था।

"10 हज़ार कुछ ज़्यादा नहीं हुए यार... ये तो सरासर लूट हुई न।" बिंटू थोड़ा निराश हुआ।

"अरे यार तो लूट कोई हम थोड़े ही मचा रहे हैं। बताओ अब ग़रीब आदमी को ख़ुद के ही पैसे के लिए कमीशन देना पड़ रहा है। बताओ अगला आदमी भी तो नोट बदलवाने के लिए मेहनत करेगा कुछ पैसा उस ग़रीब को भी मिलना चाहिए न भाई।"

बिंटू ने मोहब्बत के तराज़ू में 10 हज़ार और डालने का सोचा। लोग क्या नहीं कर-गुज़रते हैं अपने इश्क़ के लिए, यहाँ तो सिर्फ़ एक आईफ़ोन की बात थी और ऊपर से उसके लिए उसको अपनी किडनी भी नहीं बेचनी पड़ रही थी।

उसने साँस छोड़ते हुए कहा, "ठीक है... निकालो यार। अच्छा एक बात और बताओ, ये मुकरी के पास कोई जुगाड़ है क्या नोट बदलवाने का? क्या पैसे कमीशन देकर बदले जा सकते हैं?"

तब्बू ने भी अपने एक्स्ट्रा फ़ायदे को ध्यान में रखकर ऐसे ही बोल दिया, "हाँ बदल जाएँगे न पैसे, लेकिन कमीशन मोटा जाएगा।" तब्बू ने दो दिन पहले का बिल काटते हुए कहा।

सीसीडी पहुँचने तक बिंटू तक़रीबन 15 मिनट लेट हो चुका था। लेकिन फिर भी वो बहुत कूल था। आज हाथ में चीज़ ही ऐसी लेकर जा रहा था कि शालू क्या कोई लड़की ग़ुस्सा रह ही नहीं सकती थी।

एक कोने की टेबल पर शालू बैठी हुई थी। उसके चेहरा से लग ही रहा था कि वो भुनभुनाई हुई है।

"अरे मेरी सोना अकेले बैठी हो!" बिंटू ने बैठते हुए कहा।

"आस पास के सारे लड़कों को बुला के बैठा लूँ क्या?" उसने मुँह फेरते हुए कहा।

"अरे यार वो नहीं मेरा मतलब था कि कुछ ऑर्डर कर देती।" बिंटू अभी भी मुस्कुरा रहा था जिसे देखकर शालू को और भी कोफ़्त होने लगी।

"अच्छा चलो छोड़ो ये बताओ तुमने कोई नया वीडियो शूट नहीं किया क्या?" उसका मूड बदलने के लिए वो अक्सर उससे ऐसी बातें करता था क्योंकि टिक-टॉक की बात होते ही वो थोड़ा अलग ही मूड में आ जाती थी। ये सोशल मीडिया भी नशे से कम थोड़े ही है।

वो थोड़ी नॉर्मल हो गई और अपना फ़ोन खोलकर उसके सामने रख दी ताकि वो वीडियो देख सके।

वो वीडियो 500-1000 के पुराने नोटों पर बनाया। बैकग्राउंड में गाना बज रहा था- 'कोई हमदम न रहा कोई सहारा न रहा...' और शालू और एक-दो लड़कियाँ रोने-धोने जैसी एक्टिंग कर रही थीं। बिंटू को कभी समझ नहीं आया था कि उसके इन फालतू वीडियो में ऐसा क्या था कि 25 हज़ार लाइक आते थे, जबकि उसके तो डेढ़-दो सौ से ऊपर कभी नहीं पहुँचे थे। बिंटू उसके फ़ोन को देखते हुए बोला, "तुम बोल रही थी न कि इसका कैमरा ठीक से काम नहीं करता अब। कोई दूसरा अच्छे कैमरे वाला फ़ोन होता तो बढ़िया वीडियो शूट होते।"

शालू ने कुछ नहीं कहा। बिंटू ने अपने साइड में रखे एक बैग से एक छोटा-सा पैकेट जो उसने गिफ़्ट पैक करा लिया था, निकालकर शालू के सामने रख दिया और बोला, "देखो तो ज़रा क्या है इसमें।"

अचानक से शालू का सारा नखरा और ग़ुस्सा काफ़ूर हो गया। उसकी आँखें चमकने लगीं। उसको अंदाज़ा तो हुआ कि बिंटू उसके लिए फ़ोन लाया है। उसने जल्दी से पैकेट खोला और उसके खुलते ही उसकी ख़ुशी से चीख़ निकल गई। आस-पास के सब लोग उनकी तरफ़ देखने लग गए। शालू उठकर खड़ी हुई और बिंटू को गले लगा लिया और वहीं सबके सामने उसके गाल पर अपने होठ रख दिए। बिंटू का सारा बदन झरझरा गया।

"जानू! क्या सच में ये आईफ़ोन ही है!" शालू को अभी तक यक़ीन नहीं हो रहा था।

जवाब में बिंटू ने सिर्फ़ एक मुस्कान दी और उसके हाथों में बिल भी रख

दिया। शालू को नहीं पता आख़िरी बार वो इतना ख़ुश कब हुई थी। उसको समझ नहीं आ रहा था कि वो कैसे रिएक्ट करे। उसने तो आईफ़ोन रखने का सपना भी नहीं देखा था। लेकिन उसका बॉयफ्रेंड तो इतना तगड़ा निकला कि उसके लिए इतना क़ीमती तोहफ़ा लाया था।

"लेकिन यार इतना महँगा तुम कैसे लेकर आए? कहाँ से इतना पैसा मिला तुमको?" शालू अब थोड़ा-सा चिंतित होकर बोली।

"अरे नया बिन्निस डाला है हमने अभी। अब बस तुम देखती जाओ। कहाँ से कहाँ पहुँचेंगे।"

"कुछ उल्टा-सीधा काम तो नहीं कर रहे हो न?" शालू ने पूछा।

"अरे कुछ उल्टा-सीधा नहीं कर रहे तुम्हें प्यार करने के सिवा।" बिंटू ने हँसकर कहा।

"अच्छा मुझे प्यार करना कोई उल्टा-सीधा काम है क्या?"

"अरे तुम क्या जानो यार, रात भर तुम्हें याद करते हुए बिस्तर पर उल्टे-सीधे होते रहते हैं तो हुआ न उल्टा-सीधा काम। अब एक तरफ़ का बिस्तर तुम घेर लो तो कहाँ कुछ उलट-सुलट करने की जगह बचेगी।"

"हट बदमाश!"

शालू ज़रूरत से ज़्यादा ही ख़ुश थी। उस सब में वो अपना सवाल भूल ही गई कि वो कहाँ से लेकर आया था इतने पैसे। काफ़ी देर तक दोनों प्रेम कि बातों में डूबे रहे, प्रेमी जोड़ों की ना ख़त्म वन वाली बातों में।

***

बिंटू जब-जब शालू से मिलकर आता तो बेहद ख़ुश होता। नेहने उसकी ख़ुशी से दुखी तो नहीं होता लेकिन उसका मन बार-बार हिलोरें लेने लगता कि उसके जीवन में भी वैसी बयार होनी चाहिए। पिछले दस दिनों से उसने रूपा को नहीं देखा था। और पिछले दो दिनों से उसके रेस्टोरेंट के चक्कर लगा रहा था लेकिन उसे रूपा कहीं नज़र नहीं आई थी। वो उखड़ा हुआ-सा मूड लेकर बैठा हुआ था।

"क्या हुआ मेरे उजड़े चमन ऐसे क्यों लप्पू झन्ना-सा मुँह फुलाए बैठा है।" बिंटू ने कहा।

"तेरी क्या है साले तेरी तो सुनहरी कट रही है न। हमसे पूछो हमारा क्या हाल है, 10 दिन हो गया रूपा को देखे बिना। अब तो वो रेस्टोरेंट में काम भी

नहीं करती है। कहाँ ढूँढे उसको समझ नहीं आ रहा है।" नेहने ने उदासी से कहा।

"अबे तो इतने महीने से लड़की को ख़ाली ताड़ ही रहे हो। उससे आज तक बात तो तुमसे करी नहीं गई। शूँ-शाँय वाला ज़माना चल रहा है। लड़के मिनट भर में लड़की से मोबाइल नंबर एक्स्चेंज कर लेते हैं और तुमसे तो आज तक नाम भी नहीं पूछा गया।" बिंटू ने पेड़ से कमर सटाते हुए कहा।

"अरे नाम तो मुझे मालूम ही है अब क्या जाकर फालतू सवाल करूँ तुम्हारा नाम क्या है बसंती जैसा।" नेहने ने मुँह बनाते हुए कहा।

"नहीं तो फिर सीधे ही पूछ लेता कि तुम हमारे बच्चों कि अम्मा बनोगी।" बिंटू ने हँसकर कहा।

नेहने ने कोई जवाब नहीं दिया तो बिंटू बोला, "अबे अब ऐसे मुँह न लटका, करवाता हूँ कुछ जुगाड़। पता करवाता हूँ उसके बारे में।" बिंटू बोला।

हर मोहल्ले में लौंडा समाजसेवी संघ के कुछ लड़के ऐसे भी रहते हैं जिनका काम बस लड़कियों कि कुंडली निकालकर रखना होता है। ये ख़ुद तो कुछ कर नहीं पाते लेकिन हर लड़की के बारे में जानकारी पूरी रखते हैं। उसके आने-जाने से लेकर खाने-पीने, पहनने-ओढ़ने तक की ख़बर रखते हैं, ऐसे अभागे लौंडों को प्रेम कुंजी कहते हैं, जिनसे प्रेम का ताला ख़ुद तो खुल नहीं पाता लेकिन चाबी लिए घूमते रहते हैं। बिंटू मोबाइल निकालकर किसी को फ़ोन मिलाने लगा तब तक चौक में शशि भी पहुँच गया।

"क्या हो रहा है लौंडों।" शशि ने कहा।

"बताते हैं पूरी बात भैया।" कान से फ़ोन सटाए हुए बिंटू ने कहा। दूसरी तरफ़ रिंग जा रही थी। बिंटू ने फ़ोन लाउडस्पीकर पर डाल दिया।

"हाँ भाई, हिंगोली क्या हाल चल रहे हैं?" बिंटू ने पूछा।

"हाल-चाल कैसे यार लगी पड़ी है कुछ मत पूछो। तुम बताओ।" उधर से आवाज़ आई।

"ये तो भैंचो लगता है इन दिनों राष्ट्रीय जवाब हो गया है। हाल-चाल के बदले हर आदमी एक ही बात बोले है आजकल।"

"हाँ तो ऐसी तैसी मराने वाला कैसे कह दे कि गुरु बहुत मज़ा आ रहा है। हमारा बाँस पतला ही सही सामने वाले का तो बहुत मोटा है। इसी में ख़ुश हो रहे हैं लोग तो क्या कहें। तुम बताओ कैसे फ़ोन किया?"

"अरे यार एक मदद चाहिए थी तुमसे। वो जो तुम्हारे पास वाले ओएसिस

रेस्टोरेंट में एक लड़की काम करती थी न रूपा उसके बारे में जानकारी चाहिए थी।"

"उसके बारे में ज़्यादा न पता करो तो ही ठीक है। वो चिड़िया तो इन दिनों दारा कैंप में है। जितना दूर रहो उतनी ही भलाई है।"

"वो शराब तस्कर दारा?" बिंटू ने थोड़ा चिंता से कहा।

"हाँ वही, दूर ही रहो उस लड़की से... सबको मालूम है वो बहुतई खुसकैठ (बुरा) आदमी है।" हिंगोली ने कहा।

"थोड़ा डिटेल में बताओगे यार।"

"अब डिटेल में क्या बताना। दारा के बारे में तो सुना ही होगा वो लड़की शायद ज़रूरतमंद रही होगी, ख़र्चा नहीं चल पा रहा होगा। उसके पैसों के रुआब में आ गई होगी। पहले हो सकता है कुछ नैन-मटक्का हुआ हो, फिर लफड़ा शुरू हो गया होगा। अब तो सुना है दारा ने उसको वहाँ से नौकरी भी छुड़वा दी है। यहीं फ़तेहपुर रोड पर बनी नई बिल्डिंग में एक फ़्लैट किराये पे दिलवा दिया है, वहीं रहती है वो आजकल। अगर वो दिमाग़ में भी हो किसी के तो बात आई-गई कर दे। वही सही रहेगा। लड़की की मर्ज़ी है कोई क्या कर सकता है और फिर दारा को तो जान ही रहे हो। कौन दुश्मनी में पड़ेगा उसके साथ।" हिंगोली ने अपनी बात ख़त्म करते हुए कहा।

उन दोनों की बातचीत सुनकर नेहने का मूड ही ख़राब हो गया था लेकिन फिर भी कहीं-न-कहीं उसे उस लड़के की बात पर भरोसा भी नहीं हो रहा था। रूपा ऐसी लड़की तो थी नहीं। पिछले तीन महीनों से तो वो ख़ुद देख रहा था।

"सुन लिए भाई। अब उसको भूल जा कोई और मिलेगी। वो नहीं है तेरे टाइप की। लड़की भी तुझे भूल चुकी है।" बिंटू ने बोला।

"मैं उसे भूल जाऊँ ये हो नहीं सकता और वो मुझे भूल जाए ये मैं होने नहीं दूँगा।" नेहने धड़कन के सुनील शेट्टी की फ़ॉर्म में आ गया।

"अरे डट जा जवान डट जा। अब जब वो लड़की ही तैयार नहीं है तो का दुर्योधन की तरह जबरदस्ती करोगे कि इसे मेरी जंघा पर बिठाइए मामाश्री।" बिंटू ने उसको हँसते हुए समझाया।

"और ऊपर से दारा कैंप की कहानी है सो अलग।" शशि भी मामले को भाँपते हुए बोला।

दारा और उसके भाई जग्गा का पूरे एरिया में ख़ौफ़ था। वो बात अलग थी

कि पिछले कुछ सालों से दोनों भाइयों की आपस में बनती नहीं है। दोनों अब अलग हो चुके थे और आपस में दोनों ने काम भी बाँट लिए थे। ड्रग्स और सट्टे का काम जग्गा देखता था और शराब का पूरा काम दारा के पास था। दोनों सूदखोरी का काम भी अपने-अपने एरिया में करते थे। लड़ाई-झगड़ा और फ़साद के बीच ही तो उन लोगों का काम चलता था। उनसे लड़ना कोई हँसी-खेल तो था नहीं और वैसे भी आज के दौर में लड़ाई अखाड़े में नहीं होती गोलियों से होती है।

नेहने फिर कुछ बोला तो नहीं लेकिन न तो उसका दिल, न दिमाग़ इस बात पर यक़ीन करना चाहता था और ना ही वो इस रूपा के चेप्टर को यहीं ख़त्म करना चाहता था। वो मन-ही-मन कुछ और ही सोच रहा था।

***

एक ही दिन बैंक में लाइन लगाकर तीनों के दिमाग़ की नसें ढीली हो चुकी थीं। तीनों शाम को शशि के घर के आँगन में पड़ी खटिया पर बैठे हुए चाय पी रहे थे। सूरज डूबने की तैयारी में था और उधर बिंटू के दिमाग़ में डूबते सूरज को देखकर एक आइडिया उग रहा था।

"भैया दिन बैंक में लाइन में लगा ही तो रहना है कौन-सी ज़्यादा अक़्ल लगानी है।" बिंटू चाय का कप रखते हुए बोला।

"हाँ तो तू यहाँ बैठे-बैठे दिमाग़ चला रहा है। तू ही बता और क्या करें?" शशि ने कहा।

"बता रहा हूँ न। हम लोग मोहल्ले के आवारा-नकारा लौंडों को पकड़ते हैं। वो लोग लगेंगे लाइन में हमारे लिए और बदलवाकर लाएँगे नोट और हम लोग कुछ और सोचते हैं कि बाक़ी नोटों का क्या करना है। हम ख़ाली तीन लोग अगर दिन भर लाइन में लगे रहेंगे तो कुछ नहीं उखाड़ पाएँगे और न पूरे नोट बदल पाएँगे।" बिंटू ने पैर फैलाते हुए अपना मास्टर आइडिया दिया।

बिंटू की बात से नेहने और शशि दोनों ही सहमत लगे।

"हम्म बात में तो दम है। नेहने पकड़ो आस-पास के ऐसे लौंडों को जो ज़्यादा चंट-चतुर न हो और न ज़्यादा दिमाग़ लगाने वाले हों। बस सुबह पुराने नोट लेकर जाए और शाम में नये नोट वापस करें उसके बदले में उन्हें हम रोज़ 500 की पुरानी पत्ती देंगे।" शशि ने अगला स्टेप फ़ाइनल भी कर लिया।

तभी बाहर से कुछ शोर-सा सुनाई दे रहा था जैसे अफ़रा-तफ़री-सी हो रही हो। तीनों ने बाहर आकर देखा तो औरत बच्चे एक तरफ़ को भागे जा रहे थे।

"क्यों चाची जे मोहल्ला में भग्गी कैसी आई है ?" बिंटू ने पूछा।

"ताऊ बैठे हैं चौक में वहीं जा रहे हैं सब।" एक औरत ने जाते हुए कहा।

"लग रही है आज डोकरा फिर भाँग पी आ गए।" शशि मुस्कुराते हुए कहा और वो तीनों भी चौक की तरफ़ बढ़ गए।

चौक में भीड़ लगी हुई थी, बच्चे, बूढ़े, आदमी औरत दर्जनों लोग थे। कोई खड़ा था, कोई बैठा था, कोई छतों से झाँक रहा था। और ये वाला माहौल वहाँ अक्सर हो जाया करता था। ताऊ चिल्ला-चिल्ला के कह रहे थे साइकिल-मोटरसाइकिलन को हटा लेओ अपनीयों को, नेक साइड में कर लेयो, नेक जगह ऊ छोड़ देयो लिकरवे वारेन को, आदमी कहाँ कू खड़ो होवे और कहाँ बैठे।"

बृज के लोग ऐसे ही सिंगुलर को भी प्लूरल बनाकर खेलते रहते हैं। ताऊ भी ऐसे ही कुछ इंस्ट्रक्शन दे रहे थे। वैसे तो ताऊ कभी ख़ाली रहते नहीं थे, कोई-न-कोई उनके पास गप्पबाज़ी के लिए बैठा ही रहता था, लेकिन जब कभी बुढ़ऊ ख़ाली होते तो सपना चौधरी के वीडियो देखकर ख़ुद का टाइम पास करते क्योंकि दुनिया का टाइम पास करने के लिए तो उनके पास एक से एक कर्री चिरांदे थी। अक्सर वो भाँग खाकर आते और हारमोनियम लेकर बस्ती में जहाँ मन में आए बैठ जाते थे। फिर तो कोई मजीरा उठा लाता, कोई ढोलक तो कोई ख़ाली मटके और फिर शुरू होता रागिनी-रसिया का प्रोग्राम।

इंटरनेट की दुनिया ने लोक गीतों की परंपरा लगभग खा ही लिया है। कहीं-कहीं लोग इसे अभी भी ज़िंदा रखे हुए हैं। ताजगंज भी उन रेयर जगहों में से एक है जहाँ यदा-कदा उत्तर भारत के फ़ेमस लोक गायन का सामूहिक गान सुनाई पड़ जाता है। ताऊ गला खँखार-खँखारकर गा रहे थे और आस-पास से बाक़ायदा कोरस दिया जा रहा था-

ऐसा आदमी कोण जगत में
जो नहीं किसी तै छल कर ग्या
छल की दुनिया भरी पड़ी सै
आज करै कोई कल कर ग्या
राजा दशरथ राम चंद्र के सर पै ताज धरण लाग्या
कैकेयी नै छल करया वो जंगल बीच फिरण लाग्या
बणकै मारिच मृग कपट जब राम कुटी पै चरण लाग्या
पड़े अकल पै पत्थर ज्ञानी रावण सिया हरण लाग्या

वा सिया हरे तै लंका जलगी
ख़ुद करणी का फल भर ग्या
राम चंद्र भी छल कर कै भाई
बाली नै घायल कर ग्या
इसा आदमी कोण जगत म
जो नहीं किसी तै छल कर ग्या
छल की दुनिया भरी पड़ी सै
आज करै कोई कल कर ग्या

सब रह-रहकर ताऊ की रागिनी और उनके सुनाने के अंदाज़ का आनंद ले रहे थे। बीच्च-बीच में जब ताऊ गाना रोकते तो हारमोनियम और मजीरों की आवाज़ों के साथ लोगों का हो-हो का हल्ला भी ज़ोर पकड़ लेता। सब माहौल का पूरा आनंद उठा रहे थे। वहीं इस शोर से कटे हुए नेहने और बिंटू की नज़रें भीड़ में से उन लड़कों की छाँट-बीन कर रही थीं जो उनके काम के हों आख़िर रागिनी सुनने से ज़्यादा ज़रूरी काम ये जो था।

***

अपने काम लायक़ लड़कों को खोजने के बाद बिंटू और नेहने ने उनको शशि के घर पर शाम को छह बजे अपने आधार कार्ड के साथ बुलाया था। सब लड़कों को बैठा के वो नाम, पता और बाक़ी डिटेल नोट कर रहे थे। बिंटू एक-एक लड़के की आई-डी लेकर उनकी पड़ताल कर रहा था।

"क्यों बे मलूका, आधार कार्ड पर फ़ोटो तो तेरी ही लग रही है लेकिन ये नाम किसका है तिरियमबकम शास्त्री ?" नेहने ने एक आधार को पढ़ते हुए कहा।

"का ? का कही ? तेरी अम्मा कम, जे ससुर कैसो नाम है ?" शशि ने हँसते हुए कहा और उसके साथ बाक़ी सब भी हँसने लगे।

"त्रयम्बकम शास्त्री। यही तो मेरा नाम है। मलूका तो ऐसे ही घर में कहवे हैं।"

"घर में कहवे हैं या पूरा ताजगंज तेरे इसी चौंचक नाम से जाने है। वैसे रखो कौन ने है जे मलूक नाम।" शशि ने पूछा।

"मेरा नाना बहुत बड़ा ज्योतिष था उसी ने रखा था।" मलूका ने ऐसे कहा जैसे नाना उसके भाग्य में राजयोग लिखकर मरा था।

"अच्छा-अच्छा ठीक है। पाँच सौ का नोट देखा है कभी?" बिंटू ने फिर पूछा।

"हे-हे-हे कैसे बात कर रहे हो भैया! क्यों न देखा?" मलूका ने दाँत निपोरते हुए कहा।

"हाँ तो और अच्छे से देख भी लो अब ये तुम लोगों की आख़िरी नस्ल होगी जो साक्षात पुराना नोट हाथ में लेके देखी होगी। ऐसे नौ नोट तुमको गिनकर दे रहे हैं, उसके बदले में छीपी टोला वाली ब्रांच से बदलकर पुराने 100 के या फिर नये नोट जो मिल जाएँ लेकर आने हैं। वापस जब पैसा जमा कराने आओगे तो एक पाँच की पत्ती मिलेगी तुमको, जिसे तुम बाद में बैंक से ही बदलवा लेना ठीक है। एक ही दिन में पाँच सौ की कमाई इतनो तो तेरे पिताजी भी न कमा रहे होंगे बेटा लेकिन होशियारी में जे बात कहीं किसी और से कही तो फिर जान लेओ सुताई अलग और कमाई बंद सो अलग।"

"अरे चिंता मत करो भैया।" मलूका ने पैसे लिए और वहाँ से निकल गया।

"इसका नाम नोट कर लेना नेहने। हाँ भाई अगला कौन है ये संजोग सिंह?" बिंटू ने अगली आईडी से नाम पढ़ते हुए कहा।

"मैं हूँ भैया।" एक लड़के ने कहा।

"अरे नन्नू पैया तू? वाह एक से एक नाम रखे हैं तुम्हारे घरवालों ने। आज जे कसरत न हो रही होती तो कैसे तुम्हारे नाम जान पाते।" बिंटू बोला।

"हाँ नाम रखने में तो कोई सानी नहीं है गुम्मट वालों की। वो सूरज सिंह के तीन लौंडे हैं एक का नाम रखा है बादल, एक का आकाश और तीसरा मौसम।" शशि बोला।

"हाँ अब बाकी का सौरमंडल चाँद-तारे ये तीनों बड़े होकर पैदा कर ही देंगे।" जिस-जिसको नेहने की बात समझ आ गई वो पेट पकड़कर हँसने लगा।

"ले भाई तू भी नोट पकड़ और ध्यान से कोई बात ऊपर-नीचे हुई तो घोंटू तोड़ दिए जाएँगे और ज़्यादा हो हल्ला भी नहीं मचाओगे कहीं कि किसके पैसे है... कौन बदलवा रहा है। जब तक बदले नहीं जाएँगे तुम्हारे ही पैसे हैं, बदलने के बाद हमारे समझे?" बिंटू ने इसके साथ-साथ बाक़ी लड़कों को भी ख़ुराक दे दी ताकि कहीं कोई गड़बड़ न हो और न करने की सोचे।

"हाँ ठीक है न भैया, कितनी बार बताओगे। हमको तो अपने पाँच सौ से मतलब है बस।"

"हम्म... ऐसे ही समझ से काम करोगे तो रोज़ पाँच सौ कमाओगे। चलो अब आगे बढ़ो।" शशि ने भी अपने हिस्से का कोटा पूरा किया।

"अब ये कौन है ?" बिंटू ने आधार कार्ड पर से एक फ़ोटो देखते हुए कहा, "अबे रिंकू तू तो साले अभी 14 ही साल का है। तेरे को भी पैसों का चस्का है ? अबे साले जाकर कंचा खेल, पतंग उड़ा। यहाँ क्यों उड़ता हुआ चला आया है ? चल निकल।" बिंटू ने थोड़ा ज़ोर से कहा।

"अरे दे दो न भैया, मैं भी भैया लोगों के साथ चला जाऊँगा और बदलवाकर ले आऊँगा।" रिंकू ने थोड़ा ज़िद करते हुए कहा।

"देख लल्ला, जब तुम पेट में थे न तब हम एट में थे। अभी तेरी किंडर जॉय खाने की उम्र है वही काम कर तू। ये सब खेल में बड़े-बड़े पछाड़ खा रहे हैं। तू जा बेटा बाद में मिलना कुछ और करवाते हैं तुझसे। लेकिन ये काम नहीं चल अब तीर बन के उड़ ले यहाँ से।" शशि ने उसे बाहर कर दिया। रिंकू मुँह बनाता हुआ वहाँ से चला गया।

"हाँ तो नेक्स्ट कौन है ?" नेहने ने आवाज़ तो ऐसे लगाई जैसे वो कोई मास्टर हो और लाइन में खड़े बच्चों का वायवा ले रहा हो।

एक लड़के ने अपनी आई-डी शशि के हाथ में रख दी।

"अच्छा तो तू भी क़तार में है स्मार्टी जैक।" बिंटू ने कहा।

"लेकिन इसकी आई-डी पे तो जगनदास लिखा हुआ है। बड़ा रंगीला नाम रखा है इसके घरवालों ने।" शशि ने आईडी पढ़ते हुए कहा।

"इसके घरवालों ने नहीं भैया ये एकदम नई नस्ल वाले लौंडे हैं ख़ुद ही अपना नामकरण किए हैं। अपनी फ़ेसबुक प्रोफ़ाइल पर नाम रखा है लौंडे ने स्मार्टी जैक।" बिंटू ने मसखरी करते हुए कहा।

"अच्छा तो सन ऑफ़ मक्खन हलवाई इज़ स्मार्टी जेक।" नेहने ने हँसते हुए कहा।

"वैसे इसके जैसे लौंडों का तो बस एक ही नाम होना चाहिए।" बिंटू ने कहा।

"वो क्या ?"

"टैगासुर।"

"वो क्यों ?"

"अरे ये साले 100 रुपये वाला चश्मा लगाके, खड़े बालों में फ़ोटो लगाएँगे

फ़ेसबुक पर और 50 लोगों को टैग करेंगे और इतना ही नहीं भैया ऊपर से स्टेटस और डाल देते हैं कंट्रोल योर बीपी आफ़्टर वाचिंग माय डीपी।" हँसते हुए बिंटू कुर्सी से गिरने को हो गया।

बिंटू इतने पर ही रुका नहीं और बोला, "एक बार फ़ादर्स डे के दिन क्या स्टेटस मारा लौंडे ने कि, हैप्पी फ़ादर्सडे टू आल माय फ़ादर्स।"

"चौरे कितने बाप हैं तेरे?" नेहने भी हँसते हुए पूछ बैठा।

अब तो सब हँसके लोटने लगे।

"अबे अब इतना भी मज़ा न लो लौंडे का। उसकी मज़े लेने की उम्र है लेने दो। ले बेटा ये पकड़ नौ पाँच सौ के और अपने सब फ़ादर्स को इसकी ख़बर मत लगने देना।" शशि ने भी लड़के के मज़े ले लिए।

लड़का झेंपकर साइड हो गया, आख़िर उसे पाँच सौ लेने भी थे न।

"अब कौन बचा है अरे लल्लू तू! ला आईडी दिखा तू भी।" बिंटू ने कहा।

बाक़ियों की हालत देखकर लल्लू को भी डर था कि आज उसकी भी धज्जियाँ उड़ीं।

"अरे तेरा भी नाम अलग है। ये बढ़िया है साले दो-दो, तीन-तीन नाम लेके घूम रहे हैं गुम्मट के सब मोड़े।" बिंटू ने कहा।

"क्या नाम है इसका?" शशि ने डायरी में नोट करने के लिए पूछा।

"प्रणब।"

"परनब... वाह बढ़िया है बेटा, लेकिन तू गुम्मट में ही है रहियो। ताजमहल तरफ़ मत जइयो।" शशि ने चिकोटी लेते हुए कहा।

"क्यों भैया?" लड़का बात समझ नहीं पाया तो चौंककर पूछा।

"अरे कोई बंगाली टूरिस्ट मिल गया तो तुझे कहेगा ऐ पोर्नहब, तुम हमको सिकंदरा घुमाएगा।" शशि ने भी बिंटू की तरह हँसते हुए पेट पकड़ लिया।

लड़का अभी भी मज़ाक़ नहीं समझ पाया था तो वो भी उनके साथ हँसने लगा।

"सही बताओ भैया, क्या बंगाली ऐसे ही बात करते हैं?" उसी लड़के ने पूछा।

"अरे बात करते हैं क्या बताएँ यार? अब उनके ऐसे बात करने में तो अंग्रेज़ भी अचकचा जाते थे। तुमको मालूम है बंगाल में एक जगह है नाम है सीरमपुर। वहाँ जब फिरंगी पहुँचे थे तो भिखारी लोग बड़े साहब अंग्रेज़ को देखकर पैसा

माँगने जाते लेकिन कोई कुछ समझता ही नहीं था कि वो भीख माँग रहे हैं या बंगाली में कोई बात कर रहे हैं। फिर किसी पढ़े-लिखे आदमी ने समझाया कि इन लोगन से पैसा चाहिए तो जाकर बोलो सर आई एम पुअर तो ये लोग पैसा देंगे।"

"अच्छा फिर?"

"फिर क्या! साले बंगाली बुड़बक जाकर बोलते थे सिरआईम पुअर, सिराईम पुअर... अंग्रेज़ सालों ने पूरे इलाक़े का नाम ही रख दिया सीरमपुर।" सब ठहाके मारकर हँसने लगे।

जब बकलोली करते हुए बहुत देर हो गई तो नेहने बोला, "अब हँसी-ठट्ठा ही करते रहोगे। जल्दी-जल्दी निपटाओ तो और भी कुछ देखें।"

बिंटू ने लड़कों को बाक़ी हिदायतें देते हुए जाने को बोल दिया और कल काम होने के बाद यहीं शशि के घर पर बुलाया।

सबके जाने के बाद नेहने ने काम की बात शुरू करते हुए कहा, "भैया, लोग ट्रेन, बस, हवाई जहाज़ की टिकटें ख़ूब बुक करा रहे हैं इस समय।"

"क्यों कहाँ जा रहे हैं बुकिंग करवाकर सब?" शशि ने पूछा।

"अरे जा कोई धी का टना कहीं न रहा। बस फ़र्ज़ी बुकिंग पर पिले पड़े हैं सब।"

"ऐसी क्यों?"

"अरे अभी बुक करवा लेंगे काउंटर से 2-3 महीने बाद की टिकट और बाद में कैंसिल करवा देंगे। देंगे पुराने नोट मिलेंगे नये नोट।"

"ओ... ओह अब समझ आई बात। हाँ ये भी बढ़िया आइडिया है। कल से हम भी शुरू करवा देते है।" शशि ने कहा।

"लेकिन वहाँ भी तो बैंक जैसी लंबी लाइन होगी न दादा।" बिंटू ने कहा।

"अरे यार जाकर पहले मैटर तो समझ लेते हैं। फिर अगर लाइन वाली बात आएगी तो मोहल्ले के और आवारा लौंडों को पकड़ेंगे। यहाँ कोई बस्ती में ऐसे लौंडों की कमी थोड़े ही है। फ़ौज बना रखी है पूरी बस्ती वालों ने। एक-एक घर में 8-8 होंगे और कब काम आएँगे साले सब।"

"हम्म तब फिर ठीक है।" बिंटू ने हामी भर ली।

नेहने ने कहा, "दोपहर तक फ़्री होने के बाद मैं सोच रहा हूँ हम लोग चलकर अपने लिए भी शॉपिंग कर लें।"

"कहाँ से करेंगे शॉपिंग?"

"अरे TDI मॉल से और कहाँ से। बहुत सारे शोरूम वाले अभी ले रहे हैं पुराने नोट। कल हम लोग चलते हैं वहीं से ख़रीदकर लाते हैं अपने लिए कपड़े, जूते, गोगल जैसे फ़िल्मों में करते हैं भकाभक शॉपिंग।"

आइडिया बढ़िया था। वो लोग भी एक दिन ये फ़ील करना चाहते थे कि रईस लोग कैसे पैसा उड़ाते हुए शॉपिंग करते हैं, नहीं तो अभी तक उन्होंने संजय पैलेस से डुप्लीकेट ब्रांड्स ही ख़रीदे थे। तो कल का दिन इन्होंने अपनी इस ख़्वाहिश को पूरी करने के लिए रख लिया। ख़्वाहिशें वैसी भी एक पूरी हो जाए तो नई पैदा हो जाती हैं। आदमी का अपनी इच्छाओं से पेट ही कब भरा है।

***

TDI माल में अब तक वो सैकड़ों बार गए थे लेकिन कोई मूवी देखने और तफ़रीह करने के अलावा वहाँ कुछ ख़ास नहीं किया था, लेकिन आज अलग ही फ़ील आ रहा था तीनों को।

थोड़ी झिझक तो हो रही थी क्योंकि ऐसे वो कभी मॉल से शॉपिंग करने के लिए नहीं आए थे, लेकिन आज अंधे के हाथ में बटेर थी तो तीनों भूखे की तरह कपड़े ख़रीदने पर लग गए। वो भी ख़रीदा जिसकी दूर-दूर तक उन्हें कोई ज़रूरत नहीं थी। शशि जो अब तक पटा वाला धारीदार नेकर सिलवाकर पहनता था, उसने भी लिवाइस की 8-8 चड्डियाँ ख़रीदीं।

बिंटू ने ढेर सारे रंग-बिरंगे मफ़लर और स्टॉल्स लिए, नेहने ने कई सारी जैकेट ख़रीदी और बाक़ी दोनों सेनज़र बचा एक लेडीज हैंड बैग भी ख़रीदा। जब तक उनका जी नहीं भर गया तब तक वो ख़रीदारी करते रहे। वो तो इतने फालतू थे कि उन्होंने थकान मिटाने के नाम पे फ़िश स्पा भी लिया। बिंटू को कल शालू के साथ कीठम झील जाना था, शालू ने पहली बार उससे कहा था कि वो उसके साथ एक रोमांटिक गाना शूट करना चाहती है। उसके लिहाज़ से बिंटू को अलग से तैयारी करनी थी। उसके लिए उसने सैलून में जाना था और जो-जो करवाना था, उसके बारे में शालू ने उसे पहले ही बता दिया था।

बिंटू के प्रेम-प्रसंग को देख-देखकर नेहने के मन में भी कलर बम फूट रहे थे, वो भी उसके साथ गया तो शशि भी चल पड़ा। वहाँ उन्होंने हेयर कट, हेयर स्पा, पेडीक्योर, मेनिक्योर, ऑय ब्रो, फ़ेसियल स्पा सारे ट्रीटमेंट लिए। अब तक उन्होंने सिर्फ़ सलिल सैलून में स्मार्ट बनिए के नाम पर बाल छँटवाकर चंपी ही करवाई थी लेकिन आज तो कौए क्षीर सागर में ग़ोते लगा रहे थे।

सब करवाने के बाद जब अपनी शक्ल ख़ुद आईने में देखी तो ख़ुशी से इतराने लगे। और जब वहाँ से वापस लौटे तो हाथों में इतने बैग पकड़े हुए थे कि समा नहीं रहे थे। अभी तो बस शुरुआत थी अभी तो सुख उठाने शुरू ही किए थे। लेकिन पैसा जब आता है तो अकेले नहीं आता, अपने साथ बहुत ख़ून-ख़राबा लेकर आता है। सुख का लालच ही नये दुख की शुरुआत होती है। अभी तो बहुत कुछ आना बाक़ी था।

शुक्र की टेढ़ी नज़र

शुक्र की नज़र जब किसी पर पड़ती है तो वारे-न्यारे होने लगते हैं, आदमी के पास धन, दौलत, ऐश्वर्य आने लगता है। लेकिन शुक्र की दृष्टि होती है टेढ़ी, और वो ऐसे कि शुक्राचार्य थे राक्षसों के गुरु और महाराज बलि राक्षसों का तेज़ प्रतापी राजा था। शुक्राचार्य की युक्तियों से राजा बलि ने इंद्रादि देवादि देवों को परास्त कर तीनों लोकों को जीत लिया और विश्वजीत होकर शत अश्वमेध यज्ञ किया ताकि तीन लोकों का निर्विघ्न स्वामी बन सके। इस यज्ञ की प्रक्रिया थी कि वामों को दान-दक्षिणा देनी होती है। तभी वहाँ अपने विष्णु भगवान वामन का रूप लेकर खड़े हो गए कि बता भैया बलि का है तोपे देने को। राजा बलि हँसते हुए बोला, "मैं तो तुम्हें जो माँगो वो दे सकता हूँ क्योंकि मैं इस समय त्रिलोक का स्वामी हूँ। तुम अपनी बताओ, ब्राम्हण देवता कि तुम्हें क्या चाहिए?"

तो वामन ने कहा, "अच्छा तुम्हाये पास संपत्ति बहुत ज़्यादा है तो मुझे तीन डग भूमि दे दो।" बलि मान गया लेकिन वामन ने कहा कि आप तैयार हो तो पहले संकल्प करो। अब यहाँ शुक्राचार्य ने ताड़ लिया कि ये तो विष्णु है, उन्होंने अपने राजा को समझाया, "राजन ये वामन के रूप में छलिया विष्णु है तुम हामी मत भरो, आपका सब वैभव, धन-धान्य लुट जाएगा।" लेकिन राजा बलि दानवीर

था वो पीछे नहीं हटा। बलि ने संकल्प लेने के लिए कलश उठाया तो शुक्राचार्य कलश में सूक्ष्म रूप बनाकर घुस गए ताकि बलि संकल्प न कर सके।

वामन रूप में खड़े भगवान विष्णु ने कलश के मुँह में तिनका घुसा दिया और तिनका घुस गया शुक्राचार्य की आँख में और वो हो गए काने। फिर जल निकला तो राजा ने संकल्प पूरा किया और बोले कि अब वामन आप नाप लो तीन डग भूमि तो वामन देवता ने इतना विशाल रूप किया कि दो ही डग में आकाश-पाताल नाप दिए फिर बोले, "अभी तो राजा बलि तीसरा डग बाक़ी है बता अब कहाँ की धरती बची है तुम पर? कहाँ रखूँ मैं तीसरा डग?"

पहले तो राजा अचकचा गया फिर धैर्य से उसने स्वयं को झुकाया और कहा कि देवता तीसरा डग मेरे ही सर पे रख दो आप। प्रभु ख़ुश हुए और राजा बलि को पाताल लोक का राज्य दिया। राजा बलि सप्त चिरंजीवियों में से एक हैं, जो आज भी जीवित माने जाते हैं।

लेकिन कहानी तो शुक्राचार्य की थी तो ये इसलिए बताया कि वो काने कैसे हुए। ख़ैर अब शुक्र ठहरे काने और काने आदमी की नज़र सीधी कैसे पड़े? और जब इनकी कृपा से धन आए तो याद रहे धन के देवता कुबेर भी काने ही हैं। जिसके पास धन हो उसमें तो घमंड आ ही जाता है फिर जब स्वयं धन के देवता हों तो उन्हें कितना घमंड रह-रहकर आता होगा। लेकिन घमंड तो भगवान ने रावण का भी नहीं छोड़ा था, सूरज चाँद ने घमंड किया तो उन्हें ग्रहण लगा दिया, समुंदर ने किया तो उसे खारा कर दिया, चकवा-चकवी ने किया तो उन्हें बिछोड़ा लिख दिया।

तो घमंड का ही एक और क़िस्सा है कि एक बार कुबेर ने भोलेनाथ को ही चुनौती दे दी कि वो धन से कुछ भी कर सकें हैं तो भोले तो भोले हैं वो ख़ाली हँसते रहे लेकिन कुबेर बार-बार धन का दम धौंकते रहे तो भगवती को क्रोध आ गया और उन्होंने कुबेर की एक आँख नोच ली और कहा कि जाओ धन से ले आओ आँखें। अब कुबेर को होश आया और लगे माफ़ी माँगने तो देवी ने माफ़ करते हुए उन्हें सोने की आँख दी। तो कुबेर की एक आँख सोने की बनी हुई है। इसी कारण उनको पिंगलाक्ष्य भी कहा जाने लगा।

तो भैया बात बस इतनी-सी है कि शुक्र और कुबेर दोनों ही काने हैं और दोनों की नज़र वक्र अर्थात टेढ़ी ही पड़ती है। यानी जब शुक्र और कुबेर की दशा बलबती हो तो सँभल के तो चलना ही चाहिए और नहीं तो ये लगी ठोकर और

आदमी धड़ाम से कलामुंडी खाके नीचे।

एक और बात, शुक्र की उच्च दशा में भोग-विलास की इच्छा बलवती हो जाती है, यानी कि कामदेव भी एंट्री ले लेते हैं। कामदेव अपने गन्ने से बने धनुष से फूलों के पंचबाण जब मारते हैं तो आदमी काम के मारे फड़फड़ाने लगता है। इन तीनों पर भी शुक्र की दृष्टि पड़ रही थी। काम, क्रोध, मद, लोभ, मोह, नाथ नरक के पंथ, बाबा तुलसी की ये चौपाई इस कहानी का सार है।

***

नये फ़ोन के साथ शालू बहुत ख़ुश थी। अपनी फ़ेसबुक आईडी से उसने स्टेटस भी मार दिया था। दिन रात उसे अपनी छाती से चिपकाए घूम रही थी। शालू को लगातार फ़ॉलो करने वाले मुकरी ने भी वो स्टेटस देख ही लिया और उसे समझ आ गया था कि बिंटू ने वो फ़ोन किसके लिए लिया था। इतना महँगा फ़ोन वो भी गर्लफ्रेंड को गिफ़्ट में, वो भी बिंटू जैसे कड़के से! मुकरी का चौंक जाना स्वाभाविक था। फिर उसने सोचा कि सब लोग दूसरों को अपना पैसा बाँट रहे हैं, बड़े लोग अपने कर्मचारियों को एक-एक साल की तनख़ाह एडवांस में दे रहे हैं, लोग-बाग अपने रिश्ते-नातेदारों, और यहाँ तक कि नौकर-चाकरों के जन धन खातों में डेढ़-डेढ़ लाख जमा करवा रहे हैं तो हो सकता है कहीं से इसको भी मिल गया हो।

लेकिन फिर भी अगर कहीं से मिला भी होगा तो लाख दो लाख और बस इतना-सा पैसा मिल जाने से कोई अपनी गर्लफ्रेंड को इतना महँगा फ़ोन तो नहीं ही देता है। मामले में कुछ तो ख़ुराफ़ात थी जो फ़िलहाल उसके समझ से बाहर की थी। उसे अब बस पता लगाना था कि आख़िर पैसा आया कहाँ से उसके पास और यह कोई ज़्यादा मुश्किल काम भी नहीं था। पैसा आता है तो ख़ुद-ब-ख़ुद बोलता है, बिंटू का पैसा भी बोलने लगा था जिसकी आवाज़ मुकरी ने सुन भी ली थी तो ज़ाहिर है और लोगों ने भी सुनना शुरू कर दिया होगा उसे। मुकरी का मन बिंटू के प्रति नफ़रत से भर गया।

ये नया प्रसंग देखकर उसे शालू ख़ुद से और भी ज़्यादा दूर होती नज़र आने लगी लेकिन फ़िलहाल उसके पास करने को कुछ था नहीं। करता भी आख़िर क्या? मन मसोसकर इसी फ़िराक़ में शांत बैठ गया कि किसी-न-किसी दिन तो बिंटू उसके अंटे में फँसेगा तब कुछ करा जाएगा।

***

शालू सुबह से ही तैयार होने में लगी थी। जब वो घर से निकली तो देखते ही बन रही थी। बिंटू उसे ताजमहल गेट पर खड़ा हुआ मिल गया, और शालू को देखते ही गाने लगा खिचमा सूट पहनकर चाली के करवावेगी हो गोरिए... गोली चल जावेगी। शालू ने प्यार से एक मुक्का उसकी छाती पर मारा। बिंटू ने बाइक स्टार्ट की और दोनों कीठम झील के लिए निकल गए।

कीठम झील प्रेमी जोड़ों का मिलन स्थल है, जहाँ बहुत सारे ख़ूबसूरत पंछियों का जमावड़ा रहता था। आज ये दो पंछी भी उनकी प्रेमक्रीड़ा में शामिल होने पहुँचे थे। टिक-टॉक एक ऐसी चिरांद है जो इंडिया में इतनी तेज़ी से फैला जितनी तेज़ी से वाइरस फैलता है। क्या गाँव और क्या शहर, गली, मोहल्ले, ट्रेन, घरों में, मॉल में युवा, लड़के, लड़कियाँ और औरतें जहाँ देखो वहाँ टिक-टॉक शूट करते हुए दिख जाते हैं। और अगर नहीं भी दिखते हों तो उनकी कलाबाज़ियाँ टिक-टॉक पर देख लो। सोशल मीडिया के बाद पैदा हुए इस फुहारे ने नई जेनरेशन को और भी निठल्ला बनाना शुरू कर दिया है। इस प्लेटफ़ॉर्म पर एक्टिव लोग अपनी क्रिएटिविटी से लबरेज़ दिखते हैं और ख़ुद सेलेब्रिटी होने की फ़ील लेते हैं। और ये फ़ील आए भी क्यों ना जब सैकड़ों कमेंट, हज़ारों लाइक और लाखों फ़ॉलोवर पीछे दिखाई पड़ते हों।

वो दौर बीत गया साहिब जब सोहनी गीत गाते हुए फ़रियाद करती थी 'चिट्ठिये पंख लगा के उड़ जा, ग़ैर के हथ ना आन्वी, ख़ैर ख़बर ले आ नि अड़िए, ख़ैर ख़बर ले जावि...' अब मोहब्बत का इज़हार और प्रेमालाप टिक-टॉक और वीडियो कॉल से होता है। ये सब अगर उस दौर में होता तो आज मोहब्बत के क़सीदे थोड़े ही पढ़े जाते, मजनू ने कोई दूसरी लैला ढूँढ ली होती, शीरी, फ़रहाद से ब्रेक-अप के बाद पार्टी करते हुए ब्रेक-अप सॉन्ग पर नाच रही होती। यूसुफ़ और ज़ुलेखा के प्रेम में आध्यात्मिक दीवानगी ना होती बल्कि एक से ज़्यादा प्रेम-प्रसंग होते और इस सबके वीडियो भी आपको टिक-टॉक या इसके जैसे ही किसी-ना-किसी प्लेटफ़ॉर्म पर मिल जाते।

यहाँ भी वही आलम था दिन भर दोनों टिक-टॉक पर ही शूट करते रहे, तुमसे मिले दिल में जगा दर्द करारा से लेकर, हाय री मेरी मोटो, राम की सूँ आज तक आया ना हिसाब... तू चीज़ लाजवाब तेरा कोई ना जवाब तक ढेरों गानों पर। उनका रोमांस शायद यही था। इस दौर का प्रेम अगर बाज बहादुर और रानी रूपमती अगर स्वर्ग से देख सकते तो बाज बहादुर वहीं से छलांग लगा देते और

रूपमती अरी मोरी मैया जे का देख ल्यो कह के फिर से ज़हर खा लेतीं।

***

रूपा के नये फ़्लैट का पता लगवाना कोई बड़ा काम नहीं था। थोड़ी-सी मेहनत करके नेहने ने रूपा के फ़्लैट का नंबर पता लगा लिया। और इस बात को बिंटू और शशि से छुपाए रखा, उसे पता था कि अगर उन दोनों को पता चला तो बेकार की मल्लाही सुनाने लगेंगे। बहुत उम्मीदों के साथ कि उसने जो कुछ सुना होगा सब अफ़वाह होगी, ये सोचते हुए नेहने रूपा के फ़्लैट पर पहुँच गया। नये कपड़े, नये जूते, आँखों पे चश्मा, बालों में जेल और आधी डीयोडरेंट की बोतल उड़ेलकर एक दम टिप-टॉप बाँके बनकर वो पहुँचा था। इस उम्मीद में कि रूपा उसे देखकर गिर ही पड़ेगी। उसे देने के लिए उसने एक हैंड बैग तो लिया ही था, साथ ही एक गुलाब का बुके भी लेकर गया था। 4-5 बार घंटी बजाने के बाद दरवाज़ा खुला। रूपा अपनी नाइट ड्रेस पहने हुए ही थी और ऐसा लग रहा था कि वो बस अभी सोकर ही उठी है। रात में ऐसा कहाँ बिज़ी थी कि दिन के इस वक़्त सोकर उठी है? नेहने के दिमाग़ ने एक गंदी कल्पना की लेकिन उसने उसे झिटक दिया। नेहने को अपने दरवाज़े पर खड़ा हुआ देखकर वो चौंक गई थी।

"तुम... तुम यहाँ कैसे? मेरा मतलब कहो कैसे?" रूपा ने चौंककर पूछा।

शुक्र है कि रूपा ने उसको पहचाना तो सही। नेहने ने एक राहत भरी साँस लेकर कहा, "तुम्हारे रेस्टोरेंट गया था पता चला कि तुमने वो जॉब छोड़ दी है। फिर पता चला कि तुमने घर भी बदल लिया है। बस ऐसे ही तुम्हारे हाल चाल लेने आ गया कि सब ठीक तो है न। अंदर नहीं बुलाओगी या यहीं से वापस चला जाऊँ?" नेहने ने हँसते हुए कहा।

"अ... अ... अंदर? मैं तो तुम्हें ठीक से जानती भी नहीं!" फिर उसने कुछ सोचकर कहा, "ठीक है आ जाओ।"

फ़्लैट अंदर से भी बढ़िया सजा हुआ था। बाहर ही सोफ़े पड़े हुए थे। नेहने ने अंदर आते ही बिना किसी पर्मिशन के बैठते हुए कहा, "मुझे तुमसे कुछ ज़रूरी बात करनी थी।" ये कहने भर में ही नेहने के माथे पर पसीना आ गया और दिल की धड़कन तेज़ हो गई।

"मुझसे? मुझसे क्या ज़रूरी बात करनी है?" रूपा ने हँसते हुए कहा।

हँसते हुए वो बहुत ख़ूबसूरत लग रही थी बिलकुल वैसी ही जैसे वो हमेशा उसकी तरफ़ मुस्कुराते हुए लगती थी। नेहने से अब रहा नहीं जा रहा था। वो

अपने दिल को जल्दी से खोलकर रख देना चाहता था, कहीं ऐसा न हो कि वो सब जो उसने रात भर सोचा था वो कह ही न पाए। उसका गला सूखने लगा था। फिर भी उसने सूखे गले से पूरा ज़ोर लगाकर बोलना शुरू किया, "देखो तुम जानती हो कि हम एक-दूसरे को बहुत महीनों से जानते हैं।" अभी नेहने कि बात पूरी भी नहीं हो पाई थी कि रूपा ने उसे टोक दिया।

"बहुत महीनों से जानते हैं? कहाँ जानते हैं? हाँ बस तुम्हें रेस्टोरेंट में आते-जाते देखा था तो इसका मतलब जान-पहचान कहाँ हो गई?"

"लेकिन तुम तो मुझे देखकर हमेशा मुस्कुराती थी।" नेहने ने कहा।

"अरे बाबा तो तुम मेरी उस मुस्कान का कोई और मतलब निकाल रहे हो। वो तो ऐसे ही हम किसी को हल्का-फुल्का भी जान जाते हैं तो मिलने पर एक स्माइल तो पास कर ही सकते हैं।" रूपा ने बेहद आसानी से कह दिया।

नेहने को ऐसा लगा जैसे किसी ने उसके दिल को मुट्ठी से भींच लिया हो। वो रुवाँसा होते हुए बोला, "ऐसा मत कहो रूपा। मैं... मैं तुमसे प्यार करता हूँ!"

जब तक दोनों में नैन-मटक्का चालू था तब तक तो सब ठीक था लेकिन अब बात यहाँ तक पहुँच जाएगी, रूपा ने सोचा भी न था और अब तो वैसे भी बात पहले जैसी नहीं रही थी। वो अब उस एरिया के टोहरी आदमी की प्रेमिका थी। नेहने ऐसे अचानक से आकर उससे ये बात कहेगा उसे इसका अंदाज़ा बिलकुल भी नहीं था। वो चौंक गई और बड़ी बेरुख़ी से बोली, "प्यार! दिमाग़ तो ठीक है तुम्हारा? ख़ूब जानती हूँ मैं आगरा के शोहदों को, हर राह चलती लड़की से उनको प्यार हो जाता है। अपना और मेरा दोनों का टाइम न ही ख़राब करो तो अच्छा है। कहीं और जाकर ये लाइन चिपकाना। चलो अब जाओ यहाँ से।"

एक तो मोहब्बत में बेरुख़ी और ऊपर से झउआ भर बेइज़्ज़ती भी। उसे बिलकुल भी अंदाज़ा नहीं था कि ये सब सुनने को मिलेगा, आख़िरकार ये सोचकर तो नेहने वहाँ नहीं पहुँचा था। अब या तो अपना लुटा-पिटा मुँह लिए वो वहाँ से निकल आता या फिर कम-से-कम अपनी भड़ास तो निकाल ही लेता। उसे भी थोड़ा-थोड़ा ग़ुस्सा आने लगा, "हाँ ख़ूब समझ रहा हूँ मैं ऐसा क्यों कह रही हो तुम। पहले तो ऐसे कभी भी पेश नहीं आई। चाहती तो मुझे पहले ही इग्नोर मार देती। अब क्योंकि तुम्हें कोई और मिल गया है इसलिए नखरे दिखा रही हो। लेकिन ये भी समझ लो रूपा, तुम जिसके झाँसे में आ रही हो वो कोई ठीक आदमी नहीं है। छटा हुआ बदमाश है। वो बस तुम्हें इस्तेमाल करके छोड़

देगा। मेरी बात मानो मैं तुमसे बहुत प्यार करता हूँ। मैं तुम्हारा बहुत ख़याल रखूँगा उससे भी ज़्यादा।" नेहने अब थोड़ा अधीर हो गया था।

"जिसकी तुम बात कर रहे हो न, अगर उसे पता चला तो तुम्हें नीचे से दो फ़ुट छोटा करवा देगा। फिर कहीं किसी के पास चलकर जाने के लायक़ नहीं रहोगे। और तुम क्या ख़याल रखोगे तुम्हारी औक़ात ही क्या है?" रूपा ने ऐसा बुरा मुँह बनाया जैसे वो गली का कोई बदबूदार कुत्ता हो।

नेहने को उसके शब्द गाली के जैसे लग रहे थे। उसे लगा उसका जो दिल किसी ने मुट्ठी में भींचा था उसे निचोड़कर सारा ख़ून निकाल लिया हो। अब बेइज़्ज़ती तो हो चुकी थी अब तो बची हुई ग़ैरत का सवाल था। काश अपने दोस्तों की बात मान ली होती या फिर कम-से-कम यहाँ आने से पहले उनसे सलाह ही कर लेता। अब उससे भी रहा नहीं गया, "औक़ात! मेरी औक़ात की बात कर रही हो और तुम्हारी क्या औक़ात है जो एक दो कौड़ी के गुंडे के साथ बैठी हो। आज की डेट में तुम्हारे जैसी चार को ख़रीद कर ताजमहल के आगे नचवा सकता हूँ। मेरे प्यार को तुमने नहीं पहचाना न, याद करोगी ज़िंदगी भर जब तुम्हारा वो घटिया सड़कछाप आशिक़ तुम्हें आम की तरह चूसने के बाद जब गुठली की तरह फेंक देगा।"

इससे पहले की रूपा कुछ और कहती वो अपने साथ लाया हुआ तोहफ़ा और बुके वहीं फेंककर ग़ुस्से में चला आया। दिल टूटा था नेहने का लेकिन अपने दोस्तों के सामने जाकर रो भी नहीं सकता था। उसे समझ नहीं आ रहा था वो कहाँ जाए। धीमे क़दमों से वो जिम की तरफ़ चल पड़ा।

***

दिल टूटने के बाद लोग अक्सर मयख़ाने में जाते हैं लेकिन पहलवान बुद्धि होती ही उलटी है। वैसे हो सकता है दिन का वो वक़्त न होकर शाम होती तो नेहने भी किसी बार में ही जाता लेकिन इस वक़्त उसने ठीक ही किया जो जिम पहुँच गया। वैसे जिम वो जगह थी जहाँ उसे बहुत रिलैक्स महसूस होता था। जवानी पूरे उफान पर जो थी। जवान होने वाले लड़कों की दो ख़्वाहिशें होती हैं, पहली अपने ग्रुप के लड़कों के बीच अपना भोकाल टाइट रखना और दूसरी भौकाली बॉडी बनाना।

जिम बाहर से बड़ा ही शांत नज़र आ रहा थी, प्रेम में पछाड़ खाए हुए नेहने पहलवान ने जैसे ही अंदर क़दम धरा उसे रोज़ के जैसा ही ऊर्जा से लबरेज़ सीन

देखने को मिला। लाल, काली, पीली बनियानों में घुसे मोहल्ले के एक से एक निठल्ले डंबल पकड़े दंड पेल रहे थे।

जिम में घुसते ही हनुमान जी की एक बड़ी-सी तस्वीर लगी हुई थी, जिसमें हनुमान जी की मसल्स और डोले उभर-उभरकर दिखाई दे रहे थे। लड़कों की ज़िंदगी में हनुमान जी की बड़ी वैल्यू होती है। और हो भी क्यों न उनके जैसे बल, बुद्धि और विवेक की कामना तो सब करते ही हैं, इसके अलावा उनकी तरह एक टाँग पर खड़े रहकर किसी भी काम को करने के लिए तैयार रहने की भी उम्मीद हर लौंडे से की ही जाती है। हर आदमी उनकी फ़ोटो के पैर छूकर ही अंदर घुसता था। हर तरह के संकट का नाश करने वाले हनुमान जी बॉडी बनाने में भी प्रेरणादायक हैं।

ख़ैर एक्सरसाइज़ और म्यूज़िक का गहरा नाता होता है इसीलिए लड़कों का मूड सेट करने के लिए बैकग्राउंड में हर वक़्त गाने बजते रहते जिनकी ताल पर लड़के धका पेल पुश-अप्स करते रहते। आज भी म्यूज़िक चालू था और न जाने किसने सैड सॉन्ग्स की प्लेलिस्ट लगा रखी थी। नेहने ने भी शर्ट उतार के एक्सरसाइज़ करना शुरू किया। उसे लग रहा था कि वो अपना सारा ग़ुस्सा डम्बल पर ही निकाले दे रहा था। एक दिन जिम में ही लड़कों को बात करते हुए सुना था कि सैड सॉन्ग्स पर बहुत बढ़िया एक्सरसाइज़ होती है। आज उसे वो बात बिलकुल सही लग रही थी। अचानक से 'ये धोखे प्यार के धोखे' तो नेहने भी जोश-जोश में 60 किलो की बेंच पर भी हाथ मारने लगा। फिर बिरहा के सुलतान अताउल्लाह खान का गाना 'दिल तोड़ के हँसती हो मेरा वफ़ाएँ मेरी याद करोगी' तो नेहने ने इतनी ज़्यादा भारी 'लेग प्रेस' मारी जैसे रूपा को ही धकेले दे रहा हो।

बहुत देर तक जिम में ताबड़तोड़ लगे रहने के बाद जब उसके शरीर ने जवाब दे दिया तो वो शांत होकर बैठ गया। सर्दी में भी उसके शरीर से बराबर पसीना बह रहा था। अजीब है लोग कहते हैं कि जब दिल टूटता है तो ख़ून बहता है और यहाँ तो कुछ और ही बह रहा था।

एक्सरसाइज़ के बाद जब वो बाहर निकला तो बहुत हल्का महसूस हो रहा था। वो कोहनियों को कमर से आधे फुट के फ़ासले पर खोलकर मरखने साँड़ की तरह चलने लगा और सोचने लगा कि वो लड़की उसके लिए ठीक नहीं थी। चलो जो हुआ अच्छा ही हुआ कि उसके दिमाग़ का फ़ितूर तो कम-से-कम निकल गया। ऐसी ढड्ढो लड़की के साथ उसका नाम जुड़ता तो आख़िर कहाँ

तक सही रहता। चलो मुक्ति मिली और उसने एक सिगरेट जलाई और धुँए के साथ-साथ उसने मन का ग़ुबार भी बाहर उड़ा दिया। ख़ुद को काफ़ी हल्का महसूस करता हुआ वो बस्ती की तरफ़ चल पड़ा।

प्रेम की सबसे दुखद बात यही है कि प्रेम हमेशा नहीं रहता और फिर दिल टूटने के दर्द की उम्र तो और भी कम रहती है।

दाँव लगा, बाज़ी घुमा

दारा इलाक़े का ख़ाली शराब तस्कर ही नहीं था बल्कि लगभग हर तरह के ग़ैर-क़ानूनी धंधे में हाथ आज़माता रहता था। लोगों को शायद लगता हो कि सूदख़ोर लाला पुरानी फ़िल्मों में थे और अब ख़त्म हो गए हैं। न जी न सूदख़ोरी ने अपना चेहरा बदल लिया है और यक़ीन मानिए पहले ज़माने के लाला इनसे कहीं ज़्यादा शरीफ़ हुआ करते थे। दारा के जैसे लोग ब्याज पे पैसा ज़रूर देते हैं लेकिन मौक़ा देखकर जितना ज़्यादा हड़प सकते हैं, हड़प लेते हैं। हाल ही में दारा ने रेत माफ़िया बनने की भरपूर कोशिश की थी, लेकिन प्रशासन की सख़्ती के चलते भारी नुक़सान खाकर बैठा था। अपने भाई जग्गा से आपसी कलह के चलते अकेला और कमज़ोर भी पड़ गया था। कई तरह के पुलिस केस, कोर्ट कचहरी के चक्कर में रुपये-पैसों से भी टूटा हुआ था। इन दिनों वो हरियाणा से तस्करी करके लाई जाने वाली शराब और मिलावटी शराब के धंधे पर फ़ोकस किए हुआ था। शादीशुदा था, दो बच्चों का बाप भी था, लेकिन अय्याश था। इन दिनों रूपा पर उसकी तबियत आई हुई थी।

काम से फ़्री होने के बाद 2-4 घंटे वो अपने उसी फ़्लैट में जाता था जो उसने रूपा को दिलवाया था। कभी-कभी वो रात में भी वहीं रुक जाता। अक्सर

वो शाम में आठ बजे के बाद ही वहाँ पहुँचता था लेकिन आज वो कुछ जल्दी ही रूपा के फ़्लैट पर पहुँच गया था।

रूपा आज नेहने के एपिसोड से थोड़ा अजीब मूड में थी। दारा के पहुँचते ही वो शुरू हो गई, "यहाँ बिल्डिंग के सिक्योरिटी वालों को थोड़ा टाइट करो। कोई भी मुँह उठाकर चला आता है। एक तो मुझे वैसे ही डर लगता है यहाँ अकेले, ऊपर से गिने-चुने लोग रहते हैं इस बिल्डिंग में, और CCTV भी नहीं है।"

"अरे बिल्डिंग अभी नई है। ज़्यादातर फ़्लैट में काम चल रहा है रेडी ही नहीं है। कुछ महीनों में सब सेट हो जाएगा। वैसे हो क्या गया? कौन आया था?" उसने बेतकल्लुफ़ी से कहा।

"अरे ऐसे ही एक लड़का था पता नहीं जाने कहाँ से यहाँ का पता लग गया उसको... कह रहा था मुझसे प्यार करता है। मेरे लिए कुछ भी कर सकता है।"

"फिर?"

"फिर क्या, भगा दिया मैंने। ऐसे तो कितने गधों को हैंडल कर सकती हूँ। लेकिन फिर भी सिक्योरिटी को पूछना चाहिए न कौन आ-जा रहा है।"

"अरे जब हैंडल कर ही लेती है तो फिर क्यों परेशान हो, वैसे कौन था?"

"वो नेहने नाम का लड़का है, वहीं गुम्मट में रहता है। उसको देखकर कभी लगा तो नहीं था कि उसके पास उतना पैसा होगा; लेकिन आज तो उसके तेवर ही कुछ अलग लग रहे थे। देखो ये इतना महँगा बैग भी मेरे लिए लेकर आया था। मैं तुमको कबसे बोल रही थी लेकिन तुमने तो दिलाया नहीं, वोही यहाँ छोड़कर चला गया।"

"अरे पाँच-पाँच सौ में मिलते हैं ऐसे बैग आगरे भर में। कौन-सी बड़ी बात है तू जितने कहे उतने ख़रीद दूँ तेरे लिए।" दारा को कोई इंटरेस्ट नहीं आ रहा था।

"नहीं यार ये वो चालू माल नहीं है मेड इन आगरा का। ये ब्रांडेड है हाई डिज़ाइन का। कम से कम 15 हज़ार तक का होगा। इतना महँगा बैग हर कोई नहीं ख़रीदता। और उसे देखकर तो बिलकुल भी नहीं लगता था कि उसकी औक़ात भी है, इसके बारे में जानने की भी, फिर ख़रीदना तो छोड़ ही दो।"

"अरे चुरा लाया होगा कहीं से।"

"पता नहीं, हो भी सकता है, लेकिन अकड़ तो इतनी दिखा रहा था और कह रहा था मेरी जैसी 2-4 को ख़रीदकर नचवा सकता है।"

दारा को अब थोड़ा इंटरेस्ट आया और नेहने के ऊपर गुस्सा भी। लेकिन

पिछले दिनों इतने पुलिस के लफड़े देखे थे कि फ़िलहाल वो ड्रामा नहीं चाहता था। नहीं तो नेहने के हाथ-पैर तुड़वा देना उसके लिए बहुत छोटी-सी बात थी। फिर भी उसने रूपा को दिलासा दिलाने के लिए कहा, "ठीक है, मैं पता करवाता हूँ कौन है और उसको दुरुस्त करवा देता हूँ।" इतना कहकर उसने रूपा को अपनी तरफ़ खींच लिया। मन-ही-मन उसने नेहने पर नज़र रखवाकर बाक़ी मामला समझने का प्लान कर लिया था।

***

जैसे भेड़ियों की ताक़त उनके पंजे और दाँत नहीं बल्कि झुंड होता है, वैसे ही आदमी की ताक़त उसका दिमाग़ नहीं उसके ख़ुराफ़ाती आइडिया होते हैं। यहाँ भी तीनों दिन भर एक से एक ख़ुराफ़ाती आइडिया में दिमाग़ खपाते रहते कि कैसे नोटों को ठिकाने लगा दिया जाए। थोड़ा दिमाग़ और थोड़ा यहाँ वहाँ की ख़बरों से उनको समझ आया कि रेलवे की टिकट बुकिंग में पैसा खपाया जा सकता है। दिल्ली से डिब्रूगढ़ की ट्रेन में फ़र्स्ट AC की टिकट बुक करा ली जाए। एक टिकट की क़ीमत 6,800 रुपये और कैंसिल करने के चार्ज मात्र 240 रुपये एक टिकट में छह सीट तो कुल मिलकर एक टिकट पर 40,800 रुपये पुराने नोट में दो और बाद में 39,360 रुपये का रिफ़ंड नये नोटों में लो। 8-10 टिकट भी बुक करा लिए तो 4-5 लाख रुपये ठिकाने लग जाएँगे। हाँ ये बात भी अलग ही थी कि इन दिनों सब के सब साले दिल्ली से डिब्रूगढ़ ही जा रहे थे।

रेलवे स्टेशन पर ही नेहने को एक और विचार आया कि अपनी माँ और मौसी को तीर्थांचल एक्सप्रेस से चार धाम की यात्रा पर भेज दे। क़िस्मत से दो दिन बाद की टिकट अवैलेबल भी थी। उसने दो टिकटें बुक करा लीं। उसकी माँ कैला देवी से आगे कभी दर्शन को नहीं गई थी। उनका बड़ा मन था कि एक बार चार नहीं तो कम-से-कम एक ही धाम-घूम लें लेकिन इन दिनों तो नेहने चाँदी काट रहा था। और भला हो इस नोटबंदी का जो वो ऐसे वक़्त में भी अपनी माँ का ये सपना पूरा करवाने जा रहा था। रेलवे स्टेशन से निकलकर तीनों बस स्टैंड पहुँचे जहाँ पर एक अलग ही वाक़या हुआ। उन्होंने लंबी दूरी वाली गाड़ियों के बारे में पता करना शुरू किया तो मालूम चला कोई भी पुराने नोट नहीं ले रहा था जबकि सरकार ने साफ़ घोषणा कर रखी थी रोडवेज़ की बसों में पुराने नोट लिए जाएँगे। क़िस्मत से उन्हें वहाँ बस्ती का ही एक कंडक्टर मुनिलाल मिल गया जो उन्हें घूमता देख मामला ताड़ गया और उन्हें कोने में ले जाकर पूछने लगा,

"कितने बदलवाने हैं?" मुनिलाल पुराना खैय्यड़ आदमी था, स्थिति भाँपने में समय नहीं लगा और भाँपना भी कैसा जब हर आदमी बस इसीलिए परेशान घूम रहा था। किसी से भी पूछ लो नोट बदलवाने हैं बस उसके मुँह से कराह निकल जाती और मन चिल्ला-चिल्लाकर कहने लगता हाँ-हाँ... हाँ भैया करवाना है करवा दो कोई जुगाड़, ज़िंदगी भर नहीं भूलेंगे एहसान। कम्बख़्त बैंक की लाइन में मरने से तो बचेंगे ही।

"तुम कितने बदलवा दोगे चाचा?" नेहने थोड़ा जोश में आ गया।

"कितने बदलवा दोगे? लग रही है ज़मीन में गड़े हुए पैसे खोद के ले आए हो। बहुत ज़्यादा हैं का?" मुनिलाल ने नेहने की तरफ़ घूरते हुए कहा।

"नहीं, नहीं वो बस चा... चालीस... पचास... हाँ-हाँ पचास हैं बस।" शशि ने हकलाते हुए कहा।

"पचास भी कम थोड़े ही हैं। वैसे मेरे पास फ़िलहाल 20 को जुगाड़ है। उतने कर दे रहा हूँ।"

शशि ने जेब में हाथ डालकर कुछ नोट निकाल लिए और थूक लगाकर एक बार गिना फिर से निश्चिंत होने के लिए जब वो गिनने को हुआ तो मुनिलाल ने पैसे छीनतेहुए कहा, "अरे दो-चार ऊपर नीचे भी हो जाएँगे तो चौं परेशान हो रहे हो? कहा करोगे इनको अब जो न बदले तो।"

मुनिलाल ने 20 गिनकर रख लिए फिर कहा, "लाओ चार और निकालो।" शशि को कुछ समझ नहीं आया उसने पाँच सौ के चार नोट और निकालकर दे दिए। बदले में मुनिलाल ने 100-100 के नोट में 20,000 उनके हाथ में पकड़ा दिए और कहा, "जे बेटा तुमाये और, जे है गई मेरी फ़ीस। और जो तुम्हें फिर बदलवाने हो तो एक-दो दिन में और चक्कर लगा देना।"

"कहाँ से बदलकर लाओगे चाचा?" बिंटू ने पूछ ही लिया।

"अरे लाएँगे कहाँ से बेटा सरकारी पैसा है। सवारी जो 100-100 के नोट देंगी उन्हें 500 से बदलकर सरकार के पास जमा करवा देंगे।"

कहाँ-कहाँ झोल नहीं था। सब जगह झोल चल रहा था। बैंकों में एक तरफ़ जहाँ काम-धंधा छोड़कर लोग लाइनों में लगे थे। बैंक के कर्मचारी दिन भर उस भारी भीड़ का सामना कर रहे थे, जो कि उकताई और ग़ुस्से से भरी हुई थी। इसके बाद ओवरटाइम से अलग दुखी थे, इसी हड़बड़ी में बेचारे ग़लतियाँ भी कर रहे थे और उसका हर्जाना भी अपनी ही जेब से भरना पड़ रहा था।

व्यवस्था के निर्माण में मेहनत तो लगती ही है, माँ भी प्रसव का कष्ट झेलती है तो बच्चे को जन्म देती है। यहाँ भी कुछ दिन परेशानियों का सामना तो करना ही था। लेकिन वहीं कुछ ऐसे भी बैंक वाले थे जो शॉर्टकट लेके पैसा कूट रहे थे। पुराने को नया करना उनके लिए खेल था। हालाँकि पुराने को नये से बदलने का खेल कुछ एक अपवाद वाली जगहों पर ही चल रहा था लेकिन हिंदुस्तान में तो अपवाद भी लाखों होते हैं। जगह-जगह नोट बदले जा रहे थे और लोग मुनाफ़ा बनाने में लगे थे। युद्ध में भी कुछ लोगों का मुनाफ़ा जुड़ा होता ही है। पैसा बनाने वाले तो डूबती मार्केट से भी पैसा बना लेते है और फिर यहाँ तो हिंदुस्तानी लोग थे जो व्यवस्था और अव्यवस्था क्या, हर परिस्थिति में जुगाड़ बनाना जानते हैं। ख़ैर उन तीनों के लिए ये वाला सौदा बुरा नहीं था बिना किसी चकल्लस और मेहनत के 10 परसेंट पर 20 हज़ार बदल गए थे।

***

नेहने शशि के घर पर ही बैठा था। दोनों ने बैंक से वापस आए लड़कों से हिसाब कर वापस भेजा ही था। पूरी फ़ील्डिंग लगाने के बाद भी बैंक से रोज़ 25-30 हज़ार रुपये से ज़्यादा बदल नहीं पा रहे थे। रोज़ किसी-न-किसी बैंक में होने वाली कलेश भी सामने आ ही जाती थी। लोग बैंकों में खाने-पीने का सामान और बैठने के लिए कुर्सियाँ तक लेके जाने लगे थे, क्योंकि समय ही इतना ज़्यादा लगता था कि आदमी भूख-प्यास से भी परेशान हो जाता और खड़े-खड़े भी। लड़कों को वो दो-दो, तीन-तीन का ग्रुप बनाकर अलग-अलग बैंक में भेज रहे थे ताकि किसी बैंक में कोई फ़ेल भी हो तो दूसरे में काम हो जाए। फिर भी रोज़ कुछ लड़के ख़ाली हाथ पुराने नोटों के साथ ही वापस आ जाते थे। बैंक से पैसे बदलवा पाना दिन पर दिन कठिन काम होता जा रहा था। ऊपर से पैसे बदलने की लिमिट भी कम कर दी गई थी। इधर पब्लिक की परेशानी भी बढ़ती जा रही थी और उन लोगों की भी।

वहीं दूसरी ओर टिकट वाला आइडिया काम कर रहा था, चार ही दिनों में लड़के चार लाख रुपये की टिकट बुक करवा लाए थे। वो दोनों बैठकर हिसाब लगा रहे थे कि कितना पैसा ठिकाने लग गया और अभी कितना और बाक़ी है।

"आज का प्रोग्रेस मिला करके भी भैया 26-27 लाख ही हो पाएँ हैं। बैंक वाले तरीक़े से तो कभी काम नहीं हो पाएगा। पाँच खातों में 1.5-1.5 लाख भी जमा करवा दिए हैं, उसके बाद भी खींच-खाँच के यहीं तक पहुँच पाए हैं। अब

और खाते भी नहीं मिल रहे किसी के पास जमा करवाने के लिए, जिससे पूछो व कह देता है हमारे में तो हो गए या हमने फलाने से कह दी है जमा करवाने के लिए। फिर ऊपर से लोग जन-धन में भी 25-30 हज़ार के कमीशन भी ले रहे हैं और नखरे कर रहे हैं सो अलग।" नेहने ने शशि के हाथ से चाय का कप लेते हुए कहा।

"जन-धन में किसी और के खाते में जमा करवाना ठीक भी नहीं है। प्रधानमंत्री वैसे ही कह रहे हैं कि कोई पैसा जमा करवाए तो उसे वापस मत देना। अब ऐसे में कौन रिस्क ले किसी के भी खाते में पैसा डलवाने का; हाँ कुछ-न-कुछ अलग तो करना ही पड़ेगा। एक पार्टी से बात हुई है। वो दो तीन दिन में पैसा उठा लेगी उसको 13 दे देते हैं। बदलें में 10 उससे वापस मिल जाएँगे।" शशि ने चाय सुड़कते हुए कहा।

तभी घर में बिंटू गाना गाते हुए घुसा, "ओ मेरे दिल के चैन, चैन आए मेरे दिल को दुआ कीजिए।"

"चैन की दुआ तो ससुर हमारे दिल को चाहिए। तेरी तो वैसे ही चैन की बंसी बज रही है।" शशि उसे देखकर बोला।

"अरे तो भैया तुम्हारी इन्हीं जाड़ेन में बारात निकलवा देते हैं। चौं चिंता कर रहे हो, काहे की कमी है तुमपे अब?" बिंटू अपनी ख़ुमारी में ही बोला।

"मेरी बारात निकलवाओगे, कहाँ से निकलवाओगे? यहाँ ससुर आदमियों के बालकन के शादी-ब्याह न हो पा रहे। क्यों? क्योंकि पैसा ही न है किसी के पास। बैंक में आफ़तें आई पड़ी हैं दुनिया का आदमी टूटा पड़ा है उन पर। ATM में पैसा ही नहीं है और है भी तो दो किलोमीटर की लाइन बाके बाद भी अगर नंबर आ गयो तो मिले का है? 2,000 रुपल्ली इतने में तो बेचारो लड़की वालों बरातियों को रूहअफ़ज़ा पिलावे? के पान पराग से स्वागत करे? जिनके पहले से फ़िक्स हैं उनके तो हो नहीं पा रहे हमारी कहाँ ते होगी बताओ साले? आए हो घूम फिर के तो मज़ा ले रहे हो ख़ाली हमसे और कोई काम-धंधे के तुम हो नहीं।" शशि बेकार में ही खिसिया रहा था।

शशि को उखड़ता देख बिंटू ने बैकफ़ुट पर आकर मामला सँभालते हुए कहा, "अरे नहीं भैया वो तो ऐसे ही मतलब आप अपना ख़ून मत औटाओ। करेंगे कुछ-न-कुछ। नहीं तो वो विवाह सम्मेलन में चलेंगे वहीं से लड़की पसंद कर लेना और ऑन दी स्पॉट शादी।"

"अरे शादी करने की तमन्ना है कि मॉल में जाके कोई चाइनीज़ गुड़िया लाने की? ऑन दी स्पॉट शादी... हुँह! हमारे बाप-दादे में से कभी ऐसे हुई होगी शादी। अरे पहले लड़की को फोटू आए गुलदान के बग़ल में खड़े होके, फिर लड़की वाले हमें देखने आए, फिर हम लड़की को देखने जाएँ, फिर बात तय हो, लगुन-सगाई चढ़े। गीत गवें लगुन आई हरे-हरे, फिर तेल हल्दी लगे, घुड़चढ़ी हो, बारात लेके जाएँ। जाए केह्वें ब्याह। जे भेंचो कौन-सा तरीक़ा है कि सम्मेलन में जाओ और घर लड़की लेके आ जाओ।" शशि ग़ुस्से और दुख के मिश्रित भाव से बोला।

"लेकिन भैया सम्मलेन कितना बढ़िया तरीक़ा है ग़रीब आदमी के लिए ब्याह-शादी का। दहेज के चक्करों से भी बचाव हो जाता है और सस्ते मद्दे में ब्याह निपट जाता है, न रिश्तेदारों की चकल्लस जिन्हें मन हो बुलाए और जो आ जाए वेलकम और ना आए तो भीड़ कम।" बिंटू ने शशि को समझाने की कोशिश की।

शशि ख़ामोश ही रहा। इसलिए उसे देखते हुए नेहने थोड़ा चिंता से बोला, "लेकिन भैया ऐसा मैटर क्या है? क्यों नहीं कोई लड़की मिल रही आपको? यहाँ तो हमने एक-से-एक घटक चूतियन के ब्याह होते देखे हैं।"

"अरे अब क्या बताएँ यार। कोई कहता है कि लड़का अकेला है आगे-पीछे कोई नहीं है। न देवर, न देवरानी, न सास, न ससुर अब तुम्हीं बताओ जे कोई परेशानी है का? आज कल तो लोग-वाग देखे हैं कि घर में कोई पंचायत करने वाला न हो तो लड़की ज़्यादा सुखी रहेगी। कोई कहवे है कि मोड़ा कछु करता नहीं है तो उन ससुर के नातियों को कोई बताएँ यहाँ मोटरसाइकिल के पूरे टायर घिस गए विदेशियन के पीछे भाग-भाग के। इतना अगर लड़कियन के पीछे भागे होते तो हमारे भी आधे दर्जन चक्कर चल रहे होते।" शशि अपने पैर सिकोड़ते हुए बोला।

"लेकिन एक बार तो आपकी शादी फ़िक्स हो ही गई थी फिर उसमें कौन कमीना भाँजी मार दिया था?" नेहने ने हर बार वाला पुराना जुमला उछाल दिया। इसका जवाब शशि पचासों बार दे चुका था लेकिन हर बार ऐसे बताता था कि जैसे आज की ही बात हो और सामने वाले को कुछ पता न हो।

"अरे वो वाला केस भी बहुतई तगड़ा था गुरु। हमाये वो मामा हैं न चिरौली वाले उनने एक रिश्ता भेजो। आए साब लड़की वाले और छूटते ही पूछन लगे

कि का करत हो लाला?" शशि ने कहानी सुनते हुए एक पॉज लिया फिर बोलने लगा, "वो कहते हैं न कि मन-मन भावे मूड़ हिलावे; तो हमहू ससुर बड़ी एक्टिंग में हते वा टेम। मैंने कह दी ऐसे ही कुछ ख़ास न बस जो देव आनंद करे करते वो ही करते हैं। वो तो साले एकदम ही बकलोल हते समझ ही न पाए और चौंक के बोले अरे फ़िल्मन में काम करो का? तो मैंने कही अरे वो नहीं गाइड फ़िल्म में जो करते थे मतलब टूरिस्टों की सेवा करते हैं। उन्हें घुमाना-फिराना, आने-जाने की रुकने की व्यवस्था देखे हैं। सब धरम-करम के काज हैं।" शशि दो पल को रुका फिर ऊपर की तरफ़ देखता हुआ बोला, "तो वे फिर बोले सब धरम-करम ही करो के कछु पैसा-कौड़ी भी कमा लेते हो?

"अच्छा जी, फिर क्या हुआ भैया।" नेहने उसके मूड ठीक करने के हिसाब से इंटरेस्ट लेते हुए बोला।

"फिर मैंने कही ज़्यादा तो नहीं 2-3 हज़ार तो कमा ही लेते हैं।"

"फिर क्या हुआ भैया।" बिंटू भी शामिल हो गया।

लड़की वालों का मुँह लटक गया। बोले 2-3 हज़ार में बेटा ख़र्चा कैसे चलाते हो? तो हमने कहा, "हाँ ज़्यादा फ़िज़ूलख़र्ची नहीं हैं हम। बड़े आराम से चल जाता है। ख़ूब ख़र्चा करूँ तब भी हज़ार बारह सौ से ज़्यादा ख़र्चा नहीं कर पाते तब भी दो हज़ार तो बच ही जाते हैं रोज़ के।" शशि ने जिस भोलेपन से ये बात कही, बाक़ी दोनों खिलखिला के हँस पड़े।

शशि भी मुस्कुराते हुए फिर से बोलने लगा, "मेरी इतनी कहनी हुई के सालों के चेहरा ही फक्क पड़ गए तो फिर बोले अच्छा रोज़ 2-3 हज़ार कमाने की बात कर रहे हो, हम तो कुछ और ही समझ रहे थे।"

"तो बात वहाँ लगभग फ़िक्स ही हो गई। लेकिन फिर पता नहीं कहाँ से एक दिन लड़की वालों की तरफ़ से ख़बर आई कि नहीं करनी है शादी। जब मालम करी के भाई क्यों नहीं करनी है तो बोले कि हमें पता चला है कि मोड़ा चंडू पीवे है। अब पता नहीं कौन हरामख़ोर पड़ोसी ये अफ़वाह उड़ायो हतो। अब वो दिन है नेहने और आज को दिन है मैं उस कमीने को लट्ठ लेके खोज रहा हूँ लेकिन ससुर पतो ही न चल पा रही। बाक़ी की पूरी बिरादरी में यही हल्ला है कि मोड़ा तो चंडू को नशा करे है। अबे हमारे लिए कौन-सी शराब की कमी है जो चंडू पिएँगे हम। अगर ये बात न हुई होती तो मेरा घर बस गया होता अब तक।" शशि ने मुँह लटकाकर कहा।

"कोई बात नहीं दद्दा! कुछ-न-कुछ हो जाएगा। अभी कौन से तुम बूढ़े हो गए हो।" नेहने ने शशि को दिलासा दिलाते हुए कहा।

"हाँ बूढ़े तो नहीं हो गए हैं लेकिन बूढ़े होने में अब कौन-सी कसर रह गई है। ख़ैर हमारी छोड़ो तुम अपनी कहो किशन कन्हैया, का गुल खिलाकर आए तुम?" शशि ने बिंटू से सवाल पूछते हुए कहा।

बिंटू ने जब देखा कि माहौल हल्का है, बात करी जा सकती है तो बोला, "अरे भैया क्या बताऊँ इश्क़ का तो नशा ही अलग है। ऐसी हिलोरें-सी उठती हैं बदन में से कि क्या करें समझ ही नहीं आता।"

"हाँ हिलोरे उठ ही रही होंगी। शांत नहीं करके आए हिलोरें। दो-चार गोता और लगा लेता।" नेहने उसे छेड़ते हुए बोला।

नेहने की बात पर मुस्कुराते हुए बिंटू ने मोबाइल पर नज़र डाली, "अबे इसकी माँ का..."

"क्यों क्या हो गया?" शशि ने पूछा।

"ख़बर आई है कि बैंक में नोट बदलने के लिए पैन कार्ड देना होगा। और ये तो हममें से किसी के पास नहीं है तो इन गुम्मट के मौड़न पे कहाँ ते आयो? मतलब कल से बैंक वाला काम भी बंद!"

"सत्यानाश!" नेहने और शशि दोनों के मुँह से एक साथ निकला।

ये माल हमको दे दे ठाकुर

आज जिस जगह पर आगरा कैंट रेलवे स्टेशन है, उस जगह को मुग़ल काल में नौलक्खा कहा जाता था क्योंकि वहाँ नौ लाख पेड़ों का बहुत बड़ा बाग़ हुआ करता था। अंग्रेज़ों ने इसी जगह अपनी छावनी बनाई थी तब से ये एरिया कैंट हो गया। आगरा कैंट स्टेशन पर रोज़ की तरह ही चहल-पहल थी। सुबह हुए थोड़ी देर हो चुकी थी। वैसे भी रेलवे स्टेशन की ज़िंदगी कभी सोती कहाँ है, बस सुस्ताती भर है थोड़ी बहुत देर के लिए और फिर लग जाती है, अपनी यात्रा की दौड़ के लिए। चाय-पानी, समोसा, पकौड़ा वाले वेंडर यहाँ-वहाँ दौड़ लगाते हुए फिर रहे थे। कुछ लोग आगरे का पंछी पेठा भी बेचते हुए घूम रहे थे। नेहने अपनी माँ को दिल्ली की ट्रेन में बैठाने के लिए आया हुआ था। दिल्ली से दो दिन बाद उसकी माँ, उसकी मौसी के साथ तीर्थ यात्रा पर जाने वाली थी। माँ को डिब्बे में बैठाते वक़्त वो बड़ा हल्का महसूस कर रहा था, क्योंकि आज उसकी माँ का सालों का सपना वो पूरा करने जा रहा था। वहीं माँ नेहने से दूर जाते वक़्त न जाने क्यों बहुत भारी-सा महसूस कर रही थीं। ट्रेन ने अपने चलने की चेतावनी देते हुए हॉर्न बजाया और माँ का गला रुँध गया, "अपने खाने-पीने का ध्यान रखियो बेटा। जुग-जुग जी, ख़ूब तरक़्क़ी कर। हिम्मत नहीं हो रही तेरे को छोड़कर कहीं

जाने की।" कहते हुए माँ की रुलाई फूट गई।

"अरे माँ तुम परेशान क्यों हो रही हो। मौसी तो है ही न तुम्हारे साथ मैंने उनको सब समझा दिया है। और ये कुछ पैसे और रख लो, काम आएँगे।" नेहने ने अपनी जेब से कुछ और पैसे निकालकर देते हुए कहा।

"अपना ध्यान रखियो बेटा।" ट्रेन से उतरने से पहले माँ अपना हाथ नेहने के गाल पर रखते हुए बोली।

ट्रेन अब धीरे-धीरे सरकने लगी थी। नेहने थोड़ी देर तक ट्रेन को अपने सामने से गुज़रता हुआ देखता रहा। रूपा को खोने के बाद ये बहुत राहत भरा था। ये एक ऐसी सुखद भावना थी जो पैसे को देखकर भी नहीं आ सकती थी, लेकिन आख़िर ये वो पैसा ही था, जिसकी वजह से आज वो अपनी माँ के लिए कुछ कर पाया था। पैसा बहुत कुछ होता है, लेकिन सब कुछ भी नहीं होता, लेकिन फिर भी पैसे से बहुत कुछ हो ही जाता है। नेहने जैसे ही पलटा तो उसने उसी आदमी को देखा जो पिछले कुछ दिनों से उसे अपने आस-पास दिख ही जा रहा था। नेहने को देखकर उस शख़्स ने यहाँ-वहाँ देखना शुरू कर दिया। नेहने के मन में एक खटका-सा हुआ लेकिन वो इस बात को अनदेखा करते हुए आगे बढ़ गया।

वहाँ से वो सीधे शशि के घर पहुँचा। शशि और बिंटू जैसे उसके इंतज़ार में ही बैठे थे। दिन अब तक चढ़ चुका था।

"बैठा आए अम्मा को। अब ऐसो सड़े भये आलू जैसो मौह क्यों लटकाय रखो है। याद आ रही है अम्मा की का?" शशि ने हँसते हुए कहा।

"अरे वो वाली बात नहीं है चचे बस अकेले भेजा हूँ तो थोड़ी चिंता-सी हो रही है। मन थोड़ा-सा घबरा रहा है ऊपर से अम्मा रोने और लगीं थीं तो मन मुरझाये सो गयो है, नहीं तो पहली बार अम्मा के मन को काम करके बड़ी ख़ुशी-सी मिल रही थी।"

"अरे तो कहा ज़रूरत हति चार धाम की। अरे कौन तीरथ है योगीराज बाँके बिहारी की नगरी मथरा-विंदावन सो? चारों धामों से निराला बृज धाम, ब्रह्मा जी यहाँ परकम्मा लगा के गए, भोलेनाथ कैलाश छोड़ यहाँ उनके दर्शन को आए और तुम जाने कहाँ भटक रहे हो। बृज चौरासी कोस की परिकम्मा जो देत, योजन चौरासी कोस के संकट हरी हर लेत। ख़ैर अब तेने भेज ही दई हैं तो परेशान मत हो। चलो आज तुम्हें देवीराम की बेड़ई खिलाकर लाते हैं।" शशि ने मोटरसाइकिल पर बैठते हुए कहा।

***

हिंदुस्तानी लोग बड़े चटोरे होते हैं और उसमें भी उत्तर भारत के लोगों को तो इस मामले में अखंड चटोरे कहा जा सकता है। अब तो आलम ये है कि दिल्ली, आगरा, मथुरा, अलीगढ़ की चाट-पकोड़ी के नाम से कहीं भी किसी भी प्रदेश में जाकर ठेला लगा लो तो लोग उमड़ने लगते हैं। शादी-ब्याह में तो ऐसे काउंटर की भीड़ देखते ही बनती है। उत्तर भारत में हर गली-मुहल्ले पर कचौड़ी, जलेबी, समोसा, चाट, चीले की दुकानें मिल जाएँगी और इस पर भी कमाल ये होगा कि हरेक दुकान चल रही होगी। जो सालों से ये कर रहे हैं वो अब हल्दीराम, बीकानेर की तरह अब लोकल ब्रांड बन गए हैं जैसे देवीराम हैं। अटल बिहारी वाजपेयी जी को भी देवीराम की बेड़ई और जलेबी बहुत पसंद थीं। वो जब भी यहाँ आते थे तो इनका ज़ायक़ा ज़रूर चखते थे। पता नहीं अटल जी ने देवीराम की बेड़ई कभी खाईं भी थीं या नहीं लेकिन इस बात की अफ़वाह ने देवीराम जी की दुकान अब भी दिन दूनी और दोपहर तक आठ गुनी तरक़्क़ी रोज़ कर रही थी। बड़े-बड़े लोग इनकी दुकान के सामने इतनी दीनता से गुज़ारिश करते हुए ऐसे दिखते, जिस तरीक़े से तो कोई लड़की वाला भी लड़के वाले के सामने सरेंडर नहीं होता। अरे भैया दो दोने इधर भी, एक भैया इधर, अरे सुन लो लाला जी बहुत देर हो गई खड़े-खड़े आठ पैक कर दो। इनकी दुकान पर सब्ज़ी-पूरी देने वाला कारिंदा भी दुकान ढलने तक रुतबेदार आदमी होता है, जिसके सामने आगरा के बड़े-बड़े लोग हाथ पसारे खड़े रहते हैं और उसके बाद चाहे ढेला भी न मारे उसको कोई।

तीनों को थोड़ी देर भीड़ में खड़े होने के बाद बेड़ई मिल ही गई। तीनों फूँक-फूँककर गरमा-गरम कचौड़ियों का स्वाद लेने लगे कि नेहने की आँख में कुछ खटका हुआ। वही लड़का फिर उसे अपने पास में दिखाई दिया। अब नेहने से चुप नहीं रहा गया। सचमुच कोई तो बात थी जो बार-बार वो आँख के सामने आ रहा था। नेहने ने शशि को मामला बताया कि कई दिनों से बस स्टैंड, माल, बैंक जहाँ जा रहे हैं वहीं दिख जा रहा है। आज सवेरे स्टेशन पर भी दिखा था। इतना ज़्यादा थोड़े ही कोई बार-बार टकराता है। तीनों ने मामला समझने का फ़ैसला किया।

कचौड़ी निपटाकर तीनों ने दोने फेंके। और धीमे क़दमों से आगे बढ़ने लगे। तीनों को अपनी जगह से हटता देख वो लड़का भी चौकन्ना-सा हुआ और उनके पीछे जाने लगा।

तभी नेहने ने पलटकर देखा तो वो लड़का उसी की तरफ़ बढ़ रहा था जैसी ही उसकी नज़रें नेहने से टकराई वो यहाँ वहाँ हवा में नज़रें घुमाने लगा। उसे जैसे अंदाज़ा हो गया कि उसकी चोरी पकड़ी गई हो और वो पलटकर दूसरी तरफ़ चलने लगा। तब तक नेहने ने उसकी तरफ़ दौड़ लगा दी।

"ओए तू... रुक दायरी के..."

तब तक उस लड़के ने क़दम तेज़ कर दिए और फिर भागने लगा। तुरंत ही नेहने ने उसे भागकर उसके पीछे से शर्ट का कॉलर पकड़ लिया।

"रुक भो#$# के... भाग कहाँ रहा है?" नेहने ने उसे घसीटना शुरू कर दिया।

अचानक से हुए हमले से वो लड़का सकपका गया था। उसके समझ में ही नहीं आ रहा था कि क्या हो गया फिर भी उसने विरोध दिखाते हुए कहा, "अरे क्या बात है, पागल हो गया है क्या?"

नेहने अब तक ग़ुस्से में आ चुका था। वैसे भी बॉडी बिल्डर लोगों को ग़ुस्सा बहुत जल्दी आता है। सड़क चलते अगर किसी से छू भी जाएँ तो कोहनी ज़रूर मारते हैं, यहाँ तो कोई न जाने कब से उसके पीछे लगा हुआ था।

"पागल? साले पहले ये बता जहाँ मैं जा रहा हूँ वहाँ तू कौन-सा परसाद लेने के लिए पीछे-पीछे घूम रहा है? बता साले नहीं तो आज तेरे कूल्हे तोड़ दूँगा। चल फिरना ही नहीं पाएगा तब करियों पीछा मेरा।"

लड़का छूटने के लिए छटपटाने लगा। सड़क पर भीड़ जुटने लगी। पूरे प्रदेश की तरह आगरे में भी जब भी कोई लड़ाई, झगड़ा या फ़साद होता है लोगों का हुजूम इकट्ठा हो ही जाता है, जैसे जेसीबी की खुदाई चल रही हो लेकिन बोलता कोई कुछ नहीं है, कोई बीच-बचाव में भी नहीं घुसना चाहता है और कुछ तो चाहते ही हैं कि लड़ाई और बढ़े तो उन्हें असली WWF देखने को मिल जाए।

"बता भूतनी के, क्यों पीछा कर रहा है तू?" शशि ने उसके हाथ पीछे से उमेठते हुए कहा। लड़का दर्द से चिल्लाने लगा लेकिन बोला फिर भी कुछ नहीं। नेहने ने ग़ुस्से में एक घूँसा और पूरी ताक़त से उसके पेट में मारा वो चिल्लाकर रह गया और उसका बदन ढीला पड़ गया। शशि को डर हुआ कि कहीं कुछ हो न जाए इसलिए उसको छोड़ दिया। लड़का सड़क पर गिरा और खाँसने लगा। लेकिन उसका ग़ुस्सा कम नहीं पड़ा था, नज़रें उठाकर वो अभी भी नेहने को घूर रहा था। अब नेहने और ग़ुस्से में काँपने लगा और उसने एक लात उसकी छाती

में मार दी। लड़का सड़क पर चित हो गया। लेकिन इस बार वो उठकर बोला, "ग़लत आदमी से पंगा ले रहे हो। अभी जाकर मैं दारा भैया को बोलूँगा न तो साले, इलाक़े में रहना मुश्किल हो जाएगा।"

दारा का नाम सुनते ही तीनों के हाथ-पैर ठंडे पड़ गए। दारा? आख़िर दारा क्यों उनकी रेकी करवाएगा। उनका क्या लेना-देना दारा से और दारा जैसे क्रिमिनल आदमी से उलझने का मतलब भी वो समझ रहे थे।

अब लड़का हँसे लगा, "क्यों फट गई न नाम सुनकर?"

नेहने यहाँ पर भी रुका नहीं। उसके जैसे समझ में आ गया था कि दारा की एंट्री इस सीन में कहाँ से हुई होगी। लेकिन फ़िलहाल उसका दिमाग़ कुछ भी सोचने कि स्थिति में नहीं था।

"दारा का आदमी है तू ये ले और ले..." उसने दो-तीन लातें और उस लड़के को जमा दीं। "दारा को आदमियों का शौक़ है तो बता दियो अपने ख़सम को जाके कि मेरे से ना अटके। और साले अबकी बार मेरे आस-पास भी दिखाई दिया तो पीछे से चीरना शुरू करूँगा और आगे जाके रुकूँगा।" नेहने अभी भी उसको दो-चार और धरने जा रहा था तब तक लड़के ने अपना होश सँभाला और उठकर भागने लगा।

नेहने उसके पीछे भागने को हुआ तो शशि ने हाथ पकड़ लिया। शशि ने बिंटू को बाइक लेकर आने को कहा और जब तक भीड़ छटी तीनों वहाँ से निकल गए।

***

उस मामले के बाद तीनों बेहद परेशान थे। इस समय वो ताज कॉरिडोर गार्डन में बैठे हुए थे। वहाँ से जमुना किनारे पर नज़र आता हुआ मोती-सा चमकता आधा ताज ऐसा लग रहा था, जैसा हवा में उड़ने को तैयार हो। उनके ठीक पीछे लाल क़िला था वहाँ शाहजहाँ का संगमरमर से बना वो कमरा था जहाँ से वो अपने आख़िरी दिनों में पड़े-पड़े ताज दीदार करते हुए अपनी बेगम मुमताज़ को याद किया करता था। नेहने को भी इस वक़्त अपनी मोहब्बत की याद आ रही थी लेकिन उसका दिल रो नहीं रहा था बल्कि चिंगारियाँ निकाल रहा था। नेहने मामला भाँप चुका था लेकिन बाक़ी दोनों को कोई अंदाज़ा ही नहीं हो रहा था कि दारा उनकी निगरानी क्यों करवा रहा था।

नेहने अभी भी चुप था। शशि कुछ सोचते हुए बोला, "इसके अलावा तो

कोई बात नज़र आ नहीं रही कि वो हमारे पैसे पे ही नज़र रखा होगा। और हमारी कौन-सी दुश्मनी है। किसी-न-किसी से ख़बर मिल गई होगी। चुगलइयों की कमी थोड़े ही है ताजगंज में।"

"अगर पैसे पे नज़र है तो अब चाहे दारा हो या सितारा पैसे की तो एक फूटी कौड़ी तक नहीं देंगे हम।" नेहने पहली बार कुछ बोला।

"आज वाला मामला हो जाने से तो दारा और चुप नहीं बैठेगा, नेहने ने इतनी जल्दी मारपीट भी कर दी। अब ऐसे में दारा चुप तो रहेगा नहीं। ज़रूर आएगा हमारे पीछे या फिर अपने गुर्गों को भेजेगा बदला लेने के लिए।" शशि ने चिंता से कहा।

असल मुश्किलें तो अब आनी शुरू हुई थीं। बैंक में लड़कों को भेजना तो बंद हो ही गया था। अब इस नये कांड के बाद वो लोग सोचने लगे कि स्टेशन पर भी जिन लड़कों को टिकट बुकिंग के लिए भेज रहे हैं उनको भी बंद कर दिया जाए। वैसे भी न्यूज़ वाले भी रोज़ फ़र्जी टिकट बुकिंग की न्यूज़ चलाए पड़े हैं। आने वाले समय में हो सकता था कि कहीं रेलवे ने भी टिकट कैंसिल करके रिफ़ंड देने से मना कर दिया तो उनका पूरा पैसा और मेहनत डूब जाएगा। रोज़ नये-नये नियम बदल रहे थे। अब ऐसे में उन्हें ये चिरकुट तरीक़े के बजाय कोई बड़ी डील करनी थी जिसमें एक झटके में पैसा बदल जाए भले ही कमीशन में पैसा कट जाए। जल्दी से पैसे बदलवाकर उसे ठिकाने लगा दिया जाए। तीनों इस बात पर सहमत हो गए।

"हाँ तो अब ऐसे ही करते हैं। ये कहाँ तक 2-2, 4-4 करके नोट ठिकाने लगते रहेंगे। कुछ-न-कुछ बड़ा इतंज़ाम तो करना ही पड़ेगा और रही बात दारा की तो उसके लिए भी कुछ सोचेंगे। अब कब तक डर-डर के रहेंगे। क्यों भाई नेहने सही कह रहा हूँ।" शशि ने नेहने को शांत देखकर कहा।

"हाँ-हाँ देखेंगे उस साले दारा को भी कितना दम है उसमें। क्या बिगाड़ लेगा वो हमारा!" नेहने को अपने शरीर की ताक़त पर भरोसा तो था ही और ये उसकी कच्ची उम्र का तक़ाज़ा भी था कि जो होगा देखा जाएगा। लेकिन इससे कहीं ज़्यादा उसे दारा से खुन्नस ये भी थी कि उसी के कारण रूपा उससे दूर हुई थी। अगर वो न होता तो शायद रूपा उसके साथ होती। ये इश्क़ की नादानी होती है जिसको वो दारा के सर मढ़ रहा था।

"सही कह रहे हो भैया। इस काम में भी तेज़ी लानी होगी। फ़िलहाल उस

पार्टी के पास चलते हैं जो हिसार से पैसे बदलवाने की कह रही थी। वहाँ से कुछ रोकड़ा तो बदल ही जाएगा।" बिंटू ने शशि की बात पर बल देते हुए कहा।

तीनों वहाँ से उठे और अपनी पैंट झाड़कर चल दिए।

***

जिस बंदे से वो मिलकर आए थे, उसने 30% छब्बी (कमीशन) पर तीन दिन के अंदर नोट बदलने की गारंटी दी। आदमी शशि से पहले का परिचित था तो उतना रिस्क नहीं लगा। पैसा वो दो दिन बाद उनके पास अपना आदमी भेजकर उठवा लेगा और फिर इकट्ठा पैसा हिसार जाता। वहाँ से एक प्राइवेट प्लेन से वो दीमापुर जाता और उसी प्लेन से नये नोटों में रोकड़ा बदलकर वापस आ जाता। अगले दिन उनको उनका दिया हुआ पैसा छब्बी काटकर मिल जाता। पुलिस इस समय बहुत सख़्त थी, जगह-जगह चेकिंग होती थी। ज़रूरत से ज़्यादा नये या पुराने जो भी नोट मिल रहे थे उन्हें पुलिस तुरंत सील कर दे रही थी। ऐसे में कहीं भी पैसा लेकर घूमना-फिरना ख़तरे से ख़ाली नहीं था। रोज़ अख़बार इस तरह की ख़बरों से भरा ही रहता था। ये प्लान बेहद आसान नज़र आ रहा था, पैसा ज़रूर कट रहा था लेकिन अपना सिरदर्द और कोई लफड़ा भी नहीं लग रहा था। लेकिन फिर भी उन तीनों ने सेफ़ साइड रहते हुए पहले 13 लाख रुपये देने की ही हामी भरी थी, ताकि कहीं अगर कोई लफड़ा हो जाए तो पूरा पैसा न डूबे। अचानक से हुई इस पैसे की बरसात को वो नाली में पानी की तरह बहाना नहीं चाहते थे।

वहाँ से फ़्री होकर तीनों ने एक बार में बैठ गए और ख़ूब मस्ती करने के बाद जब वो घर लौटने को हुए तो काफ़ी रात हो चुकी थी।

नेहने को शशि और बिंटू ने गली के मोड़ पर छोड़ दिया था, जहाँ से उसका घर बमुश्किल 40-50 मीटर दूर था। समय ज़्यादा नहीं हुआ था लेकिन सर्दियाँ थी तो जल्दी ही गलियाँ और सड़के सुनसान हो जाती हैं। सब घरों में रज़ाइयों में दुबक गए थे। गली में अँधेरा था, इसलिए गली में बहुत कुछ साफ़ नहीं था। नेहने अपने घर के बाहर लड़खड़ाते हुए क़दमों से पहुँचा इस बात से बेख़बर कि उसी अँधेरे में कुछ साये उसका इंतज़ार कर रहे थे।

जैसे ही नेहने ने दरवाज़ा खोला वो साये लपककर उसके पास पहुँचे और किसी ने उसे उसके ही घर में धक्का देकर दरवाज़ा बंद कर दिया। नेहने ने देखा कि वो चार लोग थे, जिनमें से एक सुबह वाला लौंडा था और एक भुजंगी था जो दारा का ख़ास आदमी, उसका सिपहसालार, उसका लेफ़्टिनेंट था। बाक़ी दो को

वो नहीं जानता था। मामला साफ़ था कि वो आज सुबह का बदला लेने आए थे। सुबह वाले लड़के ने नीचे गिरे नेहने पर एक लात जड़ दी, "साले सुबह बहुत हेकड़ी पेल रहा था। अब बता साले क्या करेगा?"

"तेरी माँ की..." नेहने ने भद्दी-सी गाली दी और उनका सामना करने के लिए खड़ा हो गया। लेकिन तुरंत ही चारों ने उसे जकड़ लिया। नेहने जैसे बलिष्ठ आदमी से आसानी से पार पाना मुश्किल था लेकिन अव्वल तो वो पिए हुए था और दूसरा भुजंगी भी उसके ही जैसे पहलवानी शरीर का आदमी था। भुजंगी पर दो क़त्ल के मुक़दमे भी थे और दारा के गिरोह से डरने वाले लोगों में ख़ौफ़ उसके कारण ही था, क्योंकि वो बहुत ही नृशंस प्रवृत्ति का आदमी था। ख़ून देखकर उसको मज़ा आता था। आदमी का सर तो वो मिनटों में फोड़ देता था और मौक़ा पड़ने पर चाकू मारने और गोली चलाने से परहेज़ भी नहीं करता था।

चारों नें उसे बुरी तरह मारना-पीटना शुरू कर दिया नेहने बचने की और पटलवार की पूरी कोशिश कर रहा था लेकिन वो सब उतना कारगर नहीं था। नेहने बचाव के लिए हल्ला भी मचा सकता था लेकिन ये उसे अपनी तौहीन लगी। फिर न जाने उन लोगों के मन में क्या आया कि उसके हाथ पैर, मुँह बाँधने लगे और फिर उसे ज़मीन पर पटक दिया।

एक अजीब-सी आशंका से नेहने का दिल घिर गया। और फिर वही हुआ जिसका उसको डर हुआ था। वो लोग उसके घर की छान-बीन करने लगे। यहाँ-वहाँ सामान उठाकर फेंकने लगे। नेहने अब चिल्लाना चाह रहा था लेकिन वो बेकार था, मुँह से सिवाय गूँ-गूँ के कुछ नहीं निकल नहीं रहा था। वो बेबस था और सामने वाले लोगों को पूरी तरह से मालूम था कि वो आख़िर क्या करने वहाँ आए थे। थोड़ी ही देर में उन्हें वो लाल बैग मिल गया, जिसमें पैसे रखे थे। सारे पुराने नोट नेहने के पास ही थे। नये नोट तीनों ज़रूरत के हिसाब से या तो बाँट लेते थे या बाक़ी सारा पैसा बिंटू के पास था। उन चारों लोगों ने वो पैसों का बैग लिया और उसे अंदर वाले कमरे में बंद करके भाग गए। हालाँकि घर का मेन गेट वो बस भिड़ाकर बाहर से खुला ही छोड़ गए। और नेहने अंदर कसमसाता ही रह गया।

***

रोज़ की तरह आज सुबह भी नेहने को शशि के घर पहुँचना था लेकिन अब तक दोपहर होने आ गई थी और ना तो वो पहुँचा था और न फ़ोन उठा रहा था।

“सुबह से कितनी कॉल कर लिया हूँ साले को लेकिन फ़ोन ही नहीं उठा रहा है। सुबह उठकर साला जिम जाने की आदत है उसे। ऐसा तो हो नहीं सकता कि अब तक सो ही रहा हो।” बिंटू ने थोड़ा चिंता से कहा।

“कल साले ने भकाभक पेग मारे हैं, हैंगओवर हो रहा होगा। रज़ाई में ही पड़ा होगा साला अब तक। चल चलके देख आते हैं।” शशि ने कहा।

दोनों जब घर पहुँचे तो दरवाज़ा खटखटाने को हुए लेकिन दरवाज़े पर हाथ रखते ही वो खुलता चला गया। दोनों चौंक पाते उससे पहले ही किसी के अंदर आने की आहट सुनकर नेहने ने अंदर वाले दरवाज़े पर घुटने मारना शुरू कर दिया।

“लगता है ये अंदर है।” शशि ने कहा और उसे आवाज़ लगाने लगा, “नेहने ओ नहने!”

जवाब में नेहने ने बस गूँ-गूँ की और ज़ोर से दरवाज़े पर पैर मारा।

“कोई बंद करके भाग गया है क्या? लेकिन साला बोल काहे नहीं रहा है!” बिंटू बोला।

तुरंत दौड़कर दोनों ने दरवाज़ा खोला तो देखा नेहने बँधा हुआ ज़मीन पर बड़ी अजीब मुद्रा में पड़ा हुआ था। दोनों ने जैसे ही उसे खोला, नेहने चिल्लाने लगा, “अरे ले गए भैया सब लूट के ले गए हरामख़ोर।” नेहने की आवाज़ में घबराहट और दुख दोनों ही था।

बिंटू और शशि दोनों के होश फ़ाख्ता हो गए। वो समझ गए कि लूटकर जो कोई भी गया हो लेकर क्या गया होगा ये वो दोनों ही जानते थे।

“कौन ले गए? कौन था?” दोनों ने एक साथ पूछा।

“दारा के आदमी।”

“दारा के आदमी? घर तक आ पहुँचे वो लोग?”

“कल रात में जब मैं घर का ताला खोल रहा था तो पीछे से आ गए साले। पहले मार-पीट हुई लेकिन वो साले चार थे और ऊपर से मैं नशे में भी था। फिर मुझे बाँधकर घर की तलाशी लेने लगे और बैग उनके हाथ पड़ा उसे लेकर ग़ायब हो गए।”

“लेकिन उनको कैसे पता लगा होगा कि पैसा तेरे पास ही है?” शशि ने पूछा।

“पता नहीं, हो सकता है ऐसे ही चेक कर रहे हों।” नेहने अपना सिर

पकड़कर बोला।

"अब क्या करेंगे दादा?" बिंटू ने कहा।

"अब क्या करेंगे क्या पता यार? ना जाने कहाँ से ये दारा शनि बनकर हमारी राशि में आ गया?" शशि भी दुखी हो गया।

नेहने उठकर भागने लगा तो दोनों ने उसे पकड़ लिया, "अरे अब जाकर उससे लड़ेगा क्या? मरना है क्या?"

"अरे लड़ने नहीं जा रहा। मूतने जा रहा हूँ। रात से रोककर पड़ा हुआ था। थोड़ी देर और न आते तो यहीं पैंट में ही सब हो जाता। छोड़ो अब जल्दी जाने दो, नहीं तो यहीं पर..." नेहने की बात पूरी भी नहीं हो पाई तब तक अपनी ग़फ़लत समझ आते ही दोनों ने नेहने को छोड़ दिया।

भारी भसड़ बिना आवाज़ होती है

सुबह से रात हो गई सोचते-सोचते लेकिन उनके कुछ समझ में न आ रहा था कि अब आगे क्या किया जाए। पिछले दिन जिस पार्टी से बात करके आए थे, कल उसको भी पैसा देना था लेकिन अब जब पैसा है ही नहीं तो क्या जवाब देंगे और क्या नोट पलटी करवाएँगे। सुबह से तीनों अजीब-अजीब प्लान बना रहे थे लेकिन सफलता का कोई रास्ता नहीं सूझ रहा था। सारा पैसा चले जाने के बाद भी उनके पास में ठीक-ठाक पैसा बचा था लेकिन जो था उसका सबर नहीं था, जो चला गया था, उसी का अफ़सोस था, और इतना अफ़सोस कि उसकी कोई गिनती ही नहीं थी। जो गिनती से परे होता है उसे ही अनंत कहा जाता है। लेकिन कुछ और चीज़ें भी होती हैं जो अनंत की श्रेणी होती हैं, काम, क्रोध, मद, लोभ, मोह भी उन्हीं में शामिल है।

वो तीनों महसूस तो ऐसे कर रहे थे जैसे सारी ज़िंदगी की कमाई कोई छीनकर ले गया हो। कई बार तीनों ने सोचा भी था कि मन-मारकर ख़ुद को तसल्ली दे लें लेकिन मन था कि साला मानता ही नहीं था। तीनों का सिर दुखने लगा था लेकिन कोई उपाय नहीं सूझा था। शशि ने उकताकर बिंटू को बोतल लाने को भेज दिया कि शायद पीकर थोड़ा गम ग़लत कर लें।

“क्यों न दादा इस साले को हम ही लूट लें?” दो पेग जाते ही नेहने के अंदर का शेर गुर्राने लगा।

“लूट लें? बड़े आए लूटेरे साले ख़ुद तो लुटे-पिटे बैठे हो यहाँ। का लूटेंगे दूसरे को हम?” शशि ने डाँटते हुए कहा।

“अरे भैया ये साला इतना बड़ा भी बदमाश नहीं है। यहीं आस-पास ही हेकड़ी फैलाता रहता है। एक बार साले को पीटने भर की देर है, सारी हवा यहीं मैदान में मिट्टी की तरह मिल के रह जाएगी।” नेहने फिर से जोश में बोला।

“थोड़ा सबर... सबर अली शांति खाकर बैठो। बड़े आए जयमल और फत्ता बनने। जे सब खुली फ़ौजदारी होने लगी तो मामला पुलिस तक पहुँच जाएगा। हम कहाँ तलक कोर्ट कचहरी करेंगे। दारा को तो रोज़ को काम है। उसे अच्छी तरह मालूम है कि हम पुलिस में जा नहीं सकते। उससे लड़ नहीं सकते। पैसों पर खुलकर क्लेम भी नहीं कर सकते तभी तो उसने ऐसा क़दम उठाया। न तो हर किसी के घर में लूटपाट करते न फिरें ये साले गँवार लुच्चे। और जो भी हो वो इतना हल्का आदमी नहीं है जितनी तू बात कर रहा है।”

“लेकिन कुछ तो करना ही पड़ेगा न या फिर ख़ाली यहाँ बैठ के मेरा नंबर तन पीते रहो। और कल से भागो अंग्रेज़ों के पीछे कि होटल ले लो, गाड़ी बुक कर लो, चलो तुम्हें सिकंदरे घूमा लावे, चलो फ़तेहपुर सीकरी, और भूल जाइयों अब शादी-ब्याह। कुँवारे ही ठिठुरियों अगले जाड़ें में भी।” बिंटू थोड़ा ग़ुस्से में बोला।

तीनों कि सारी उम्मीदे बिखर गई थीं और उम्मीदों का बिखरना उस बिखरे हुए काँच की तरह होता है जिस पर हर पल गुज़रना होता है। शादी का बटन दबाकर बिंटू ने शशि को भी भड़का दिया। अब उसका भी लावा फूट पड़ा, “अब क्या करें तो जी में तो आ रही है कि इस भो#@$ दारा के पेट में तलवार घुसेड़ दूँ। ग़ुस्सा तो बहुत आ रहा है लेकिन कुछ करते भी तो नहीं बन रहा है।”

कुछ पल ख़ामोश रहने के बाद शशि ने कहा, “यार जो कह रहे हैं वो मज़ाक़ नहीं है। वो अपने बस की बात ही नहीं है। कट्टा-तमंचा तो हमने भी चलाए हैं लेकिन वो एक पूरा गिरोह चला रहा है। कहने-सुनने में ही बढ़िया लग रही है कि दुकान पोत देंगे, मकान ढहा देंगे और घर पर लिख देंगे क्रांति। असल में हम उसके सामने न तो पिद्दी हैं न और न ही पिद्दी के शोरबा। ये सब बात यहीं रहने दो। ज़्यादा अफ़लातून मत बनो। ठंडी करके खाओ। क़ायदे से रहेंगे

तो फ़ायदे में रहेंगे।"

बिंटू का भी जोश शशि की बात सुनकर उतर गया। नेहने भी ठंडा हो गया।

शशि फिर बहुत दुखी होकर बोला, "यार ज़िंदगी पटरी पे आती दिखने लगी थी। रोज़ सपने आते कि घर बस जाएगा, दो कमरा और बनवा लूँगा ऊपर। घर के आँगन में बालक खेलेंगे लेकिन यार सब बर्बाद हो गया। अंडा सेवे कोई और बच्चा लेवे कोई।"

बिंटू भी दुखी था और दुखी तो नेहने भी था लेकिन अंदर-ही-अंदर नेहने को महसूस हुआ कि उनके दुख का कारण वो ही है। मन-ही-मन वो घुट रहा था, कुढ़ रहा था। न सिर्फ़ अपने बल्कि अपने दोस्तों के पूरे भविष्य पर उसने ख़ुद ही मूता था। उसकी हालत अजीब थी, जो न बोले तो कलेजा फूँके और बोलने में ज़ुबान जल रही थी। अब उससे ज़्यादा देर चुप नहीं रहा जा सकता था। दो पल को नेहने शांत रहा फिर उसने अपना ग्लास उठाकर एक साँस में ख़ाली कर दिया और मुँह पोंछते हुए बोला, "मालूम है क्यों पीछे लगा है दारा हमारे ?"

"क्यों लगा है ?" दोनों चौंककर एक-साथ बोले।

"रूपा की वजह से।" नेहने ने सपाट लहजे में कहा।

"कौन रूपा ? वो रेस्टोरेंट वाली ? उससे क्या कनेक्शन है ?" शशि ने कहा।

"रूपा का ही कनेक्शन है भैया।" उसने एक लंबी साँस छोड़ी और कहने लगा, "अभी हाल ही में मैं गया था रूपा के पास। उसे ये बताने के लिए कि मैं उससे प्यार करता हूँ।"

"तो हमें क्यों नहीं बताया ?"

"अरे सोचा था कि वो हाँ कर देगी तो तुम दोनों को चौंका दूँगा लेकिन बिंटू की ख़बर सही थी वो तो इन दिनों दारा के साथ है। उसने तो मेरी बात ही नहीं सुनी भैया और ऐसे बर्ताव किया कि जैसे मैं कोई राह चलता खुजली वाला कुत्ता हूँ। मेरे प्यार को लात मार दी भैया, मुझे दुत्कार दिया।" ये बात उसने बहुत इमोशनल होकर कही थी।

"यही तो परेशानी है तुम नये लौंडों की। समझ भी पाते हो कि प्यार आख़िर होता क्या है। बहुत प्यार है क्या तेरे को उससे ?" शशि ने पूछा तो जवाब में नेहने ने हल्के से सिर हिलाया लेकिन शशि को समझ में ही नहीं आया कि वो हाँ कर रहा है कि ना कर रहा है।

"देख रहे हो भैया, मेरे को पहले ही इस हरामख़ोर पर शक था, लेकिन तुम

तो मेरी बात ही नहीं सुन रहे थे। इसी सूअर की वजह से हम अब फिर से कंगाल हो गए। अब इसकी आशिक़ी के चक्कर में हम सड़कों की धूल खाएँ।" बात समझ आने के बाद बिंटू ग़ुस्से में आ गया था। नेहने से कोई जवाब देते नहीं बना बल्कि वो और शर्मिंदगी से नज़रें ज़मीन में गड़ाए बैठा था।

शशि ने बात सँभालने की कोशिश की, "अरे ओ विपक्ष तुम्हें भी सुनेंगे पहले तुम जज साहब की भी बात सुन लो दोनों। हाँ तो नेहने, अगर उसने ये बात दारा को बताई होगी तो वो सीधे लड़कों को भेजकर मारपीट करता न तेरे साथ। ये कौन-सा तरीक़ा था कि तेरे पीछे आदमी लगाया हुआ था, फिर लूटपाट कर ली घर में? सही से पूरा मैटर बता।" शशि ने उससे पूछा।

नेहने ने उस दिन का पूरा वाक़या सुनाया तो शशि को मामला समझ आने लगा। उसने दो पल शांति से सोचा फिर बोला, "हम्म तो जे बात है। वैसे गिफ़्ट का लेके गए हते?"

"एक बैग था, लेडीज़ हैंडबैग।"

"लेडीज़ बैग! लो जे भी कोई चीज़ हति ले जाने की? मैं तो सोच रहा था कि तू कोई अँगूठी या फिर सोने का हार लेके गया होगा तभी उसको शक पैदा हो गया होगा? वैसे कितने का बैग लेके गए थे महाराज?"

"16,000 का।"

"अरे इसकी माँ की आँख!" शशि के मुँह निकला, "बैग ही 16,000 का। वो नोटन वालों थैला क्यों ना ले गए वहीं धरि आते देवी जी के चरणों में। जेई सब तो चूतियापा करने से तुम दोनों को मना करी थी। चट्टो फूँके अपनो घर, मेनका फूँके चार घर, और जिभ्भो फूँके सारे घर। पैसा आए नहीं कि करन लगे लिबिर-लिबिर। साला गंजे को कंघा दे दो तो खुजा-खुजाकर मर जाए। अब भुगतो साले। ये दारा वाली केसिट सुनो अब कान में हेडफ़ोन लगा के तीनों टेम। आसानी से ये मैटर सुलटने वाला नहीं है। अभी भी प्यार फूट रहा है उस ढड्ढो पर?"

नेहने ने इस बार कोई भी प्रतिक्रिया नहीं दी बल्कि मुँह झुकाकर ख़ामोशी से सुनता रहा।

"ये देखो ज़रा-सी देर में इनकी मोहब्बत चौराहे पर औंधे मुँह गिर पड़ी। कहते हैं साले मोहब्बत हो गई है। आशिक़ी करेंगे। दो पैसा की तमीज़ नहीं है और चले रघु रोमियो बनने... धत्त! ज़्यादा तेहा दिखाने की क्या ज़रूरत हति छोरी के सामने चुपचाप वापस लौट के अल्ताफ़ राजा के गाने न सुने गए तुमपे नॉर्मल

आशिक़ों के जैसे, लेकिन नहीं, हमाये नेहने भैया तो ढोला गा-गा के ऐतिहासिक आशिक़ बनेंगे।" शशि नेहने पर बरसने लगा।

"पहले बता देता तो कम-से-कम सब अलर्ट तो रहते। और नहीं तो ये ख़ुद ही अलर्ट रहता। लुट गए घर में ही। पहले लड़की से लात खाई, फिर उसके यारों से और धन भी गया और धरम भी। वैसे तो बहुत गामा पहलवान बनते हो, तब कहाँ धरी रह गई तुम्हारी सब हेकड़ी जब तेरे को घर में घुसके लूट-पीट के चले गए?" बिंटू ख़ुद के ग़ुस्से पर क़ाबू नहीं कर पा रहा था।

शशि के शब्द जहाँ उसे शर्मिंदा कर रहे थे तो वहीं बिंटू के शब्द उसको धिक्कार रहे थे। यूपी में ये किसी के लिए भी बहुत बड़ी शर्म की बात थी कि कोई घर में घुसकर मार जाए और ये बात नेहने पर भी लागू होती थी। वो बहुत दुखी था। ख़ुद कि बेवक़ूफ़ी पर, अपने प्यार के चूतियापे पर और अपनी हालत पर वो बहुत शर्मिंदा था। वो कुछ भी कह पाने की स्थिति में नहीं था। बस हर ओर से इस बात के लिए उसे रूपा ही ज़िम्मेदार नज़र आ रही थी। मन-ही-मन वो उसे कोस रहा था तो कभी उससे गुज़ारिश कर रहा था कि उसके साथ ऐसा न करे, कभी उससे सवाल कर रहा था कि आख़िर उसने ऐसा क्यों किया।

फिर शशि ही बोला, "ख़ैर अब जो हो गई सो हो गई, अब देखते हैं क्या होगा। जो होगा सो झेलेंगे। अब कल सुबह सवेरे ठंडे दिमाग़ से सोचेंगे कि क्या करें। कोई-न-कोई रास्ता तो निकालेंगे ही।"

लेकिन नेहने के मन को कोई रास्ता नहीं दिख रहा था।

***

शशि के घर से बिंटू के ग़ुस्से में उठकर जाने के बाद लुटे हुए मन से नेहने भी वहाँ से जाने को उठ खड़ा हुआ। नेहने को अब दारा से ज़्यादा रूपा पर ग़ुस्सा आ रहा था। अगर ठुकरा दी थी उसकी मोहब्बत तो ठुकरा ही दी। वो तो ख़ुद ही उसे भूलकर आगे बढ़ ही गया था, लेकिन अपने उस यार को क्यों इस बात की ख़बर दी कि उसके पास अचानक कहीं से बहुत पैसा आ गया था। क्यों उसकी ज़िंदगी में नई चरस बो दी। बार-बार एक ही सवाल आख़िर तुमने ऐसा क्यों किया रूपा? नेहने ने मोटरसाइकिल उठाई और वहाँ से निकल पड़ा। लेकिन घर के सामने जाकर वो रुका नहीं। वहाँ से सीधे निकल गया।

लोग कहते हैं कि मोहब्बत में इतनी ताक़त होती है कि दो जहान को मिला के रख दे लेकिन नफ़रत भी उतनी ही ताक़तवर हो सकती है। अपने मन में

नफ़रत की आग लिए हुए वो न जाने कब रूपा के फ़्लैट के पास पहुँच गया। उसने बिल्डिंग के थोड़ा आगे जाकर मोटरसाइकिल खड़ी की और एक सिगरेट जलाकर फूँकने लगा। उसकी निगाह ऊपर बिल्डिंग की तरफ़ थी। जब निगाह दूसरी तरफ़ गई तो उसने देखा गेट पर मौजूद सिक्योरिटी गार्ड अपने किसी साथी के साथ ठंडी भगाने के लिए घूँट खींच रहा था। न जाने उसे क्या सूझा वो बिल्डिंग की तरफ़ अंदर जाने लगा। किसी ने भी उसे जाते हुए नोटिस नहीं किया।

उसे अपने सवाल का जवाब चाहिए था जो कि सिर्फ़ रूपा दे सकती थी। कभी उसका मन रोने का करता तो कभी उसे ग़ुस्सा आने लगता। उसका अपनी भावनाओं पर क़ाबू नहीं हो पा रहा था। जब क्रोध सिंहासन पर आ बैठता है तो दिमाग़ वहाँ से सरक लेता है। नेहने का ग़ुस्सा उसे किसी खाई में धकेलने वाला था। रूपा का फ़्लैट तीसरे माले पर था जहाँ वो सीढ़ियों से पहुँचा। उसके दरवाज़े पे पहुँचकर नेहने ने दस्तक दी। रूपा को लगा कि दारा आया होगा। इस समय वो ही आ सकता था, हालाँकि आज शाम को उसने दो बार उसे कॉल भी कि थी लेकिन दारा ने फ़ोन उठाकर जल्दीबाज़ी में ही काट दिया था। कहीं बिज़ी होगा ये सोचकर रूपा ने भी ज़्यादा बात नहीं की थी। आने से पहले वो फ़ोन कर दिया करता था लेकिन कभी-कभी बिना बताए अचानक से आ जाता था। आज शायद उसने वैसा ही किया होगा ये सोचकर रूपा ने दरवाज़ा खोला तो सामने लाल आँखें और उतरा हुए चेहरा लिए हुए नेहने खड़ा था।

"तुम? तुम यहाँ इस वक़्त क्या करने आए हो?" रूपा कुछ समझ पाती इससे पहले वो रूपा को धकेलकर अंदर आ गया।

"रूपा... रूपा तुमने मेरे साथ ऐसा क्यों किया?" वही सवाल नेहने ने दाग दिया जो उसके कानों में गूँज रहा था।

"मैंने क्या किया तुम्हारे साथ?" रूपा उसके साथ घटी पूरी घटना से अंजान थी। उस दिन के बाद से न तो रूपा ने और न ही दारा ने उसका कभी ज़िक्र किया था। वो तो उस घटना को भुला ही चुकी थी लेकिन आज नेहने फिर से सामने था।

"इतनी भोली मत बन जैसे तेरे को कुछ पता ही न हो।" नेहने का ग़ुस्सा बढ़ता जा रहा था।

"फालतू बात मत करो और निकलो यहाँ से।" रूपा उसकी कोई बात नहीं सुनना चाहती थी।

"निकल तो मैं गया ही था तेरी ज़िंदगी से। लेकिन तूने अपने यार को हमारी

ज़िंदगी में घुसाकर अच्छा नहीं किया। गर्मी अगर बर्दाश्त नहीं हो रही थी तेरे से तो कश्मीरी बाज़ार के किसी कोठे पे ही बैठ जाती। ऐसे घटिया आदमी के साथ बैठने से तो अच्छा ही था, कम-से-कम अपनी मेहनत की तो खाती। लेकिन नहीं, तेरे को तो हराम की कमाई ही खानी थी।" नेहने अब नशे और ग़ुस्से में कुछ भी बक रहा था।

"जबान सँभालकर बात कर और निकल जा यहाँ से नहीं तो रुक अभी तेरे बाप को बुलाती हूँ, उसके सामने मुझे ये सब बोलकर दिखाना।" रूपा ने अपना फ़ोन उठा लिया और शायद दारा को कॉल ही करने जा रही थी।

नेहने ने तुरंत आगे बढ़कर उसका फ़ोन छीन लिया और ज़मीन में दे मारा। अब रूपा भी ग़ुस्से में फट पड़ी, "गली के आवारा कुत्ते, तेरी इतनी हिम्मत, मैं तेरा मुँह नोंच लूँगी।" रूपा नेहने पर झपटने को हुई और नेहने ने अपने बचाव में उसे दोनों हाथों से धक्का दे दिया।

धक्का तेज़ था और नशे में घिरे हुए नेहने के हाथों से धक्का कुछ ज़्यादा ही ज़ोर से दिया गया था। रूपा एक ही झटके में पीछे की तरफ़ गिरी और उसका सर ज़मीन से बुरी तरह टकराया। वो इतनी ज़ोर से गिरी की चीख़ भी न निकली और सर से ख़ून निकलकर ज़मीन पर ऐसे बहने लगा जैसे कोई बॉटल लुढ़क गई हो। रूपा कुछ बोलना चाह रही थी लेकिन आवाज़ नहीं निकल पा रही थी। वो तड़पकर वहीं पड़ी रह गई। नेहने के लिए ये अप्रत्याशित था। वो यह सोचकर तो यहाँ नहीं आया था। जो हुआ उसे देखकर वो बुरी तरह डर गया और सहमकर पीछे हट गया। वो अपराधबोध से घिर रहा था और डर उसके बदन को जकड़ रहा था। उसे कुछ नहीं सूझ रहा था कि क्या करे। घबराहट में नेहने वहाँ से भाग खड़ा हुआ। बिल्डिंग का वॉचमैन अभी तक दारू में ही उलझा था। गेट ख़ाली था। नेहने वहाँ से चुपचाप आगे बढ़ा अपनी बाइक उठाई और निकल गया।

आज उससे बहुत बड़ा अपराध हो गया था, पता नहीं उसके लिए वो ख़ुद को कैसे माफ़ करेगा। इसका प्रायश्चित कैसे होगा? एक के बाद एक चीज़ें बिगड़ती ही चली जा रही थीं। उसने ऐसा कभी नहीं सोचा था कि ये सब हो जाएगा, लेकिन अगर ग़लती से हो भी गया था तो उसे कम-से-कम अस्पताल तो ले ही जाना चाहिए था। लेकिन वहाँ रुककर वो ख़ुद को हमेशा के लिए मुसीबतों में फँसा लेता। तो क्या उसके वहाँ से निकल आने से बात वहीं ख़त्म हो गई। अस्पताल जाने के बाद रूपा उसका नाम लेगी ही और या तो पुलिस या फिर

दारा दोनों में से कोई-न-कोई उसको लपेट ही लेते, बचने के आसार ज़ीरो थे। नेहने एक शराब ठेके के सामने से गुज़र रहा था। ठेके वाला ठेका बंद ही करने जा रहा था। नेहने ने तुरंत बाइक रोकी और वहाँ से एक बोतल ख़रीद ली। वो चुपचाप अपने घर पहुँचा। और होश रहने तक पीता रहा जैसे वो उसकी आख़िरी रात हो। उसकी एक कुलटा हरकत से पूरे कुटुम्ब का नाश हो सकता था। कल न जाने क्या होने वाला था उसके साथ!

करे कोई और भरे कोई

सुबह-सुबह नेहने की आँखें शशि और बिंटू के दरवाज़े खटकाने से खुली। दोनों ने आते ही उसको बाइक पर बिठा लिया और कहीं ले जाने लगे। नेहने के पूछने पर शशि ने बताया कि वो दारा से बातचीत करने जा रहे हैं ताकि मामला सुलट सके।

दारा का नाम आते ही नेहने को रात की बात भी याद आ गई। अचानक से उसका शरीर काँप गया। न जाने क्या हुआ होगा, उसके बाद और अब यह दारा के पास लेकर के जा रहे हैं। उसके जी में तो आया कि वह कूदकर बाइक से उतर जाए। क्या हुआ था ये बताने की हिम्मत उसके अंदर नहीं थी। किस मुँह से बताता और क्या बताता कि वह लड़की जिससे वो प्यार करने का दावा करता था, उस पर क़ातिलाना हमला किया था। नहीं-नहीं वह हमला नहीं था, वो तो महज़ एक हादसा था। हाँ मगर हादसा था तो उसे उसकी मदद करनी चाहिए थी ना। वह तो उसे मरता छोड़ चुपके से भाग आया था। पता नहीं उस बेचारी के साथ क्या हुआ होगा ? कोई उसे अस्पताल लेकर गया होगा या नहीं ? क्या उसका इलाज हो पाया हो होगा या नहीं ? कहीं उसे कुछ हो तो नहीं गया होगा ? नहीं-नहीं उसे कुछ नहीं हुआ होगा, वो ज़िंदा होगी। उसकी चोट उतनी गहरी नहीं होगी।

यही उधेड़बुन उसके दिमाग़ में चल रही थी। उसका दिल ज़ोरों से धड़क रहा था। सर चकरा रहा था। वो एक ऐसे अपराध के बोध से घिरने लगा जिस पर उसका कोई क़ाबू ही नहीं था। वो इसी सोच में घिरा हुआ था कि वो लोग दारा के अड्डे पर पहुँच गए लेकिन वहाँ तो अलग ही माहौल था। लोगों का हुजूम इकट्ठा हो रखा था। पुलिस की जीप खड़ी थी और अफ़रा-तफ़री-सी मची हुई थी।

अपनी खटारा बाइक को एक तरफ़ खड़े करके, बिंटू ने एक आदमी से आगे बढ़कर पूछा, "क्या चल रहा है भइये?"

"दारा को धरने आई है पुलिस।" उस आदमी ने ऐसे ख़ुश होते हुए जवाब दिया जैसे उसके भी पैसे दारा ने मारे हों।

"सही है ये साला है ही इसी लायक़।" बिंटू ख़ुश होकर बोला।

"ज़्यादा ख़ुश होने की ज़रूरत नहीं है। इसे धर के ले जाएगी पुलिस तो पैसे का पूछेंगे किससे? और कहीं पैसा भी पुलिस के हाथ लग गया तो?" शशि चिंता में फुसफुसाकर बोला।

"लेकिन लेकर क्यों जा रहे हैं?" पहली दफ़ा नेहने के मुँह से कुछ फूटा।

"क्या फ़रक़ पड़ता है, तमाम केस तो चल रहे हैं इसके ऊपर।" बिंटू बोला।

"अपनी रखेल को पीटा है इसने बुरी तरह। बेचारी अस्पताल में भर्ती है। पता नहीं बचेगी कि नहीं! कह रहे हैं कि कंडीशन बड़ी ख़राब है।" उस आदमी ने फिर से बताया।

जिस केस में नेहने को अंदर होना चाहिए था उसमें किसी और का नाम आ गया था। उसके मन में आया कि वो सबको चिल्ला-चिल्लाकर बताए कि वो वहशी हरकत दारा ने नहीं उसने की थी। उसी ने एक अकेली लड़की को रात में ऐसा धक्का दिया कि उसकी ज़िंदगी पर बन आई और फिर उसे छोड़कर भाग आया। उसकी ये चुप्पी उसे किस रस्ते पे ले जाने वाली थी, उसे अंदाज़ा नहीं था। वो गुनाहगार था। अपराध का बोध उससे भी कहीं ज़्यादा ख़तरनाक होता है। ये एक ऐसा तेज़ाब होता है जो भीतर से आदमी को गलाकर रख देता है। ऐसा ही तेज़ाब नेहने को अपने शरीर में ऊपर से नीचे दौड़ता हुआ महसूस हो रहा था, मानों उसकी रगों में ख़ून न होकर तेज़ाब दौड़ रहा था। अपना पहलवानी शरीर उसे बोझ के जैसा लग रहा था। धरती उसे अपनी ओर खींचती हुई महसूस हो रही थी, जैसे अभी एक गहरा गड्ढा हो जाएगा और उसमें वो समा जाएगा।

जो उससे अनजाने में हो गया था; उसका अब कोई यू-टर्न नहीं था। हादसे

ऐसे ही होते हैं, बहुत ही रहस्यमयी, बड़े तिलिस्मी, वो क्यों होते हैं इसके बारे में किसी को बताना भी ज़रूरी नहीं समझते। आदमी के पास हाथ मलने को भी नहीं रह जाते क्योंकि हाथ मलो तो उनमें से चिंगारियाँ फूटती हैं जो पश्चाताप की आग पैदा करती हैं और वो आग किसी को भी जलाकर राख कर सकती है।

रूपा अस्पताल में थी और बेहोशी की हालत में थी। सुबह देर तक दरवाज़ा न खुलने पर दूधवाले ने हल्ला मचाया था। उसके बाद ही रूपा की हालत का पता चल पाया था। पुलिस ने शक के आधार पर दारा के पास दबिश दी थी, क्योंकि एक वो ही था जो उस रूपा के फ़्लैट पर अक्सर जाया करता था। लेकिन ये सब ज़्यादा देर तो नहीं चल सकता था। आख़िरकार रूपा को होश आता तो पुलिस को सब बता ही देती। नेहने को मानो इंतज़ार ही था कि रूपा को होश आए वो बयान दे और उसे अपने किए की सज़ा मिले शायद यही वो रास्ता था जिससे वो इस पश्चाताप की आग में जलने से बच सकता था।

तभी पुलिस दारा के हाथों में हथकड़ी बाँधकर उसे लगभग घसीटते हुए उनके सामने से गुज़रने लगी।

"सर मैं कह रहा हूँ, मैंने नहीं किया है। मैं क्यों मारूँगा उसे? ख़ुद ही फिसलकर गिर गई होगी। मैंने नहीं किया है कुछ।" दारा बोले ही जा रहा था।

"चुपचाप चल तेरे जे हर बार के ही रासे हैं। और जे कोई पहली बार की बात तो हैं नहीं, तू पहले भी औरतों के साथ मारपीट कर ही चुका है।" पुलिस उसकी कोई बात सुनना ही नहीं चाहती थी।

दारा मुँह लटकाए उनके साथ चुपचाप जा रहा था। उसने देखा भी नहीं कि कौन-कौन लोग उसका तमाशा देख रहे हैं। ये उसके लिए सख़्त बेइज़्ज़ती थी, लेकिन ये पहली दफ़ा नहीं था जब पुलिस ने उसे उठाया था। अंतर बस इतना था कि इस बार उसे पता था कि ये काम उसने नहीं किया था।

पुलिस के जाते ही शशि के शरीर में हरकत आई और वो दारा के ऑफ़िस की तरफ़ बढ़ने लगा।

"अब उधर कहाँ जा चले जा रहे हो भैया?" बिंटू ने शशि का हाथ पकड़ते हुए पूछा।

"अरे यार हमारा मैटर कैसे सुलझेगा? पुलिस केवल दारा को लेकर गई है वो भी ख़ाली हाथ। हमारा पैसा इन्हीं लोगों के पास होगा। यहीं अंदर चलकर देखते हैं जो मिल जाए उसी से बात करते हैं यार और कोई रास्ता भी तो नहीं है।"

शशि के पीछे बिंटू और नेहने दोनों चल पड़े।

पुलिस के डर के मारे दारा के सारे गुर्गे भाग खड़े हुए थे। न जाने दारा ही कैसे पुलिस के हत्थे चढ़ गया था। उसका ऑफ़िस एकदम ख़ाली था।

"यहाँ तो एकदम सन्नाटा पसरा है भाई।" बिंटू बोला।

"हाँ देखो यहाँ-वहाँ कुछ दिख जाए तो..." शशि ने चीज़ों को खँगालना शुरू कर दिया।

दारा ने अपना ऑफ़िस ऐसे बना रखा था जैसे वो कोई ग़ैर-क़ानूनी धंधे न करने वाला होकर कोई प्रॉपर्टी डीलर हो। दारा की टेबल पर एक दराज़ थी जिसे शशि ने खोला। सामने एक चाबी का गुच्छा था। शशि ने चाबी उठाई और बग़ल में खड़ी अलमारी में एक चाबी लगाई। वक़्त मेहरबान तो गधा पहलवान पहले ही प्रयास में सेफ़ खुल गई। अलमारी खुली और एक ही पल में ऐसा लगा जैसे अलमारी का दरवाज़ा नहीं; खुल जा सिम-सिम की गुफ़ा खुल गई हो। सामने ही उनका वो बैग रखा हुआ था जो नेहने से छिनाया गया था।

बिंटू और शशि के चेहरे चमक उठे, वहीं नेहने पर इसका कोई असर नहीं हुआ। उन्होंने तुरंत बैग उठाया उसे खोलकर देखा तो पैसा उसमें अभी भी पड़ा हुआ था। शशि ने तुरंत जेब से बाइक की चाबी निकाली और बिंटू को देते हुए बोला, "तू बाहर जाकर बाइक लेकर आ और नेहने, तू बाहर खड़ा होकर नज़र रख कोई इस तरफ़ आ तो नहीं रहा है न।"

दोनों ने वैसा ही किया। एक ही मिनट के अंदर बिंटू बाहर बाइक लेकर आ गया। शशि दौड़कर बाइक पर बैठा और पीछे से नेहने और तीनों बुलेट की रफ़्तार से वहाँ से जा निकले। पैसा घूमकर फिर उनके पास आ गया था। शशि ने बैग को ऐसे चिपटा रखा था, जैसे बंदरिया अपने बच्चे को चिपकाए हुए कुलाँचे मारती-फिरती है।

"ये तो बहुत ही बढ़िया हुआ भैया। साला हमारे रस्ते का पत्थर दारा भी एक साइड लग गया और हमारा पैसा भी वापस आ गया। बोलो वृंदावन बिहारी लाल की जय!" बिंटू ने बाइक चलाते हुए ख़ुशी से जयकारा लगाया।

"बोल बाबा नीम करोरी की जय!" शशि भी ख़ुश होकर ऊपर वाले का शुक्रिया करने लगा।

नेहने इस पूरे वाक़ये से ख़ुश नहीं हो पा रहा था। वो ये भी जानता था कि अगर ख़ुश हो भी जाएगा तो वो ख़ुशी कितनी देर चलेगी इसका कोई भरोसा भी

नहीं था। वो पैसा जिसे देखकर उसका रोम-रोम हिलोरें मारा करता था वो पैसा उसे बबूल का पेड़ लग रहा था, जिसके काँटे उसके शरीर को बींधे जा रहे हो। वो उन दोनों की ख़ुशी में शामिल नहीं था।

***

अपराधी कितना भी बड़ा क्यों न हो उसे पुलिस से डर लगता ही है और ये डर तब और बढ़ जाता है जब सामने पुलिस भी सख़्त हो। उसके एरिया का थाना प्रभारी भी कुछ वैसा ही था। जब से उसने वहाँ का चार्ज लिया था तब से लगातार दारा का काम करना मुश्किल हो गया था। इसके पहले वाले थाना इंचार्ज से उसने साँठ-गाँठ कर रखी थी, जिससे उसका काम चलता रहता था। लेकिन अब ऐसी कोई सूरत ही नहीं थी कि वो कोई जुगाड़ भिड़ा लेता। इसीलिए आज भी दारा की किसी बात पर उसे यक़ीन नहीं हुआ कि इस घटना को अंजाम उसने नहीं बल्कि किसी और ने दिया होगा या ये भी हो सकता कि वो कोई दुर्घटना हो जो यूँ ही घट गई हो। लेकिन इसके पहले भी दारा ने बसई में धंधा करने वाली औरतों से मारपीट की थी। इसी शक के आधार पर पुलिस ने उसे उठाया था और रूपा के बयान दर्ज न होने तक उसे एहतियातन गिरफ़्त में रखना ही था।

उस रात को दारा को पैसों का बैग सौंपने के बाद भुजंगी दारा से नहीं मिला था। आज सुबह क्या हुआ था, उसे क़तई अंदाज़ा नहीं था। जब उसे पता चला तो पैरवी के लिए थाना जाना ज़रूरी था। भुजंगी को भी पुलिस का ख़ौफ़ तो था लेकिन फिर भी वो पुलिस स्टेशन दारा से मिलने के लिए पहुँच ही गया।

"ये लफड़ा क्या है? मेरे को तो कुछ समझ ही नहीं आया। कोई बात हो गई थी कल रात को क्या?" भुजंगी ने थाने की सलाखों के पीछे खड़े हुए दारा से हौले से पूछा।

"फालतू की बात मत कर। कल रात को तो मैं रूपा के फ़्लैट गया नहीं था। मेरे को तो ख़ुद पुलिस से पता चला था कि वो अस्पताल में है।" दारा ने कहा।

"हम्म... आपको क्या लगता है कि क्या हुआ होगा?"

"पता नहीं, मेरे ख़ुद ही समझ नहीं आ रहा है कि आख़िर हुआ क्या था? एक तो वैसे ही काम-धंधे की लगी पड़ी है ऊपर से ये साली पुलिस ने अलग से ले रखी है।"

एक लंबी साँस भरकर दारा बोला, "सुन वो लाल वाला बैग अलमारी में ही रखा होगा। उसको लेकर छीपी टोला में शमीम कबाड़ी के पास जाना, वो नोट

बदलकर दे देगा। पैसों की फ़िलहाल वैसे ही बहुत ज़रूरत है।"

"पैसे अलमारी में कहाँ थे? मैंने तो ख़ुद जाकर ऑफ़िस चेक किया था।" भुजंगी चौंककर बोला।

"क्या! ऐसा कैसे हो जाएगा? आज सुबह ही मैंने पाँच लाख निकाल के एक को दिए थे फिर उसके बाद बैग वहीं मैंने ख़ुद अलमारी में रखा था। कहीं मेरे जाने के बाद किसी ने यहाँ-वहाँ तो नहीं कर दिए? तूने सबसे पूछताछ की?" दारा अब और भी परेशान हो गया।

"नहीं, मेरे को लगा आपने ठिकाने लगा दिए होंगे।"

"तू वापस जाकर ठीक से पूछताछ करके पता कर आख़िर कहाँ गया रोकड़ा। और रूपा को भी देखने चले जाना होश में आते ही वो बयान दे ही देगी तो मैं यहाँ से निकलूँ तो काम सँभालूँ। तब तक तू अड्डे का काम देख, मेरी ग़ैरहाज़िरी में पूरी ज़िम्मेदारी तेरी है धंधे की भी और गैंग की भी।" इससे पहले जब भी कभी दारा अंदर होता था तो उसका भाई ही काम देखता था लेकिन जब से दोनों भाइयों में अनबन हुई है, ये पहला मौक़ा था जब उसे काम देखना था। ये सुनकर भुजंगी ख़ुश होकर बोला, "ठीक है, मैं जल्दी सब चीज़ों का बंदोबस्त करता हूँ।"

भुजंगी वहाँ से इस तरह निकला जैसे उसके सिर पर आगरा के डॉन का ताज रखा हो। आख़िरकार हर सेकेंड मैन को हमेशा पहले पायदान पर आने का इंतज़ार रहता ही है। वो इस वक़्त इतना ख़ुश हो रहा था, जितना भंसाली पद्मावत की रिलीज होने पर भी ख़ुश नहीं हुआ था। क़ायदे से तो उसे पहले रूपा को देखने अस्पताल जाना चाहिए था, लेकिन रूपा से ज़्यादा चिंता उसे पैसों की थी। इसलिए वो वापस ऑफ़िस पहुँचा ताकि पैसे के बारे में कुछ खोज-बीन कर सके। लेकिन किसी को भी उन पैसों या उस बैग के बारे में कोई अंदाज़ा नहीं था। फिर पता चला कि गुम्मट का वो लौंडा नेहने सुबह के वक़्त वहीं खड़ा हुआ देखा गया था। भुजंगी को समझने में देर न लगी कि आख़िर पैसों का बैग कहाँ गया। ख़ैर उसने सभी के बीच ये घोषणा भी कर दी कि दारा के बाहर आने तक पूरा काम उसके अंडर में रहेगा। सबने बिना किसी हील-हुज्जत के बात मान भी ली। अब उसे रूपा का ख़याल आया जो एस.एन. मेडिकल कॉलेज में भर्ती थी।

रूपा की हालत तो स्थिर थी लेकिन वो अभी तक होश में नहीं थी। डॉक्टरों का कहना था कि वो ख़तरे से तो बाहर है, लेकिन उसका ख़ून बहुत बह गया

था इसलिए उसे ख़ून और चढ़ाना पड़ेगा। फ़िलहाल वो कोमा जैसी हालत में थी। भुजंगी ने रूपा की ओर आँख भरकर देखा। इस हालात में भी वो ख़ूबसूरत लग रही थी। साला दारा, माल तो बढ़िया-बढ़िया फाँसे हुए है। ये वो अकेली लड़की तो नहीं थी, बीवी के अलावा चार और लड़कियाँ थीं, जो दारा रखे हुए था। अपनी कमाई का एक बड़ा हिस्सा वो अपने उन हसीं शौक़ों पर ख़र्च करता था। उसने मन-ही-मन दारा को दो-तीन गालियाँ दीं। फिर उसने दारा की जगह पर ख़ुद को रखकर सोचा। अगर वो गैंग का सरदार हो जाता है तो उसका पूरा काम और उसकी सब रखैलें भी उसकी हो जाएँगी वो भी ख़ुद-ब-ख़ुद। भुजंगी जो शक्लो-सूरत से बूट पॉलिश के पेड़ जैसा काला था। कोई भी लड़की उसकी सूरत देखकर ख़ौफ़ से भर सकती थी। दारा की ख़ूबसूरत रखैलों का सरताज बनने की कल्पना से उसका रोम-रोम गुलाबी हो रहा था। लेकिन अगले ही पल उसे याद आया कि ये कम्बख़्त होश में आते ही दारा की रिहाई का इंतज़ाम करवा देगी। वो भगवान की पूजा तो नहीं करता था, लेकिन उसने अंदर-ही-अंदर भगवान को हाथ जोड़कर दुआ माँगी कि ये लड़की होश में ही न आए और वहाँ से निकल पड़ा।

वो इतना ख़ुश था कि आज दोपहर में ही दो आदमियों के साथ उसने बार में बैठकर शराब पी ली थी। शाम तक वो शराब के सहारे अपने राजा होने के सपने देखता रहा। गैंग के दोनों गुर्गे भी उसे ख़ूब चढ़ाए दे रहे थे। इन्हीं सब कल्पनाओं में ग़ोते लगाते हुए उसने पूरा दिन बिता दिया।

शाम को जब भुजंगी दो और आदमियों के साथ दारा के पास पहुँचा। दारा किसी मामूली जेबकतरे की तरह कोने में बैठा हुआ हवालात के मच्छरों से उलझा हुआ पड़ा था। भुजंगी को देखते ही दारा थोड़ा ख़ुश हो गया।

"क्या ख़बर लाया है ?"

"बुरी ख़बरें ही हैं भाई।" भुजंगी ने मुँह लटकाकर कहा।

"क्या हुआ कुछ भोंकेगा भी ?" दारा ने अकड़कर कहा।

ऐसी स्थिति में जबकि गैंग का मालिक वो था तो दूसरे लड़कों के सामने दारा का उससे ऐसे बात करना उसे बिलकुल भी अच्छा नहीं लगा। उसे ग़ुस्सा तो आया मगर वो पीकर रह गया।

"रूपा की हालत ठीक नहीं है। उसका ख़ून बहुत बह चुका है। डॉक्टर बहुत सीरियस बता रहे हैं।" भुजंगी कुछ और कहना चाहता था लेकिन वो कुछ

और ही कह गया।

"हम्म और पैसा... पैसों का क्या हुआ?"

"पैसों के बारे में किसी को कुछ अता-पता नहीं है कि कहाँ गया? सबने अलमारी में चाबी लगी हुई ही देखी थी और बैग अंदर नहीं था।" भुजंगी ने धीरे से कहा।

दारा सुबह से ही हवालात में बौखलाया हुआ था वो अचानक फट पड़ा, "हरामख़ोरों... सूअर के पिल्लों। मेरे अंदर आते ही रंग बदल गए। साले सब भाग क्यों खड़े हुए थे पुलिस को देखकर, किसी को रहना चाहिए था न वहाँ? तुम्हीं में से किसी मा#$@## ने पार कर दिया है माल। यहाँ भो#$# के सड़ा हुआ मुँह लेकर खड़े हो गए हैं मेरे सामने। चुपचाप तलाश करो कि कहाँ गया पैसा नहीं तो बाहर आते ही एक-एक की खाल उतारूँगा अपने ही हाथ से। कोई हमेशा के लिए जेल में बंद नहीं हूँ।"

"ऐ-ऐ... किस बात का हल्ला मचाए पड़े हो यहाँ? तुम्हारी ससुराल नहीं है। चलो हटो वहाँ से, हो गई मिलनी।" शोर सुनकर एक पुलिस वाला दूर से ही चिल्लाने लगा।

तीनों वहीं खड़े रहे हिले नहीं।

"सुना नहीं क्या? चलो हटो वहाँ से।"

"हाँ-हाँ ठीक है।" दारा ने चिल्लाकर कहा फिर धीरे से बोला, "जाओ और जाकर तलाश करो कहाँ गया पैसा। मुझे एक-एक नोट चाहिए सही-सलामत। जे कोई मज़ाक़ चल रहा है क्या कि दारा के ऑफ़िस में से उसी की अलमारी से कोई पैसा निकालकर ले जाए और पता न चले। चलो अब निकलो यहाँ से।"

तीनों वहाँ से बेइज़्ज़त होकर निकल ही रहे थे कि फिर से दारा ने चिल्लाकर कहा, "सुन चाय और टोस्ट भिजवाना अंदर और एक ओडोमोस भी, यहाँ अंदर ये मच्छर ख़ून पी रहे हैं और बाहर तुम लोग।"

भुजंगी को एक पल में राजा से ग़ुलाम होने का एहसास हो गया। दिन भर की भरी हवा गुब्बारे से पर्र करके निकलने लगी। उसका मन कड़वाहट से भर गया था। थाने से बाहर आकर दारा के कहे अनुसार उसने अंदर सामान भिजवा दिया। राज-पाट जो उसके हाथ आ सकता था वो उसे हाथों से सरकता हुआ महसूस हुआ। दारा के सामने आज उसकी हार हो गई थी। हारने वालों को सत्ता बहुत आकर्षित करती है और आकर्षण में आदमी कुछ भी करने को तैयार हो

जाता है। बाहर की हवा लगने पर उसके मन की नाव ने दिशा बदल ली थी। उसे दिख रहा था कि उसे क्या करना चाहिए।

****

सरोजनी नायडू मेडिकल कॉलेज, मोती कटरा में है और मोती कटरा वो जगह थी जहाँ किसी ज़माने में मुग़ल बादशाह शाहजहाँ की एक रखेल मोती बेगम का महल था, उसी के पास घनी आबादी वाला एरिया भी है, इस पूरे इलाक़े को मोती बेगम का कटरा नाम से जाना जाता था जो बाद में मोती कटरा कहलाया जाने लगा। इस समय रात का तीसरा पहर था। सर्दी की रात में आस-पास सन्नाटा पसरा हुआ था। कुछ जगहों पर ज़िंदगी 24 घंटे चालू रहती है। अस्पताल भी उनमें से एक जगह है, लेकिन इतनी रात गए वो धीमी ज़रूर हो जाती है। एस.एन. मेडिकल का जनरल वार्ड भी वैसा ही धीमा और सुस्त था। एक बेड पर पट्टियों में सर लपेटे हुए रूपा लेटी थी, चेहरे पर ऑक्सीजन मास्क लगा हुआ था। उसके होश में आने की देर थी और दारा की रिहाई मंज़ूर हो जानी थी और अगर वो होश में न आती तो कुछ महीनों तक तो दारा से छुटकारा हो ही जाना था। फिर जब तक वो रिहा होकर बाहर आता तब तक भुजंगी तख़्ता पलट कर सकता था। फिर दारा की कोई औक़ात नहीं होती। वैसे भी अपने भाई से अलग होने के बाद वो दिन पर दिन कमज़ोर ही होता जा रहा था। कुछ महीनों में तो भुजंगी की ताक़त इतनी बढ़ ही जाती कि दारा उसका मुक़ाबला नहीं कर पाता और दारा अगर उससे उलझता भी तो वो उसे भी रास्ते से हटा सकता था। वैसे भी पिछले साल से पूरा काम धंधा वो ही तो देखता था लेकिन माल का बड़ा हिस्सा वो ख़ुद ले जाता था और उसके हिस्से आती थी वो बोटियाँ जो दारा उनकी तरफ़ उछालता था।

भुजंगी ने एक गहरी साँस ली और देखा कि कोई उसे देख तो नहीं रहा है फिर उसने आगे बढ़कर ऑक्सीजन मास्क उठाकर रूपा की नाक भींच दी। रूपा का शरीर कोमा में था उसने कोई हरकत नहीं की और दो मिनट के भीतर ही वो कोमा से दूसरी दुनिया में पहुँच गई। भुजंगी ने ऑक्सीजन मास्क फिर से उसके चेहरे पर रख दिया और अपने आस-पास एक निगाह डाली की किसी ने उसे देखा तो नहीं फिर चुपचाप वहाँ से निकल गया। काले भुजंगी का चेहरा जो एक काले मफ़लर के पीछे छुपा हुआ था उस पर एक मुस्कुराहट तैर रही थी।

***

सुबह पूरे ताजगंज में ख़बर फ़ैल गई कि रूपा ने रात को अस्पताल में दम तोड़ दिया। ख़बर सुनकर नेहने का शरीर भी बेजान हो गया। शशि के आँगन में बैठे हुए पिछले एक घंटे से वो रोये ही जा रहा था। रूपा की मौत का ज़िम्मेदार वो ख़ुद को मान रहा था। उसे क़तई अंदाज़ा नहीं था कि भुजंगी नाम के यमदूत ने रूपा के प्राण हरे थे। वो ख़ुद को धिक्कार रहा था। जब शशि और बिंटू से देखा न गया तो उन्होंने उसको गले में भरकर चुप कराने की कोशिश की।

"हट जाओ भैया, मुझ जैसे आदमी को जमुना जी में डूबकर मर जाना चाहिए।" नेहने सुबकते हुए बोला, "लेकिन मैं इतना बड़ा पापी हूँ कि मुझे तो जमना जी भी अपने भीतर जगह नहीं देंगी।"

"अबे का बके जा रहा है तू? अब इसमें तू कैसे पापी हो गया? वो लड़की ही ग़लत आदमी के चक्कर में पड़ गई थी और बेचारी उसी का हरजाना अपनी जान देकर भुगतन पड़ा।" शशि जो अब तक सिर्फ़ इसलिए चुप था कि नेहने को अपनी माशूक़ के जाने का ग़म है कुछ देर रो लेने से ठीक हो जाएगा, बड़ी देर के बाद कुछ बोला।

"नहीं भैया दारा ने नहीं, मैंने मारा है रूपा को मैंने।" नेहने अपनी पूरी ताक़त से चीख़कर बोला।

"क्या कह रहा है... पगला गया है क्या?" बिंटू उसका हाथ पकड़ते हुए बोला।

"हम्बे, मैंने ही मारा है उसे। उसे मैंने ही धक्का दिया था जिसकी वजह से उसका सर फट गया था और फिर उसे छोड़कर भाग आया। अगर टाइम से अस्पताल ले जाता तो बच जाती।" रो-रोकर उसकी आँखें लाल हो गई थीं।

बिंटू और शशि दोनों ही अवाक थे। अचानक से उन्हें लगा कि कोई पेड़ टूटकर उनके ऊपर गिर गया हो। उनकी समझ में नहीं आया कि क्या बोले और क्या करें?

"पहले धोखेबाज़ तो था ही दूसरे का पैसा मारकर बैठ गया और अब ख़ूनी-क़ातिल भी बन गया हूँ। सब इस पैसे के चक्कर में भैया सब इस पैसे के चक्कर में। आज साला इस पैसे में ही आग लगा देता हूँ साला टंटा ही ख़त्म कर देता हूँ।" नेहने ग़ुस्से में पगलाया हुआ शशि के कमरे की तरफ़ बढ़ा जहाँ पैसों का बैग रखा हुआ था।

शशि और बिंटू ने पकड़ा, "अबे पागल हो गया है तू? पैसा हम किसी से

लूटकर थोड़े ही लाए थे, किसी की काली कमाई थी जो वैसे भी नाले में बहनी थी। हमें मिल गई तो हमारा ही कुछ भला हो जाए।"

अब नेहने ने दरवाज़े का रुख़ किया और हाथ छुड़ा कर जाने लगा।

"अब कहाँ जा रहा है।" शशि ने पूछा।

"पुलिस के पास सब बताने के लिए कि रूपा को मैंने ही मारा है। फिर तुम आराम से पैसे पर ऐश करना।" नेहने घर छोड़कर निकलने को हुआ।

"अबे एकदम ही सठिया गया है क्या? बिंटू तू भागकर दरवाज़ा बंद कर। और तू मेरे भाई नेहने, चौं तू झड़े-झड़ाये में कूड़ो फैलाने पे तुलो है। पुलिस के पास जायगो तो हत्या के संग लूट का भी मुक़दमा क़ायम होगा। रूपा की मौत तो चल तेरे पे ही आएगी लेकिन हम भी तो किसी का माल लूटने के चक्कर में नप जाएँगे। वैसे भी अगर दारा छूटा तो वो इस पैसे को लूट ले जाएगा। जो हो गया उसपे मिट्टी डाल। कुछ तो अक़्ल से काम ले।" शशि ने उसे कस कर जकड़ लिया।

ये सुनकर नेहने थोड़ा शांत हुआ। शशि ने बात सँभलती देखकर फिर से बोलना शुरू किया, "और अपनी माँ के बारे में सोचा है फिर क्या होगा? जब उसे पता चलेगा कि बेटा लूट और मर्डर में बंद है तो वो कैसे जिएगी? वो भी बेटा ये सुनकर मर जाएगी? फिर तुम ज़िंदगी भर इसका बोझ लेकर सड़ना जेल में।"

माँ का नाम आते ही नेहने के शरीर ने विरोध करना बंद कर दिया। उसके पास अब कोई रास्ता नहीं था। वो फिर से रोते हुए बोला, "तो क्या करूँ भैया क्या करूँ सँभाला नहीं जा रहा ख़ुद को।" कहते हुए वो शशि के पैरों में गिर पड़ा।

"कुछ नहीं कर सकते हो फ़िलहाल सिवाय भूलने के। दर्द तो भैया ऐसो उधार है, जो कभी चुके न है लेकिन फिर भी कोशिश करो भूलवे की। समय है न बहुत बड़ा मलहम लेकर चले है वो ही भरेगा तुम्हारे घाव बस निशान बाक़ी रह जाएँगे, जिनको साथ लेकर जीना ही पड़ता ही है सबको।"

***

जब तक भुजंगी दारा के पास पहुँचा था तब तक उसे रूपा की मौत की ख़बर मिल चुकी थी। उसे अफ़सोस रूपा की मौत का नहीं था बल्कि जेल का डर था।

"उसको दूसरे अस्पताल में शिफ़्ट क्यों नहीं करवाया तूने?" दारा भुजंगी

पर भड़का।

"आपकी भागदौड़ और बैग की खोज में लगा हुआ था। पैसों का भी जुगाड़ करना था। आज के लिए सोचा था कि आज करवाऊँगा लेकिन..." भुजंगी मुँह लटकाकर बोला।

"ख़ैर अब जो हो गया सो हो गया। तू फ़िलहाल अब सँभाल और बढ़िया से बढ़िया वकील का इंतज़ाम कर। केस में बहुत दम नहीं है और ना ही कोई सबूत है मेरे ख़िलाफ़। दो ही तारीख़ों में बाहर आ जाऊँगा। तब तक तू काम देख। तेरे ऊपर छोड़ रहा हूँ सब।"

"ठीक है भैया, मैं देखता हूँ, कुछ करता हूँ इंतज़ाम।"

"बैग का कुछ अता-पता चला?"

"हाँ पूछताछ से मालूम पड़ा है कि जिस दिन पुलिस आपको उठा के ले गई थी, वो नेहने उस टाइम पर वहीं था। हो सकता है उसी ने बैग निकाला हो।" भुजंगी ने बताया।

"हाँ साला, ये दिमाग़ में क्यों नहीं आया। उस रात का हिसाब करने आया होगा हमारे पास। देखा कि रास्ता साफ़ है तो बैग पार कर दिया होगा। इसीलिए तो मैं उस दिन ग़ुस्सा कर रहा था कि कोई अपना बंदा उधर रहता तो नहीं निकाल पाता न। अब तू एक काम कर, उस लौंडे को उठा और मालूम कर कहाँ रखा हुआ है पैसा उसने। पक्का उसी के पास पैसे होने चाहिए।"

"ठीक है, भाई ऐसा ही करता हूँ।" भुजंगी मन-ही-मन ख़ुश होता हुआ वहाँ से निकल आया। किसी को बिलकुल शक नहीं हुआ था कि रूपा का क़ातिल वो है।

इन्हें दवा नहीं, दुआ की ज़रूरत है

शाम ढल चुकी थी। नेहने अपने दुख से उबरा तो नहीं था लेकिन अब तक बहुत शांत हो चुका था। शशि और बिंटू के साथ इस वक़्त वो फ़तेहाबाद रोड पर हिसार वाली पार्टी का इंतज़ार कर रहा था।

शनिवार का दिन था। 100 क़दम की दूरी पर एक मंदिर था जिसके लाउडस्पीकर में 'को नहीं जानत है जग में, कपि संकटमोचन नाम तिहारो' बज रहा था। जब आदमी दुख, दर्द, हताशा और अवसाद से घिरा हुआ रहता है तो उसे भगवान की चौखट ही नज़र आती है। नेहने को भी संकटमोचन की ज़रूरत थी।

"भैया, मैं नेक मंदिर हो के आ रिया हूँ।" नेहने ने शशि से मुख़ातिब होकर कहा। शशि ने भी कुछ नहीं कहा और वहीं खड़े होकर इंतज़ार करने लगा।

कुछ ही देर में एक आदमी आया और शशि ने अख़बार में लपेटा हुआ नोटों का बंडल उसके हवाले कर दिया। बहुत देर बीत जाने के बाद भी नेहने नहीं लौटा।

"फ़ोन मार ज़रा इस ढक्कन को। इतनी देर हो गई कहाँ रह गया। इतनी देर में तो चार बार हनुमान चालीसा पढ़ लेता आदमी।" शशि ने कहा।

"फ़ोन वो लेकर कहाँ निकला था आज। घर ही तो रह गया था फ़ोन उसका। मैं मंदिर में देखकर आता हूँ।" बिंटू नेहने को देखने के लिए चला गया।

थोड़ी ही देर में सब जगह देखकर वापस आ गया, "भैया, इसका तो कहीं अता-पता ही नहीं है। कहीं सच में ही तो थाने नहीं चला गया ये चमन चूतिया।"

"जाना तो नहीं चाहिए अब वैसे, लेकिन ये साली आशिक़ों की जमात का कह भी तो क्या सकता है आदमी।" शशि को भी चिंता होने लगी।

"क्या करें फिर अब ?"

"करेंगे क्या ? देखो यहीं आस-पास कहीं शायद। हो सके कहीं किसी कोने में बैठा आँसू बहा रहा हो।"

***

नेहने जब मंदिर कि सीढ़ियों से उतर रहा था तो पीछे से उसकी कमर पर किसी ने कुछ चुभाया।

"ढाई फुटिया पहलवान ज़्यादा मल्लाही झाड़ने की कोशिश मत करना नहीं तो यहीं गोली दाग देंगे।" नेहने ने महसूस किया कि दो लोग उसके पीछे हैं और एक ने उसकी कमर पर तमंचा अड़ा रखा है।

नेहने चुपचाप चलता रहा। 10 ही क़दम पर एक स्कॉर्पियो खड़ी थी जिसका दरवाज़ा खुला और नेहने को दो आदमी अंदर धकेलने लगे। तमंचे के डर से नेहने ने भी कोई प्रतिरोध नहीं किया और गाड़ी में चुपचाप बैठ गया। अंदर घुसते ही उसके हाथ पीछे से बाँध दिए और मुँह पर एक कपड़ा डाल दिया जिससे उसे कुछ दिखाई न दे। वो बस उम्मीद ही कर रहा था कि शायद उसके दोस्तों ने देख लिया हो और वो पीछा करते हुए आ रहे होंगे। लेकिन यह सब घटनाक्रम इतनी तेज़ी से हुआ था कि कोई नोटिस ही नहीं कर पाया।

क़रीब आधे घंटे के बाद गाड़ी कहीं रुकी और नेहने को उतारकर एक कुर्सी पर बैठाया गया फिर हाथ खोलकर दोनों हाथ कुर्सी के हत्थे से बाँध दिए। नेहने को अंदाज़ा था कि ज़ोर-जबरदस्ती से कोई फ़ायदा नहीं है। हो न हो वो ज़रूर दारा के ही आदमी थे जो उसे उठाकर लाए थे। वो चाहते तो गोली मार सकते थे, लेकिन उनका उद्देश्य कुछ और था इसलिए वो चुपचाप ही रहा। मुँह से कपड़ा हटाया तो सामने चार लोग खड़े थे। वो एक बंद जर्जर-सा कमरा था जिसमें रौशनी बहुत कम थी।

"हाँ लौंडे जानता है तू मुझे ?"

नेहने ने ना में सिर हिलाया। हालाँकि वो उस आदमी को पहचानता था।

"ताजगंज में रहकर तूने भुजंगी का नाम नहीं सुना! भूल गया पिछली बार तेरे घर में घुसकर तेरे को धोया था और आज बीच बाज़ार से उठाकर ले आया हूँ तुझे। समझ आ रहा है क्या चीज़ हूँ मैं?"

"मुझे यहाँ क्यों लेके आए हो?" नेहने ने अब अकड़ के साथ पूछा।

"देख वो बैग हमें वापस चाहिए, उसके बाद ही तू यहाँ से अपने पैरों पे चल के जाएगा। नहीं तो तेरी खाल उतार के हींग की मंडी के चमड़े मार्केट में भेज दूँगा, फिर पता नहीं किस फ़िरंगी के पैर की जूतियाँ बन के घूमेगा तू।"

"कौन-सा बैग, कैसा बैग? मुझे किसी बैग के बारे में कोई जानकारी नहीं है!"

"वही बैग जो तेरे घर से हमने उठाया था, वही बैग।"

"लेकिन तुम्हीं तो कह रहे हो वो तुमने उठा लिया था, अब मेरे पास कहाँ से आया?" नेहने ने कहा।

भुजंगी ने एक थप्पड़ नेहने के मुँह पर दे मारा, "साले होशियारी गाँ# में घुसा दूँगा और आँख नीचे कर नहीं तो फोड़ दूँगा। चुपचाप बता बैग कहाँ है?"

"देख हाथ मत चला, तरीक़े से बात कर। जब तुम लोग वो बैग लेके भागे थे, उसके बाद से मुझे कोई अंदाज़ा नहीं वो कहाँ है।" नेहने अब फिर से मामला ख़राब नहीं करना चाहता था और न ही अपने दोस्तों को किसी मुसीबत में डालना चाहता था। मरने पर तो वो उतारू था ही उसे लगा शायद यही प्रायश्चित है।

"ये ऐसे नहीं मानेगा। इसका फ़ोन निकालो और इसके दोस्तों को फ़ोन करके पैसा लाने को बोलो। बहुत माल है इन लोगों के पास। वही लाके देंगे बैग भी।"

भुजंगी यहाँ अपने ख़ास लोगों के साथ था जो दारा से ज़्यादा भुजंगी के सगे थे। उसके आदमियों ने नेहने कि जेबें टटोली लेकिन फ़ोन नहीं निकला। आज सुबह से ही वो डिस्टर्ब था और उसी में अपना फ़ोन रखना ही भूल गया था।

"फ़ोन तो है ही नहीं इसके पास।" एक ने कहा।

"फ़ोन ही नहीं है। चलो कोई बात नहीं तू फ़ोन नंबर बता तेरे दोस्तों को फ़ोन करके बोलते हैं वो लेके आएँगे पैसा।"

"नंबर मुझे याद नहीं हैं। और मेरे दोस्तों के पास भी पैसे नहीं हैं।" नेहने को सच में ही नंबर नहीं याद थे। और वैसे भी जब से मोबाइल चले थे नंबर याद

ही कौन रखता था।

"साले हमें चूतिया समझ रखा है? कोई नंबर याद नहीं है अपना नंबर तो याद होगा वही बता।" कहते हुए भुजंगी ने एक और घूँसा जड़ दिया। नेहने के मुँह से ख़ून निकल आया और एक आह भी निकली लेकिन फिर भी वो कराहते हुए बोला, "अपना नंबर भी नहीं याद है।"

भुजंगी को इस स्थिति की कल्पना नहीं थी, "साले कुछ याद ही नहीं है। अभी थोड़ी देर में सब याद आ जाएगा। मारो साले को।" वो ग़ुस्से में अपने आदमियों को इशारा करता है। तीन आदमी उस पर झपट पड़ते हैं और पैरों पर हॉकी बरसाना शुरू कर देते हैं। भुजंगी एक कोने में बैठकर शराब की बोतल खोलकर पीने लग जाता है। बारी-बारी से उसके आदमी नेहने को मारते रहते हैं और वो उसकी चीख़ें सुनता रहा।

तीन-चार पेग उतारने के बाद जब वो उठा तो नेहने के बाल पकड़कर बोला, "देख बच्चू, मेरे को तेरे से कोई दुश्मनी नहीं है। मेरे को वो पैसा चाहिए बस। बता दे और सही-सलामत निकल जा नहीं तो ये रात भर दारू पी-पीकर तेरे को मारते रहेंगे।"

"अबे कह तो दी के नहीं है हमारे पास कोई पैसा। और वैसे भी वो पैसा हमारा था।" नेहने ने दर्द को नज़रअंदाज़ करते हुए कहा।

"तुम्हारा था? किसको लूटे थे बे तुम लोग? और कहाँ से इतना पुराना नोट पाए थे?" भुजंगी ने अपनी जलती हुई सिगरेट नेहने की छाती से लगा दी।

नेहने फफक उठा लेकिन उसने भी बोलना जारी रखा, "जमना जी किनारे के बोरे में पड़े मिले थे। उन्होंने ही दिए थे। अब तुम भी ये समझ लो कि जमुना जी ही लील गईं।"

भुजंगी का ग़ुस्सा बढ़ता ही जा रहा था, "अगर जमना जी लील गईं तो मैं भी कालिया नाग हूँ। घुस के निकाल लाऊँगा वो रोकड़ा। इस पैसे के लिए कुछ भी कर डालूँगा। तुझे मालूम है तीन-तीन क़त्ल कर रखे हैं मैंने? अभी कल ही दारा की रखैल को निपटाया हूँ ताकि दारा जेल में सड़ सके और मैं ताजगंज पे राज कर सकूँ। तुझे ताजगंज में ज़िंदा रहना है तो मेरी बात..." भुजंगी की बात पूरी भी न हो पाई थी नेहने कुर्सी समेत उठ खड़ा हुआ और कुर्सी का पिछला हिस्सा घुमाकर भुजंगी के दे मारा, जिससे भुजंगी नीचे गिर पड़ा। भुजंगी को वो नहीं कहना चाहिए था जो वो नशे की गिरफ़्त में कह गया था। लेकिन उसे भी कहाँ

अंदाज़ा था कि रूपा और नेहने का कोई कनेक्शन हो सकता है और इस बात को सुनकर बेजान-सा बैठा हुआ नेहने इस क़दर पागल हो सकता है।

रूपा की मौत का ज़िम्मेदार नेहने नहीं था। जिसके लिए वो ख़ुद को दोषी मान रहा था। और जो आदमी ज़िम्मेदार था उसे वो क़तई छोड़ देने के मूड में नहीं था। भुजंगी के नीचे गिरते ही वो कुर्सी उसकी छाती पर रखकर बैठ गया और अपनी लातें भुजंगी के मुँह पर बरसाने लगा। अचानक से माहौल बदलता देखकर भुजंगी के तीनों आदमी भी एक्टिव हो गए। उन्होंने अपनी हॉकी से नेहने पर तीनों तरफ़ से वार करना शुरू कर दिया लेकिन नेहने रुक ही नहीं रहा था। लगातार उल्टी-सीधी पड़ने वाली चोटों से कुर्सी टूट गई और नेहने अब खुला सांड हो गया जो कि बहुत मरखना भी था। इतनी मार के बावजूद वो रुकने का नाम नहीं ले रहा था। भुजंगी भी नीचे से उठ ही नहीं पा रहा था। अकेले ही उसने चारों की हालत पस्त कर डाली थी। किसी के लात मारे, किसी के घूँसे। तभी एक के बाद एक कई हॉकी के वार नेहने के सर पर हुए जिससे वो अपना सर पकड़कर ज़मीन पर गिर पड़ा। तभी भुजंगी अपना लहूलुहान चेहरा लिए उठ खड़ा हुआ और अपने आदमी से एक हॉकी लेकर पागल हाथी की तरह नेहने को मारने लगा।

"मादरजात मेरे से अटकेगा तू। ये ले, ये और ले..." भुजंगी हाँफते-हाँफते रुक गया।

नेहने का शरीर अब तक बेजान हो चुका था। बिना कोई हरकत के ज़मीन पर पड़ा हुआ था। उसे ऐसे देखकर सब चौंक गए।

"अरे गुरु, कहीं मर तो नहीं गया!"

"मर गया हो तो मर गया हो मा#@##..."

"लेकिन मर गया होगा तो पैसे का पता कैसे लगेगा? अभी हम लोगों की हालत वैसे ही खस्ता है, दारा को पता चलेगा तो वो और भी ग़ुस्सा करेगा।" एक ने कहा।

भुजंगी ने ग़ुस्से से अपने ही आदमी का कॉलर पकड़ लिया, "दारा गया अपनी माँ की ओखल में। अब मैं हूँ गैंग का सरदार, क्या करना है कैसे करना है, वो मैं देखूँगा। इसे चेक करो ज़िंदा भी है या मर गया।"

दूसरे ने नेहने की छाती पर कान लगाने की कोशिश की, "कुछ सुनाई तो नहीं दे रहा है। धड़कन लगता है बंद ही हो गई है।"

"मर गया है तो कहीं ले जाकर फेंक दो।" भुजंगी ने अपना मुँह पोंछते हुए कहा।

तीन लोगों ने उसे उठाकर गाड़ी में डाला और शहर से दूर मथुरा रोड की तरफ़ ले जाकर सड़क से उतारकर झाड़ियों में फेंक दिया।

***

पूरी रात जब नेहने का कोई पता नहीं लगा तो दोनों ने पुलिस के पास कंप्लेंट कराने का सोचा। उन लोगों ने बसई थाना जाकर बात भी की लेकिन वहाँ भी कोई मसला हल न हो सका। पुलिस ने भी कोई कम्प्लेंट दर्ज नहीं की बल्कि उल्टा उन्हीं से पूछने लगे कि नेहने नशा कौन-कौन सा करता है? कोई चक्कर तो नहीं चल रहा उसका किसी के साथ, कहीं भाग तो नहीं गया किसी लड़की को लेके। पुलिस को उन्हें बहुत समझाना पड़ा लेकिन तब भी पुलिस ने कंप्लेंट दर्ज नहीं की बल्कि एक दो दिन इंतज़ार करने का कहकर उनको वापस भगा दिया।

उनके आने वाले दिन बहुत लंबे और कठिन होने वाले थे।

***

नेहने को लापता हुए तीन दिन हो गए थे, लेकिन अभी भी उसकी कोई ख़बर नहीं मिली थी। शशि और बिंटू दोनों ही परेशान थे कि न जाने कहाँ ग़ायब है। आप-पास के सब जगहों पर उन्होंने खोज-ख़बर ली थी, हर जगह अपने स्तर से उसे ढूँढने की कोशिश की थी लेकिन वो कहीं आस-पास होता तो ही मिलता न। बिंटू शशि के घर पर ही बैठा था।

"कुछ समझ नहीं आ रहा है। मुझे तो अभी भी यही लग रहा है कि वो साला दिमाग़ से पैदल तो है ही। सनक में कहीं चला गया है और आ ही जाएगा एक-दो दिन में। वैसे सब जगह के लड़कों को बोल तो रखा है। वृंदावन, मथुरा तक ख़बर भिजवा दी है। कहीं फ़तेपुर तो नहीं चला गया अपने मामा के यहाँ?" बिंटू ने कुछ सोचते हुए कहा।

"मेरे को यार पता नहीं क्यों अंदर से ऐसा लग रहा है कि कहीं किसी भयानक चिरांद में तो नहीं फँस गया!" शशि के मन में खटका बैठा हुआ था।

"अगर आप दारा और भुजंगी पर शक कर रहे हो तो सोचो अब तक कोई-न-कोई ख़बर तो उनकी साइड से आ ही जाती। वो साला मसखरी कर रहा है हमारे साथ, देखना शाम तक नहीं तो सुबह तक कोई ख़बर मिल ही जाएगी। रूपा की ख़बर सुनने के बाद वो डिस्टर्ब हो गया था और उसकी जगह कोई भी

होता तो हो ही जाता। लेकिन साला जब भी मिलेगा तो साले की मार-मार के कमर तोड़ दूँगा कोई ऐसे परेशान करता है क्या दोस्तों को।" बिंटू ने शशि को समझाते हुए कहा।

उनके दाँव ही सही नहीं पड़ रहे थे, हर बार बाज़ी उलट जाती थी। हिसार वाली जिस पार्टी को पैसा दिए थे उसका भी प्लेन दीमापुर में पकड़ा गया था।

बिंटू ने उसका ज़िक्र छेड़ दिया, "वो दीमापुर वाली पार्टी से क्या कुछ भी वापस नहीं मिलेगा?"

"पैसा तो छोड़ो यही दुआ मनाओ कि वो लोग नाम न लें कि कहाँ-कहाँ से पैसा आया था उनके पास। हमारा नाम लिया तो बस समझो पुलिस दरवाज़े पे ही खड़ी है।"

दोनों को समझ आ रहा था कि जब से ये पैसा आया है, कुछ-न-कुछ हो ही रहा है उनके साथ। पैसा जैसे आफ़त-सा बनकर आया था। जब कंगले रहते थे तो कोई चिंता-फ़िकर नहीं रहती थी। लेकिन अब तो हज़ार टेंशन पैदा हो गई थी। पैसे का डर अलग हर वक़्त बना रहता था। पुलिस को देखकर डर लगता था। बाहर निकलो तो ऐसा लगता था जैसे हर कोई उन्हें ही घूर रहा हो। अब उनको ये भी समझ आ रहा था कि क्यों अमीर आदमी को इतनी बीमारियाँ रहती हैं। आदमी इतनी टेंशन में रहेगा तो बीमारियाँ तो शरीर में अड्डा बना ही लेंगी।

"वैसे पैसा बचा कितना है?" शशि ने पूछा।

"पैसा तो ख़ैर अभी बचा है, दारा के यहाँ से जब बैग वापस आया था तो उसमें भी क़रीबन 5-6 लाख कम निकले थे। चलो कोई नहीं मूँछ उखाड़ने से कोई मुर्दा हल्का थोड़े ही होवे है। अभी भी 45 के आस-पास हैं।" बिंटू ने हिसाब लगाते हुए बताया।

"अब जैसे भी हो, जहाँ से भी हो इस पैसे को बदलवाकर ठिकाने लगाना पड़ेगा। जैसे-जैसे दिन बीत रहे हैं, वैसे-वैसे मुश्किल होता जा रहा है पैसा बदलना।"

"सही कह रहे हो।"

"एक आश्रम के पुजारी का नंबर दिया है किसी ने, वहाँ चलकर बात कर लेते हैं। बता तो रहा था कि ट्रस्ट के नाम पे जमा करवाना होगा और कुछ पैसा काट के वापस कर देंगे वो हमें।"

"सही है, बहुत सही है! हम तो यहाँ ख़ुद को ही कमीना बता रहे हैं यहाँ तो

आदमी भगवान के नाम पे भी ठग रहा है।"

"इस देश में सबसे ज़्यादा आदमी भगवान के नाम पे ही ठगा जा रहा है। चलो हमें तो फ़िलहाल काम से मतलब है।"

***

आश्रम शहर से बाहर निकलकर एक निर्जन-सी जगह पर था, आबादी वाला क्षेत्र उससे ज़्यादा दूर नहीं था। उसी आश्रम में एक भोलेनाथ का मंदिर भी था, इस समय दोनों भगवान भोलेनाथ के सामने सामने खड़े होकर इस भँवर से बाहर निकलने की ही प्रार्थना करते हुए उनसे अपनी परेशानियों का हल माँग रहे थे। भोलेनाथ से माँगना ही ग़लत था, भोलेनाथ कभी किसी को कुछ देते नहीं हैं बल्कि अपने भक्तों से लेते हैं, उनके दुख-दर्द, कष्ट, रोग, परेशानियाँ वो हलाहल विष की तरह सब स्वीकार कर लेते हैं ताकि उनके भक्तों को सुख-समृद्धि का अमृत मिल सके।

वहाँ से निकलकर दोनों वहाँ के पुजारी के कक्ष में गए जो मंदिर के पीछे ही था। इस समय वहाँ पुजारी जी की पत्नी थीं। वो एक तख़्त पर बैठी हुई टीवी देख रहीं थीं। कमरें में अगरबत्ती की ख़ुशबू फैली हुई थी। उनके पीछे दीवार पर देवी-देवताओं की तमाम तस्वीरें लटकी हुई थीं। उन दोनों को देखते ही पूछने लगीं, "कहो बेटा क्या काम है?"

"वो आंटी जी पुजारी जी से मिलना था।"

"आंटी जी नहीं माता जी कहो बेटा और काम बताओ काम क्या था?"

शशी थोड़ा-सा हड़बड़ाया, "वो माताजी सुबह उनसे बात हुई थी वो बता रहे थे कि पुराने नोट के बदले में नये दिलवा सकते हैं।"

"हाँ हो जाएगा बेटा करवा देंगे।" तारा माता ने कहा।

दोनों थोड़े ख़ुश होकर एक साथ बोल पड़े, "तो माताजी, का करना होगा उसके लिए?"

"प्रभु की सेवा।" तारा माता ने हाथ जोड़कर ऊपर की ओर देखते हुए कहा।

"प्रभु की सेवा?" दोनों चौंककर छत की तरफ़ देखने लगे।

"हाँ प्रभु की सेवा। जितना भी पैसा तुम दोगे उसका 50 प्रतिशत मंदिर के ट्रस्ट में जमा होगा और बाक़ी 50 तुमको नये नोटों में मिल जाएगा। ट्रस्ट में जमा हुए पैसों से मंदिर का विकास होगा। प्रभु के भक्तों की सेवा होगी। तो हुई न प्रभु की सेवा?"

"लेकिन माताजी ये तो प्रभु की कुछ ज़्यादा ही सेवा हो जाएगी। कोई कम सेवा वाली स्कीम नहीं है?" शशि दाँत निकालते हुए कहा।

"यहाँ क्या हम कोई स्कीम बाँट रहे हैं? उसके लिए जाओ बाज़ारों में तमाम चल रही हैं नोट बदलने की स्कीम। यहाँ तो सेवा भक्ति का काम कर रहे हैं।" माता जी थोड़ा ग़ुस्सा गईं।

"नहीं आंटी जी मेरा मतलब माताजी, हम ये कह रहे थे कि हम छोटे-मोटे आदमी छोटे-मोटे भक्त हैं इतना ज़्यादा नहीं हो पाएगा हम से।" बिंटू ने कहा।

माताजी थोड़ा-सा शांत दिखीं और फिर से बोलने लगी, "देखो बेटा तुम ख़ुद भी तो सोचो तुम्हारा पैसा भले काम में लगेगा और सर्विस देखो बेटा, हाथ के हाथ नोट चेक करने के बाद तुम्हारा पैसा तुम्हें तुरंत मिल जाएगा। तुम चाहोगे तो डॉलर में भी मिल जाएगा। वैसे तुमको बता दूँ अलग-अलग रेट में कर रहे हैं सब और यहाँ तक कि 35-40% ही पैसा वापस कर रहे हैं। हम तो 50 की गारंटी दे रहे हैं।"

"तो माताजी थोड़ी और कृपा कर दो बालकों पर।" शशि ने हाथ जोड़कर आगे सरकते हुए कहा।

"अच्छा चलो 55% कर देंगे। पैसे कहाँ हैं लाए हो?" माताजी ने पूछा।

"अरे माताजी हमें तो क़तई अंदाज़ा नहीं था कि इतनी फ़ास्ट सुविधा होगी। ये तो मतलब वेस्टर्न मनी ट्रांसफ़र से भी तेज़ है। हमें मालूम होता तो हम लेके ही आते। अभी लेकर आते हैं 3-4 घंटे में।" शशि ने मुस्कुराते हुए कहा।

"कितना पैसा है?" माताजी ने सवाल पूछा।

दोनों एक-दूसरे को देखने लगे और आँखों-ही-आँखों में जैसे पूछ रहे हो कि कितना बोला जाए।

'25' शशि ने बोला तो वहीं बिंटू के मुँह से निकला, '40' फिर अचानक दोनों ने एक-दूसरे को देखा इस बार दोनों ने बात पलटी शशि बोला '40', तो वहीं बिंटू इस बार '25' बोल बैठा।

"नहीं-नहीं 25 ही है।" शशि ने फ़ाइनली कहा।

"हाँ ठीक है, ठीक है। कोई बात नहीं एक करोड़ तक की रकम तुरंत दी जा सकती है। लेकिन फ़िलहाल आज काम नहीं हो पाएगा। कहीं और भी हमारा अपॉइंटमेंट हैं। अब तुम लोग कल 12 बजे तक ही आना।"

दोनों उस कमरे से तो बाहर निकल आए लेकिन अभी आश्रम में ही खड़े थे।

"देख रहे हो धर्म के ठेकेदारों के चोंचले। क्या कह रही थीं सर्विस, अपॉइंटमेंट और एक करोड़ तक तुरंत दे सकते हैं। कितना पैसा है मंदिरों में?" बिंटू ने कहा।

"राम नाम की लूट है और लूटी जाए सो लूट। आदमी पागल है धर्म के पीछे और यहाँ ये सब खा के अघिया रहे हैं। भगवान के नाम पे जो न कर दें ये धरम के ठेकेदार। ख़ैर, अपने को क्या है, अपना काम निकले और भाड़ में जाए सब।" शशि ने कहा।

तभी उन्होंने देखा कि 8-10 पुलिस वाले आश्रम में घुसे चले आ रहे हैं। उनमें से कुछ सीधे पुजारी के कमरे में घुस गए और उन्हें भी रोक लिया, "पकड़ो इन सालों को भी? क्या कर रहे हो यहाँ?" एक ने रोबदार आवाज़ में कहा।

इन दिनों पुलिस से तो वैसे ही डर लग रहा था। उन्हें देखकर और हवा टाइट हो गई। फिर भी शशि ने हिम्मत करके पूछा, "का कर रहे हैं मतलब? यहाँ आनो मना है का?"

"तलाशी लो इनकी?" एक ने कहा तो दो लोग उनकी तलाशी लेने लगे। लेकिन उनकी जेब से ज़्यादा पैसा नहीं निकला। शशि ने तलाशी देते वक़्त पुलिस वाले से पूछा, "का बात हो गई सरजी?"

उस पुलिस वाले ने देखा कि जब उनके पास कुछ नहीं है तो बताया, "अरे पूरे में भारी हल्ला मचा हुआ है यहाँ की ख़बर से। यहाँ की पुजारन और पुजारी पुराने नोटों की बदली कर रहे हैं नये से। किसी मीडिया वाले ने स्टिंग ऑपेरशन करके पूरे में ख़बर चला दी है।"

फिर उस पुलिस वाले ने अपने सीनियर से कहा, "सर कुछ नहीं है इनके पास तो, जाने दे इन्हें?"

लेकिन वो सीनियर पुलिसवाला उनको भी शक की निगाहों से देख रहा था, "यहाँ क्या करने आए थे तुम लोग?"

"सर मंदिर में आए हैं और किसलिए आते हैं?" तलाशी देने के बाद बिंटू की भी हिम्मत थोड़ी बढ़ गई थी।

"फ़ालतू बात मत करो। मंदिर उस तरफ़ है और तुम यहाँ पुजारी के कमरे के पास क्या कर रहे थे?" उसने कड़कती आवाज़ में पूछा।

शशि समझ गया कि मामला बिगड़ सकता है, "बात ये है सर कि आपको भी पता होगी शिव विवाह की कथा सुनने और करवाने से सब परेशानियों का

नाश होता है। शादी-ब्याह में आ रही रुकावटें ख़त्म हो जाती हैं। हमने सुनी हति के यहाँ के पंडित जी शिव विवाह की कथा बाँचे हैं तो हम उनसे ही बात करने आए थे लेकिन वो तो यहाँ हैं ही नहीं तो हम वापस ही जा रहे थे बस।"

"सच बोल रहे हो तुम लोग?"

"एकदम साँची बोल रहे हैं। यहाँ प्रभु के दरबार में खड़े हैं, झूठ काहे को बोलेंगे? और हमारे पूरे मोहल्ला में पतों करवालो ब्याह नहीं हओ पा रहा है हमारा तासे ही आए हते।" शशि ने ख़ूब भोलेपन की एक्टिंग करते हुए कहा।

पुलिस ने उसकी बात पर यक़ीन कर लिया और फिर कुछ था भी तो नहीं उनके ख़िलाफ़, "अच्छा ठीक है, चलो जाओ यहाँ से।"

"धन्यवाद सर!" कहकर शशि और बिंटू सर पर पैर रखकर वहाँ से भागे।

कसम ताजमहल की ये जीवन में पहला मौक़ा था जब शशि को अपनी शादी न होने का मलाल नहीं था वरना आज तो कोई सही बहाना ही नहीं था बच निकलने का। ये भी ठीक ही हुआ था कि पैसे लेकर नहीं गए थे और अगर गए होते तो वहीं धरा गए होते। भले बचे आज नहीं तो नप गए होते। जहाँ-जहाँ पैर पड़े संतन के तहाँ-तहाँ बंटाधार वाली कहावत उनके ऊपर पूरी तरह फिट बैठ रही थी। लेकिन करते क्या किसी-न-किसी तरह से तो उन्हें पूरा रोकड़ा बदलकर नये नोटों में करवाना ही था।

बदलवाना तो था लेकिन कैसे और कहाँ से बदले जाएँगे अब इसी सवाल का जवाब तो इतने दिनों से खोज रहे थे लेकिन जवाब था कि या तो पाताल पहुँचा था या आसमान में छेद करने को आतुर उनकी पहुँच से बहुत दूर था। परेशानियाँ बढ़ी जा रही थीं वो अलग, वहीं उनको अभी तक नेहने की भी कोई ख़बर नहीं थी। इन्हीं सब सवालों का जवाब उन्हें खोजना था।

गोलमाल है... है सब गोलमाल है

रात का समय था। कानों में हेडफ़ोन लगाए हुए बिंटू गली में टहल-टहलकर शालू से बातें कर रहा था। और बातें भी क्या थीं। तुमने खाना खाया, क्या खाया जिसके जवाब में दोनों ही तरफ़ से कोई प्याज़ खाना स्वीकार नहीं करता मानों फ़ोन पर से ही प्याज़ की महक आने लगेगी। क्या पहना? और बताओ, तुम बताओ, हाँ, हूँ, ही वही सब बेसिर पैर की बातें जिनको करते हुए प्रेमी युगल का शरीर झनझनाते हुए हिलोरें मारने लगता है।

"एक सेल्फ़ी भेजो न।" बिंटू ने कहा।

"एम्म्म नहीं। क्या करोगे?"

"क्या करेंगे? प्यार करेंगे और क्या?"

"रहने दो... छोड़ो भी न... कुछ और बताओ।"

"क्या बताएँ?"

"कुछ भी बताओ।"

"अरे वो जो कल वाला टिक-टॉक बनाई थी, अरे बड़ा ही बढ़िया था।" बिंटू ने याद करते हुए कहा।

"अच्छा लगा न?"

"हाँ क़सम से जो ठुमका तुमने मारा था मेरा तो सदर, मंटोला, दयाल बाग़ सब वहीं छितरा के गिर गया। लेकिन वो जो लौंडा कमेंट मारा था न दाई क़सम मन किया साले को घुस के मारूँ।"

"अरे जाने भी दो न वैसे मैंने अब कमेंट वाला ऑप्शन ही डिसेबल कर दिया है। तुम लोड न लो। लेकिन तुमको सच में बहुत ग़ुस्सा आता है कोई हमको कुछ कहता है तो?" शालू ने इठलाते हुए कहा।

"ग़ुस्सा? माने अब तुमको क्या बताएँ, ऐसा ग़ुस्सा आता है कि उसकी छाती चीर दें।" बिंटू ने बड़े ही ग़ुस्से से कहा।

"अरे किसकी छाती चीरी जा रही है लौंडे?" एक अनजान-सी आवाज़ से बिंटू का टहलना रुक गया। उसने पलटकर देखा कि सामने मुकरी खड़ा था।

"अरे मुकरी भाई।" बिंटू उसे देखकर मुस्कुराकर बोला, थोड़ा चौंका फिर धीमी आवाज़ में फ़ोन पर कहा, "मैं अभी कॉल बैक करता हूँ।" इतना कहकर उसने फ़ोन काट दिया फिर मुकरी से मुख़ातिब होकर थोड़ा शरमाते हुए बोला, "अरे कुछ नहीं भैया वो बस ऐसे ही।"

"अरे नहीं हमें भी बता दो, हम चिरवा देते हैं किसकी छाती चीरनी है।" मुकरी के मुँह से शराब की आती स्मेल से बिंटू ने अंदाज़ा लगा लिया था कि वो पीकर टाइट है। बिंटू ने कुछ नहीं कहा।

"और तुमाई गर्लफ्रेंड के क्या हाल चाल हैं बताओ तो ज़रा?" मुकरी ने कुटिल हँसी से कहा।

"तुम्हें वासे का लेनो-देनो? अपने घर को देखो दूसरे के चौका-चूल्हे में क्यों ताक-झाँक कर रहे हो?" उसके ऐसे तेवर देखकर बिंटू थोड़ा ग़ुस्से में आ गया।

"अरे कछु नहीं हमने तो ऐसे ही पूछ ली।" बिंटू को ग़ुस्सा होते देख मुकरी थोड़ा ठंडा हुआ। वो क्रिमिनल्स के साथ लोगों को ठगता ज़रूर था लेकिन असल में वो एक नंबर का फट्टू आदमी था। उसका काम ग्राहक को बातों में फँसाना होता था, बाक़ी काम उसके ग्रुप के और लोग करते थे। और यहाँ भी उसकी बखत नहीं थी कि किसी से उलझता। वो बस बिंटू को शालू से दूर करना चाहता था ताकि ख़ुद उस पर हाथ मार सके।

वो फिर से बिंटू से बोला, "और तुम्हारा पैसा बदल गया?"

"क... क... कौन-सा पैसा?" बिंटू थोड़ा हड़बड़ाया।

"अरे यार अब इतने भी मत बनो। ताजगंज को कौन सो मोड़ा कहाँ बैठ के बीड़ी पीवे है हमें तो वोऊ ख़बर है। हमसे कौन-सी बात छुपी है यहाँ की।" मुकरी बड़ा बेतकल्लुफ़ होकर बोला।

"नहीं बस थोड़ा-सा पैसा था जो यहाँ-वहाँ से मिला था। बदल गया है सब।" बिंटू ने बात को रफ़ा-दफ़ा करने के लिहाज़ से कहा।

"हो गया सब फ़िनिश। फिर तो चलो कोई बात ही नहीं है, वैसे मेरे पास तो बहुत बढ़िया स्कीम थी तुम्हारे लिए, मज़ा आ जाता तुम्हें। हमने सोची के तुम तो अपने ही आदमी हो थोड़ा फ़ायदा हो जाए अपने लोगों का। ख़ैर कोई बात नहीं। तुम ऐश करो फिर से फ़ोन लगा लो।" मुकरी पलटते हुए बोला।

"अरे मुकरी भाई।" बिंटू बड़े प्यार वाले लहजे से बोला।

"ह्म्म..." मुकरी रुक गया।

"वो स्कीम कौन-सी बता रहे थे?" उसने दाँत निकलते हुए कहा।

"अरे आ गया लाइन पे। ये ले जे नंबर रख और जहाँ बात कर रहा है वहाँ की बजाय इस नंबर पे बात करके बता देना कितना पैसा बदलवाना है। तेरे लिए स्पेशल रहेगा, 20 परसेंट पे ही काम हो जाएगा।" मुकरी ने अपनी जेब से एक पर्ची निकालकर उसको पकड़ा दी और झूमता हुआ वहाँ से चला गया।

20% तो अब तक का सबसे बढ़िया गेम था। बिंटू को तो समझ ही नहीं आ रहा था कि क्या किया जाए। अब वो शालू को फ़ोन लगाना भूल ही गया। बल्कि बार-बार मुकरी के दिए हुए नंबर को मिलाने लगा। पहले तो बड़ी देर तक नंबर मिल ही नहीं रहा था फिर थोड़ी देर की मशक़्क़त के बाद मिला तो बिंटू हड़बड़ाते हुए बोला, "हेलो... हेलो वो भैया मैं बिंटू बोल रहा था ये नंबर मुझे..." बिंटू अभी बात पूरी कर भी नहीं पाया था कि अगली आवाज़ ने उसे टोक दिया।

"बस... नाम-वाम किसी का नहीं लेना। पुराने आलू के बदले नये आलू चाहिए क्या?" उधर से आती हुई एक महीन-सी आवाज़ ने कहा।

"आलू?" बिंटू चौंक गया और सोचने लगा ये साला मुकरी नशेबाज़ी के चक्कर में न जाने कौन-सी सब्ज़ी मंडी का नंबर दे गया है। भेंचो मामला क्या था और ये ससुर आलू बेच रहा है। फिर उसे समझ आया, लगता है सामने वाला कोड में बात कर रहा है।

"हाँ-हाँ, नये आलू, नये वाले आलू चाहिए।" बिंटू लगभग हकलाते हुए बोला।

"रेट तो मालूम है न? 20 का?" दूसरी तरफ़ से आवाज़ आई।

"हाँ-हाँ एकदम मालूम है।" बिंटू ख़ुश होते हुए बोला।

"हाँ तो कितना पलटी करवाना है?"

"पलटी?" बिंटू ने थोड़ा चौंककर पूछा।

"अरे एक्सचेंज... बदली।" सामने वाला थोड़ा झल्लाकर बोला।

"हाँ-हाँ... वो... एम्म्म पाँच..." बिंटू ने ऐसे ही एक फ़िगर बता दिया।

"पाँच किलो चाहिए या पाँच किलो हैं ही? क्योंकि पाँच किलो के बदले नये आलू तो चार ही किलो मिलेंगे।"

"हाँ फ़िलहाल तो पाँच ही किलो हैं।" बिंटू भी किसी हड़बड़ी में पूरे पैसे का रिस्क नहीं लेना था।

"ठीक है तो करेक्ट 10 बजकर 10 मिनट पर शाहजहाँ पार्क के चौथे पिलर के पास बनी दूसरी बेंच पर पुराने आलू के साथ मिलो।" दूसरी तरफ़ फ़ोन पर मौजूद उस आदमी ने कहा।

"लेकिन अभी तुरंत ही... इतनी जल्दी कैसे मतलब?" बिंटू को इतनी तेज़ी की उम्मीद नहीं थी।

"यही तो, क्विक सर्विस है हमारी। चाहिए तो डील फ़ाइनल करो नहीं तो राधे-राधे।" सामने वाला कुछ ज़्यादा ही जल्दी में था।

"लेकिन इतनी रात को?" बिंटू ने फिर सवाल उठाया।

"ऐसे काम रात में ही होते हैं और वैसे भी अभी बजा ही क्या है 10 बजने में अभी भी पाँच मिनट हैं? इसको तुम लिमिटेड टाइम ऑफ़र समझ लो क्योंकि तुम्हारा नाम कहीं से रिकमंड हुआ है। कल से 30 टका लगेगा। बोलो जल्दी बोलो।" सामने वाला प्रेशर बनाए ही जा रहा था।

"ठीक है, ठीक है... मैं पहुँच रहा हूँ।" बिंटू ने भी इतने बढ़िया ऑफ़र को ठुकराना नहीं चाहता था।

वो तुरंत ऊपर अपने घर में गया और रखे हुए बैग में से पाँच लाख अपनी जेब में खोंसकर बाहर निकला और बाइक पर सवार होकर पहुँच गया ताजमहल के गेट पर जहाँ से शाहजहाँ पार्क जाने का रास्ता भी था। उसके साथ कोई गेम भी हो सकता था, कोई छीना-झपटी भी हो सकती थी तो एहतियात के तौर उसने अपनी कमर में शशि की दी हुई देसी रिवॉल्वर रख ली थी। पिछले दिनों हुए कांड के बाद वो थोड़ा सतर्क रहना चाहते थे, इसलिए शशि ने वो इंतज़ाम किया

था। हथियार का ठंडा लोहा जब कमर से लगता है न तो आदमी को ठंडा नहीं लगता बल्कि शरीर में गर्मी भर जाती है और इसी गर्मी के कारण यूपी का आदमी आग मूतता रहता है।

बड़ी देर तक बिंटू चौथे पिलर की दूसरी बेंच खोजता रहा, लेकिन उसके ये समझ नहीं आ रहा था कि चौथा पिलर किस तरफ़ से क्योंकि खंभे की कोई मार्किंग तो थी नहीं। वो यहाँ से वहाँ घूम रहा था। जहाँ उसे कोई आदमी आता जाता दिखे तो उसे लगे की शायद यही आदमी होगा लेकिन वो चुपचाप उसके पास से गुज़र जाता। थोड़ी देर टहलने के बाद वो एक बेंच पर बैठ गया। उसके मन में ख़याल आया कि शशि को फ़ोन करके सब बता दे। वो फ़ोन लगा ही रहा था कि उसके फ़ोन की घंटी बजी। ये वो ही नंबर था जिस पर थोड़ी देर पहले उसकी बात हुई थी। एक ही रिंग में उसने फ़ोन उठा लिया।

"भो#$# के गिनती नहीं आती है क्या? जहाँ बैठा है क्या वो चौथे खंभे की दूसरी बेंच है?" उस महीन-सी आवाज़ ने कहा।

बिंटू यहाँ-वहाँ देखने लगा लेकिन उसके समझ नहीं आया कौन है और कहाँ से बोल रहा है। वो खड़ा होकर उस आवाज़ के आदमी को तलाशने लगा।

"चुपचाप वहीं बैठ जा नीचे और रुक एक मिनट। ठंडी में टाइम ख़राब करवा रहा है चूतिया।" उसकी आवाज़ में ऐसी हँसी थी, जैसे वो बिंटू का मज़ाक़ उड़ा रहा था।

अचानक से एक आदमी उसके पीछे से आया और बोला, "रोकड़ा निकाल।"

बिंटू ने पीछे मुड़कर देखा वो उसी की लंबाई का एक आदमी था। वहाँ अच्छी-ख़ासी रौशनी थी लेकिन रात की पीली स्ट्रीट लाइट में किसी अनजान आदमी का चेहरा पहचान पाना या याद रख पाना बड़ा मुश्किल था। बिंटू ने पलटकर कहा, "आलू?"

"अबे आलू की तो खुदाई भी नहीं शुरू हुई अभी ढक्कन। पुराने गाँधी निकाल।" उस आदमी ने कहा।

बिंटू ने जेब से जब तक पैसे निकालकर उसे देता सामने वाले ने भी उसे एक पैकेट थमा दिया और उसके हाथ से नोटों की गड्डी लगभग छीन लिया और पलटकर जाने लगा।

"ग ग गिन... मेरा मतलब है कि चेक तो कर लेने दो।" बिंटू ने कहा।

"गिनती... चेक! पागल हो गया है क्या बे? तेरे को नहीं मालूम पुलिस वाले लोग कैसे नये-पुराने नोटों को सूँघते हुए घूम रहे हैं। ख़ुद भी मरेगा साले हमको भी मरवाएगा।" उसने रॉब और डर की मिली-जुली आवाज़ में कहा।

फिर वो दोबारा बोला, "अच्छा खोलकर देख ले गुलाबी गाँधी की दो गड्डियाँ हैं।" बिंटू ने अख़बार खोलकर देखा तो उसमें दो हज़ार के नोट की दो गड्डियाँ थीं जो डील के मुताबिक़ ही थीं। बिंटू इतना आसान एक्सचेंज देखकर ख़ुश हो गया।

"थैंक यू!" बिंटू ने कहा।

"थैंक यू की मा की... निकल खोपड़ी के पुलिस आ रही है।" वो आदमी इतना कहकर जल्दी-जल्दी वहाँ से सरक लिया। बिंटू दूसरी तरफ़ देखा तो वहाँ से दो लोग चले आ रहे थे। पीली रौशनी में दूर से आने वाला हरेक आदमी पुलिस जैसा ही लग रहा था, उन्हें देखकर बिंटू भी घबरा गया। उसे लगा जैसे दो हज़ार के नोट में वाक़ई में कोई चिप लगी थी, जिससे आदमी ट्रेस करते हुए उस तक पहुँच गए हैं। मन में तो आया कि चुपचाप नोटों का पैकेट झाड़ियों के पीछे फेंक दे। फिर उसे याद आया कि उसके पास तो रिवॉल्वर भी है। नोट उसे फँसवाए या न लेकिन ये ज़रूर उसकी कहानी लिखवा सकती थी। डर के मारे वो वहीं थोड़ा आगे खड़े होकर मूतने की एक्टिंग करने लगा। उसकी इतनी भी हिम्मत नहीं हो पा रही थी कि अब वो दोनों चीज़ें निकालकर कहीं फेंक दे। अब वो दोनों लोग उसके और पास आ गए थे अब अगर वो कुछ फेंकता तो ज़रूर वो लोग देख ही लेते और रात में कुछ फेंकने की आवाज़ भी ज़्यादा आती। वो वहीं ठंड में खड़ा होकर जमने लगा। अब वो दोनों आदमी बहुत पास आ चुके थे। उसने ऊपर वाले को थैंक यू बोला क्योंकि वो दोनों पुलिस वाले नहीं थे। लेकिन उनमें से एक बोल ही पड़ा, "पास में ही टॉयलेट बनी हुई है और तुमको शर्म नहीं आती है यहीं खुल्ले गार्डन में पैंट की चेन खोलकर खड़े हो जाते हो।"

"अरे वो भाई साहब बहुत तेज़ लगी थी। माफ़ करना।"

"इतनी ही तेज़ लगी थी तो पैंट में ही कर लेते। पैंट खोलने में भी टाइम क्यों ख़राब किया। स्वच्छ भारत अभियान की माँ-बहन कर दी है ऐसे ही लोगों ने।" कहते हुए वो आगे बढ़ गया।

और कोई टाइम होता तो वो ज़रूर उलझ पड़ता उस आदमी से लेकिन इस वक़्त वो ख़ुश था, क्योंकि वो पुलिस वाले नहीं थे, क्योंकि उसने बड़े सस्ते रेट

में सौदा अकेले ही पटाया था और क्योंकि आज शाम को ही उसकी भैयादास भैयानी से एक दुकान ख़रीदने की बात हुई थी, जिसके लिए 10 लाख देने थे और उसमें से चार तो उसके हाथ में रखे ही थे। वो ख़ुश होकर वहाँ से बाहर निकला और घर की तरफ़ चल पड़ा। रस्ते में ही भैयादास भैयानी का मार्बल हेंडीक्राफ़्ट का शोरूम पड़ा। उसने सोचा क्यों न तुरंत ही निपटान कर दिया जाए और भैयादास को एडवांस दे ही दिया जाए। यही सोचकर वो अंदर चला गया।

जब बिंटू ने उससे दुकान ख़रीदने की बात की थी तो उसे बिलकुल भी उम्मीद नहीं थी कि उसकी इतनी हैसियत है जो दुकान ख़रीद सके। तभी उसने उसका मज़ाक़ उड़ाते हुए 17-18 लाख की दुकान 10 लाख में देने को कह दिया था। उसके अचानक से पैसे लेकर आने से वो और अचंभे में था।

"नोटबंदी के ऐसे माहौल में बड़ी जल्दी तूने पैसों का जुगाड़ कर लिया। यहाँ लोग पैसे-पैसे के लिए परेशान हैं, मारे-मारे फिर रहे हैं और तू गड्डियाँ लेकर घूम रहा है।" भैयादास ने कहा।

"ऐसे ही कुछ बड़े लोगों के साथ काम करने का मौक़ा मिला है भैया जी तो सब ऊपर वाले की कृपा है और पार्टी की मेहरबानी।" बिंटू ने जान-बूझकर भैयादास को कंफ़्यूज़ कर दिया।

भैयादास समझ नहीं पाया कि आख़िर किन लोगों के साथ काम कर रहा है वो। बड़े लोग मतलब कोई गैंग या फिर पार्टी का मतलब कोई राजनीतिक पार्टी। उसने अब बड़े हिसाब से नोटों की तरफ़ नज़र मारते हुए कहा, "देख भाई दुकान की क़ीमत तो 17-18 की है लेकिन मैं फिर भी तेरे को सस्ते में दे दूँगा। 15 में सौदा फ़ाइनल कर ले चल।"

"लेकिन शाम में तो 10 की बात हुई थी न?" बिंटू अब थोड़ा में ग़ुस्से आ गया।

भैयादास नोटों को उलट-पलटकर देखने लगा और पैसों से संतुष्ट मालूम हुआ फिर बोला, "हाँ हुई तो थी लेकिन यार वो तो मज़ाक़ की बात चल रही थी। धंधा अभी मंदा चल रहा है। पैसा है बैंक में लेकिन निकाल नहीं पा रहे हैं। अपने धंधे में कैश की ज़रूरत तो हमेशा ही बनी रहती है, लेकिन आजकल कैश की देख ही रहा है कितनी क्राइसिस चल रही है। अब तू अगर बाक़ी के पैसे भी नक़द दे तो मैं 15 में सौदा फ़ाइनल कर लूँगा। जैसे ही ये नोटबंदी का बवाल ख़त्म होगा तो तू दुकान बेचना भी चाहेगा तो खड़े-खड़े 16-17 मिल ही जाएँगे।

कहीं जाने की ज़रूरत भी नहीं पड़ेगी। अब अगर तैयार हो तो ठीक है नहीं तो ये पैसे ले जा वापस।"

बिंटू को बात जँच रही थी। उसने भी कोई ना-नुकुर नहीं की। वो उस दुकान में अपना ख़ुद का हेंडीक्राफ़्ट एम्पोरियम डालना चाहता था। पैसे की फ़िलहाल परेशानी थी भी नहीं जैसे ही और पैसा बदलता वो उसे दे ही देता उसने उठते हुए कहा, "ठीक है तो फिर कोई रसीद दे दो।"

भैयादास ने अब नोटों की गड्डियाँ देखी और अपने गल्ले में डालने के बाद एक कच्ची रसीद बनाकर दे दी।

***

"वाह बेट्टे! सही खेल गया तू तो। और बात करो न उस बंदे से बाक़ी का भी उसी से बदलवाकर सब टंटा ही ख़त्म करते हैं।"

बिंटू ने रात का मसला शशि को नमक-मिर्च लगाकर ऐसे बताया था, जैसे बड़ा हीरोगीरी का काम किया हो। बातों-ही-बातों में शेख़ी बघारने के लिए उसने मुकरी का नाम शशि से छुपा लिया। जो भी हो बिंटू काम करके आया था वो भी सबसे कम रेट में इसलिए शशि ने ख़ुश होकर ज़्यादा ध्यान नहीं दिया।

"सोच तो वही रहा था सुबह से लेकिन उस बंदे का नंबर नहीं लग रहा है लेकिन वो कह रहा था कि ऐसे काम रात में ही होते हैं तो हो सकता है कि रात में नंबर चालू हो। आज आप बात करना उससे नहीं तो मुझसे तो साला कमीना 30 परसेंट की बोल रहा था आज से।" बिंटू ने पैर फैलाते हुए कहा।

"बाक़ी तो सब ठीक है यार लेकिन अभी तक नेहने की कोई ख़बर नहीं मिली। अब तो डर लगने लगा है। अपने मामा के यहाँ भी नहीं पहुँचा है। उसी का मोबाइल भी लेके घूम रहा हूँ, कल तो उसकी मम्मी को जैसे-तैसे टाल दिया था लेकिन अब आज फिर फ़ोन करेंगी तो क्या बोलूँगा।" शशि ने कहा।

"लेकिन अब कुछ तो करें लेकिन क्या करें? पुलिस भी कुछ कर नहीं रही है। कौन मदद करेगा हमारी?" बिंटू नेहने को याद करके थोड़ा दुखी हो गया।

"मदद कौन करेगा यार हमारी, एक तो हमारा केस इतना उलझा हुआ है कि कहीं किसी को भी मैटर पूरा बता नहीं सकते। बताया तो अपने लिए मुसीबत ही पैदा करेंगे।"

दोनों दो पल ख़ामोश रहे फिर बिंटू उठते हुए बोला, "अब और कोई रास्ता नहीं है। अब सीधे-सीधे दारा के किसी आदमी को पकड़ते हैं उसी से पूछते हैं

शायद कोई सुराग मिले।"

"यार वो सीधे लोग तो हैं नहीं कि ऐसे ही बता देंगे।" शशि थोड़ी हिम्मत-सी हारने लगा।

"अरे कितने बड़े बदमाश हैं? कितने बड़े आदमी हैं?" उसने वो रिवॉल्वर निकालकर सामने रख दी और फिर से कहा, "एक में नहीं गिरेगा, दो में नहीं गिरेगा 302 में तो गिरेगा। चाहे जो हो, नेहने अपना भाई है, कुछ भी कर जाएँगे उसके लिए।" ये कहते हुए बिंटू के नथुने फड़क रहे थे।

शशि ने उसकी मासूमियत पर मुस्कुराते हुए रिवॉल्वर उठा ली, "भाई हमारे पास एक है और उनके हर आदमी पे एक होगी। ख़ून देखना उनके लिए रोज़ का काम है। ऐसे आमने-सामने होने से बात नहीं बनेगी और ये हर जगह लेकर घूमने की चीज़ नहीं है।"

तभी शालू उसे मैसेज करके छत पर आने को बोलती है। बिंटू वहाँ से अपने घर चला जाता है और शशि नेहने की जिम जाकर लड़कों से पूछताछ करने चला जाता है।

सर्दियों की दिनों में खिलने वाली धूप का अपना अलग ही रंग होता है। लोग छत, आँगन और चौबारे में धूप सेंकते हुए मिलते हैं। मोहल्लों की छतों पर गिरने वाली ये सुनहरी धूप प्रेमी जोड़ों के लिए फूलों की बारिश-सी होती है। छतों और मुंडेरों से नैनों की जो बातें और नैन-मटक्के होते हैं उनमें बर्फ़-सी छुअन और गर्म प्याले-सा एहसास होता है। शालू अक्सर उसकी छत के पास वाली छत पर आ जाया करती थी और दुनिया की नज़रों से बचाकर बिंटू के साथ प्यार भरी इशारेबाज़ी चलती रहती थी।

बिंटू अपनी छत पर जैसे ही पहुँचा तो वहाँ शालू पहले से मौजूद थी। आज तो वो उसकी छत तक ही आ पहुँची थी। कोई उसको देख ना सके इसलिए वो टंकी के नीचे बैठी हुई थी। और कोई दिन होता तो बिंटू ख़ुशी से पगला जाता लेकिन अभी उसका मन नेहने के गुमशुदा होने से खिन्न था। शालू ने इशारे से उसे अपने पास बुलाया। वो चुपचाप उसकी बग़ल में उससे सटकर बैठ गया।

"क्या हुआ? ख़ुश नहीं हुए तुम? जानते हो कितनी छतें टापकर यहाँ तुम्हारे लिए आई हूँ। कोई देख लेता तो पूरे में हल्ला हो जाता कितना रिस्क लेके आई मैं, तुम्हारा ये सड़ा हुआ मुँह देखने के लिए।" उसने नक़ली ग़ुस्सा दिखाते हुए कहा।

"नहीं यार वो बात नहीं है। जानती तो हो तुम। नेहने का कुछ पता ही नहीं

चल रहा है। बहुत मूड ख़राब है। डर भी लगने लगा है अब तो।" बिंटू उदासी से बोला।

"मैं समझ सकती हूँ तुम्हारी परेशानी। मेरे पापा जब बचपन में गुम हुए थे तो माँ घंटों तक बैठे-बैठे रोती रहती थी। उन्हीं आँसुओं ने उसकी आँखों कि रौशनी भी छीन ली। आज तक पापा का पता नहीं चला अब तो हमने उनका श्राद्ध भी डालना शुरू कर दिया है।" शालू ने अपने बालों से खेलते हुए कहा।

"तुम मुझे दिलासा दे रही हो कि और डरा रही हो।" बिंटू उसे घूरते हुए बोला।

"डरने की तो बात है वैसे। गुमशुदा हुए लोग आसानी कहाँ मिलते हैं।" शालू की ये बात सुनकर बिंटू ने मुँह फेर लिया।

"अरे मज़ाक़ कर रही हूँ बाबा। कुछ नहीं होगा उसको, मिल जाएगा वो।" शालू ने उसे अपनी ओर खींच लिया। बिंटू भी उसकी गोद में सर रखकर लेट गया। शालू उसके बालों में उँगलियाँ फिराने लगी।

"सब ठीक चल रहा था, जैसा सोचे थे बस कुछ दिन की परेशानियाँ और थीं बस फिर सब ठीक होने वाला था। ज़िंदगी ही बदलने जा रही थी हमारी। सोचा था कि जल्दी ही तुम्हारी मम्मी से शादी की बात करूँगा लेकिन ये नेहने वाले एपिसोड ने पूरा मूड ख़राब कर दिया है। अब न जाने क्या होगा?" बिंटू उदासी से बोला।

"तुम मम्मी से शादी की बात करने का सोच रहे हो?" शालू ने चौंककर पूछा।

"क्यों नहीं करनी चाहिए क्या?"

"अरे ऐसे थोड़े कह रही हूँ लेकिन कितना मुश्किल है न। पूरा मोहल्ला क्या कहेगा? सब बातें बनाएँगे?"

"बनाएँगे तो बनाए मुझे घंटा फ़र्क़ नहीं पड़ता। और फिर एक न एक दिन तो करना ही पड़ेगा न। वैसे भी मुझ से बढ़िया लड़का कहाँ मिलेगा तुमको। तुम्हारी मम्मी पर कौन-सा दहेज रखा है जो तुम्हें कहीं और ब्याह देंगी।"

"दहेज की बात तो करो ही मत। मैं वैसे भी ऐसे आदमी से शादी नहीं करूँगी जो दहेज माँगे। और मेरे लिए न लड़के लाइन लगा के खड़े हैं मालूम है तुमको।"

"हाँ तो मैं कौन-सा दहेज माँग रहा हूँ तुमसे। वो बात अलग है मुझे दहेज मैं सास मिलने..." बिंटू आगे कुछ और कहता उससे पहले शालू ने उसके होंठों

पर उँगलियाँ रख दी।

"साजन आयो रे सखी मैं तोड़ूँ मोतियन रो हार, लोग जाणे मैं मोती चुनूँ मैं तो झुक-झुक करूँ जुहार।" शालू गुनगुनाने लगी। बिंटू ने अपनी आँखें बंद कर लीं।

सर्दियों की धूप, महबूब की गोद और उसका आँचल सर पर, फिर ऐसा गीत। बड़ा सुकून मिल रहा था, ऐसा लग रहा था जैसे कि आँख लग जाएगी और वो आराम से सो जाएगा।

"दरवाज़ा खोलो रे।" घर के नीचे किसी से ज़ोर-ज़ोर से दरवाज़ा पीटने से बिंटू की आँखें खुली। जाने कौन था जो ऐसे दरवाज़ा पीट रहा था। वो तुरंत उठा और झट से झाँककर देखा तो नीचे तीन पुलिस वाले खड़े थे। बिंटू के शरीर में सिरहन-सी दौड़ गई। वो कुछ सोच-समझ पाता उससे पहले पुलिसवालों ने फिर से दरवाज़ा पीटना शुरू कर दिया, "खोलो रे जल्दी।"

उसे समझ नहीं आ रहा था कि पुलिस घर तक क्यों आई है? नेहने की रिपोर्ट तो शशि के नाम से लिखी गई थी, अगर उससे जुड़ी कोई बात थी तो उनको उसके घर पर मौजूद नहीं होना चाहिए था। पुलिस का नाम सुनकर शालू भी घबरा गई। बिंटू के मन को अंदेशा हुआ और उसने तुरंत एक फ़ैसला लिया वो भागता हुआ नीचे गया और वो लाल बैग उसने शालू को दे दिया।

"ये क्या है? और मुझे क्यों दे रहे हो? और पुलिस क्यों आई है? क्या किया है तुमने?" शालू ने सवालों की झड़ी लगा दी।

"फ़िलहाल तुम ये बैग पकड़ो और यहाँ से जाओ। बाक़ी मैं बाद में समझाता हूँ।"

"लेकिन..."

"अभी किसी भी बात के लिए वक़्त नहीं है। अभी तुम जाओ बस..." तब तक दरवाज़े पर फिर से दस्तक हुई।

नीचे पहुँचकर उसने दरवाज़ा खोला तो तीनों ही पुलिसवाले उसके घर के अंदर घुस आए, "अबे इतनी देर क्यों लगाई खोलने में?"

"क्या बात है? कहाँ अंदर चले आ रहे हैं आप लोग? हुआ क्या है?" बिंटू बहुत घबराया हुआ था।

"सब पता चल जाएगी। देखता रह बस तू।" एक ने कहा और बाक़ी दो उसके घर की तलाशी लेने लगे। ये देखकर बिंटू को थोड़ा राहत हुई कि अच्छा किया कि बैग उसने शालू को दे दिया और ये भी अच्छा था कि रिवॉल्वर शशि

ने ही रख ली थी।

जब सब जगह देखने के बाद उन्हें कुछ भी नहीं मिला तो उनमें से एक बोला, "यहाँ तो कुछ दिख नहीं रहा है।"

"ठीक है। थाने ही ले चलते हैं, बाक़ी बात वहीं करते हैं।" दूसरे ने कहा।

"थाने ले चलते हैं, क्यों ले चलते हैं? क्या... क्क क्या किया क्या है मैंने?" बिंटू ने अपनी धड़कनों को क़ाबू में करते हुए पूछा।

"हाँ-हाँ वही बताने तो ले चल रहे हैं... अब ज़्यादे फ़ारसी मत पढ़ और चुपचाप चल।" एक ने उसका हाथ खींच बाहर की ओर धकेला।

पुलिस को देखकर बाहर भीड़ लग गई थी। सब बिंटू को घूर-घूरकर देख रहे थे।

"अरे कम-से-कम बताओ तो सही।" बिंटू ने फिर पूछा।

"सब बताएँगे... चल तो पहले।" पुलिस न कुछ बता रही थी और न कुछ सुन रही थी। बिंटू के हाथ में हथकड़ी डाली जिसे देखकर बिंटू का मन रोने को कर आया। वो चुपचाप उनके साथ चला गया।

शशि जब तक मोहल्ले में वापस आया तो बहुत देर हो चुकी थी। उसने हो रहा हल्ला सुना, "बिंटू को पुलिस उठा ले गई है।"

सुनकर वो भी घबरा गया और टेंशन में आ गया। कौन-सी बात हो गई कि उसे पुलिस उठाने के लिए घर पर दबिश देने आई थी और फिर घर कि तलाशी भी ली। वो कुछ सोचने-समझने कि कोशिश कर ही रहा था कि नेहने के फ़ोन पर एक अंजान नंबर से कॉल आई।

इधर से शशि की आवाज़ पहचानकर कोई बोला, "भैया मैं नेहने बोल रहा हूँ..."

ज़िंदगी है खेल, कोई पास, कोई फ़ेल

ये जो ज़िंदगी होती है न वो चॉइस का ही तो खेला है, जो एक बार किसी ने चुन लिया ज़िंदगी उसी डायरेक्शन में चल पड़ती है। अब अगर ये लोग भी न तो मौर्या की मदद के चक्कर में पड़ते, मदद करते तो उसके पैसे लेकर नहीं भागते तो उनकी ज़िंदगी आज वैसी थोड़े न होती। सब साला एकदम किसी वीडियो गेम सरीखा होता है, जिस रस्ते पर बढ़ गए वहाँ से फिर कोई यू टर्न नहीं होता, अगर कुछ होता है तो वो होता है दोराहा, जहाँ खड़े होकर आदमी को समझ ही नहीं आता कि वो आख़िर बढ़े तो किस तरफ़ बढ़े। ऐसे में आदमी सोचता है कि वो आदमी न होकर साला केंचुआ ही होता। बीच में से काटो तो एक हिस्सा एक रास्ते पर और दूसरा हिस्सा दूसरे रास्ते पर, टंटा ही ख़त्म चॉइस का।

शशि भी ऐसे ही दोराहे पर खड़ा था। एक दोस्त जिसको कई दिनों से ढूँढ रहे थे वो मथुरा के सरकारी अस्पताल में भर्ती था। भुजंगी और उसके आदमियों ने उसे मारने में कोई कसर नहीं छोड़ी थी और उसे मरा हुआ ही जानकर फेंक गए थे। राहगीरों को नेहने बुरी तरह ज़ख़्मी हालत में सड़क किनारे पड़ा हुआ मिला था। कुछ लोगों ने उसे अस्पताल पहुँचाया था। जब उसे होश आया तो उसने शशि को कॉल करके बताया। वहीं दूसरी तरफ़ उसका दूसरा दोस्त पुलिस

के क़ब्ज़े में था। अब वो अकेला आख़िर पहले जाए तो कहाँ जाए। पुलिस के पास जाने में तो वैसे ही फट रही थी लेकिन अब समझ से ये भी परे था कि आख़िर बिंटू को पकड़ा किसलिए गया है। जब से पैसे उनके हाथ लगे थे सब तरह के कुकर्म तो हो गए थे उनके हाथों से। पता नहीं कौन-सा केस बन रहा था। थाना पास में ही था और मथुरा वहाँ से दूर इसलिए उसने पहले थाने जाने का ही सोचा ताकि बिंटू को थोड़ी हिम्मत भी दे सके कि कहीं वो पुलिस के आगे सारा मैटर ही न उगल दे।

शशि थाना छत्ता पहुँचा जहाँ की पुलिस बिंटू को उठाकर ले गई थी।

"अरे दीवान जी, मेरे एक दोस्त को अभी उठा के ले आए हैं आप लोग। क्या बात है ? क्या केस है ?" शशि ने एक सिपाही से लगभग गिड़गिड़ाते हुए पूछा।

दूसरी तरफ़ अंदर सेल से किसी के चीख़ने-चिल्लाने कि आवाज़ आ रही थी। शशि ने बिंटू की आवाज़ पहचान ली।

"अरे बता दे साले, बता दे चौं गाँ# कुटवा रिया है अपनी ?" अंदर से ही आवाज़ आई और फिर एक और आवाज़ जैसे किसी ने किसी के लाठी जड़ी हो, बिंटू फिर से चीख़ने लगा। मामला साफ़ था पुलिस की पूछताछ चल रही थी। हमारे यहाँ ऐसे ही तो पूछताछ करती है पुलिस।

बिंटू की आवाज़ें सुनकर शशि दहशत खाए जा रहा था। वो पुलिस वाले से कहने लगा, "ऐसी क्या बात हो गई सर ? कौन-सा जुर्म हो गया ? और मार क्यों रहे हैं इतनी बेदर्दी से ?"

"नक़ली नोटों का धंधा करता है तेरा दोस्त। कहाँ से आए इसके पास नक़ली नोट वो भी इतनी तादाद में ? कौन-सा गैंग है तुम लोगों का ? कौन-कौन शामिल है इसमें ? तू भी इसके साथ मिला है क्या ?" दारोग़ा ने शशि से इन्क्वॉयरी शुरू कर दी।

"नक़ली नोट ?" शशि को समझ ही नहीं आया कि मामला पुराने नोटों से नक़ली नोटों पर कैसे शिफ़्ट हो गया।

"हाँ नक़ली नोट, जाली नोट, फ़ेक करेंसी ! आई बात समझ में। कल तेरे इस यार ने भैयादास भैयानी को चार लाख रुपये नक़द दिए जो कि जाली थे।" पुलिस वाले ने कड़क आवाज़ में कहा।

शशि को अब मैटर समझ आ गया कि कल रात को बिंटू जिससे नोट

बदलवाकर लाया था वो नक़ली थे। किसी ने उसे ठगा था।

उसने बात को सँभालते हुए कहा, "अरे सर इसके पास इतने पैसे कहाँ से आए? झूठ बोल रहा होगा भैयादास। कहीं और से आए होंगे उसके पास इस बेचारे का नाम फँसा रहा है। आप उसी से पूछिए कहाँ से आए पैसे? इस बेचारे को छोड़ दीजिए बहुत ही सीधा लड़का है। हम ऐसे लोग नहीं हैं बल्कि तीन चार दिन से तो हम ख़ुद ही परेशान होकर थाने के चक्कर लगा रहे हैं। हमारा एक दोस्त लापता हो गया था, कंप्लेंट भी दर्ज करवाई है हमने। आप चाहे तो बसई थाने में पता करवा लो। शशि एक साँस में सफ़ाई देते हुए पहले वाले पुलिस वाले की तरफ़ देखने लगा।

"आगरा के पागलख़ाने में न खड़ा तू, जे छत्ता पुलिस को थानों है। हमें बाबरो समझ रह्यो है का? सुबह से भैयादास से ही पूछताछ कर रहे हैं हम। इसके पास एक कच्ची रसीद भी है जिसपे लिखा है कि चार लाख नक़द रिसीव और तेरे इस दोस्त ने भी हामी भरी है। अब बात ये है कि इस नोटबंदी में जब नोट दिख न रहे तो इसके पास पैसा आया कहाँ से? पहला केस तो जाली नोट का बन ही रहा है फिर ऊपर से दो लाख से ज़्यादा का मामला है। साले ला कहाँ ते रहे हैं पैसा? अभी नोट निकलने की देर न भई और जे सारे नक़ली भी छाप लाए।" दरोगा ने कहा।

"अरे पाकिस्तान से आ रहे हैं जाली नोट यहाँ। बहुत लंबो केस बनेगो इसपे तो?" दूसरे सिपाही ने कहा।

पाकिस्तान और लंबे केस का नाम सुनकर शशि और भी घबरा गया।

"वैसे अभी परसों ही सदर में एक व्यापारी को चाकू मारकर किसी ने पाँच लाख रुपये छीन लिए थे। अभी तक अपराधी फ़रार है?" दारोग़ा कुटिलता से बोला।

शशि उसका इशारा समझ रहा था कि वो मामला भी बिंटू के सर पर मढ़ा जा सकता है।

"सर दो मिनट मुझे बात कर लेने दो और आपके हाथ जोड़ रहा हूँ मारपीट मत करो। नया लड़का है बेचारा उसका कोई क़सूर नहीं है, मैं बता रहा हूँ न आपको किसी ने फँसा दिया है उसे।" शशि ने हाथ जोड़कर दारोग़ा से कहा।

"हम्म..." दारोग़ा ने सवालिया नज़रों से शशि की तरफ़ देखा फिर न जाने क्या सोचते हुए हामी भर दी।

एक सिपाही शशि को सेल के अंदर ले गया और दूसरा जो बिंटू को मार रहा था उसे बाहर आने का इशारा कर दिया। पुलिस वाले के हाथ में पट्टा था जिससे वो अपराधियों की सुटाई करते हैं। शशि की नज़र पट्टे पर ही थी जिस पर लिखा हुआ 'आन मिलो सजना' साफ़ पढ़ने में आ रहा है। अंदर बिंटू ज़मीन पर पड़ा हुआ रो रहा था। शशि को देखकर वो थोड़ा नॉर्मल हुआ। उसने बिंटू से छूटते ही पूछा, "किससे पैसे बदलवाए थे तूने?"

"बहुत देर करदी भैया जब से लाए हैं साले मारे ही जा रहे हैं। बहुत मारो है।" बिंटू रोने लगा।

शशि ने उसे हिम्मत देने के लिए उसका हाथ पकड़ा, "अब क्या होगा भैया... निकलवाओ यार यहाँ से किसी तरह।" हालाँकि शशि ने आने से थोड़ी हिम्मत तो बिंटू में आ गई थी लेकिन वो अभी भी गिड़गिड़ा ही रहा था।

"पहले जो पूछ रहा हूँ उसका जवाब दे।" शशि थोड़ा तैश में था।

"मुकरी से।" बिंटू ने धीरे से कहा।

ये सुनकर शशि ने अपना माथा पकड़ लिया, "अबे उस ठग 420 के चक्कर में कहाँ से फँस गया तू। तेरे को नहीं मालूम है कि उसका तो काम ही लोगों से ठगी करना है। पूरा का पूरा गैंग हैं उन लोगों का OLX और quiker के नाम पर लोगों से ठगी करते हैं वो लोग। उसके अंटे में कैसे धरा गया तू चूतिये?"

"अब हो गई ग़लती भैया अब इस फंदे से तो निकालो।" बिंटू की आँखों से आँसू गिर रहे थे।

"हाँ करना तो अब पड़ेगा ही कुछ। ऐसे हाल में तो छोड़ेंगे नहीं तुमको। तू हिम्मत रख और किसी भी हालत में यहाँ किसी भी तरह का कोई बयान मत देना। तूने अगर मुँह खोला तो सब चौपट हो जाएगा। थाने में बात मैं कर लेता हूँ। ज़्यादा सख़्ती और मारपीट न करें तेरे साथ। और वो बैग कहाँ हैं? मामला सुलटाने के लिए आख़िर पैसे तो लगेंगे ही।"

"अचानक से पुलिस घर आ गई थी तो मैं घबरा गया था इसलिए बैग मैंने शालू को दे दिया था। उससे ले लेना।" बिंटू ने धीरे से कहा।

"ठीक है, एक बात और, नेहने का पता चल गया है।"

"कहाँ है वो?"

शशि ने उसे पूरा मामला बताया और उसे हिम्मत भी दिलाई की उसे कुछ नहीं होगा वो सब सँभाल लेगा। वहाँ से निकलकर उसे नेहने के पास जाना था

इसलिए बिंटू को समझा दिया कि वो अब कल ही आ पाएगा।

अब शशि बाहर आकर दारोग़ा से पूरे कॉन्फ़िडेंस में बोला, "सर बहुत ही शरीफ़ लड़का है ये ज़रा शकल तो देखो जाकी।" यहाँ बिंटू के भोले लुक ने काम किया। शशि फिर से बोला, "मोहल्ले का ही एक लड़का इसके साथ ठगी कर गया है। ज़्यादा सख़्ती मत करिएगा और मामला रफ़ा-दफ़ा करवाने का कोई जुगाड़ बनवा दीजिए... हम अपनी तरफ़ से भरपूर सहयोग करेंगे इसमें।" आख़िरी लाइन पर शशि ने ख़ूब ज़ोर दिया।

थानेदार ने अपने सिपाही की तरफ़ देखा फिर आँखों-ही-आँखों में कुछ इशारे करने के बाद बोला, "मामला तो गंभीर है। ऐसे तो रफ़ा-दफ़ा नहीं होगा। रिपोर्ट तो दर्ज करनी ही होगी, पहले ही मैटर हाइलाइट हो चुका है। इसने जिसको पैसे दिए थे वो अगर पैसे लेकर बैंक नहीं पहुँचता तो कुछ हो सकता था लेकिन अब हमारे हाथ से बात निकल गई है। फिर भी तुम अगर कोऑपरेट करोगे तो हम कमज़ोर-सा केस बनाएँगे फिर तुम कोई बढ़िया-सा वकील पकड़ लेना और पहली ही तारीख़ में ज़मानत मिल जाएगी।" दारोग़ा ने उसको इशारा करते हुए कहा।

शशि उसका इशारा समझ गया। फिर उसने ख़ुद ही कहा, "ठीक... ठीक है सर बाक़ी बात मैं दीवान जी से कर लेता हूँ।" शशि उठकर हवालदार को बाहर कोने में ले गया और अपनी पैंट से कुछ पैसे निकालकर चुपचाप सिपाही की जेब में रखने लगा।

"ये तो असली हैं न कि ये भी नकली हैं?" सिपाही ने हँसते हुए कहा।

"कैसी बात कर रहे हैं दीवान जी। आपसे खेल के कहाँ जाएँगे।"

"कितने हैं?" सिपाही ने फिर पूछा।

"50 हैं दीवान जी।"

"धत्त तेरे की, इतने में क्या होगा? मामला समझ रहे हो, पूरे शहर में हल्ला हो चुका है। कल सबेरे तक ये बात हर अख़बार और पूरे मीडिया में होगी। 25-30 तो पत्रकार ही ले मरेंगे।"

"फ़िलहाल इतने ही हैं इनको तो रखिए, बाक़ी का इंतज़ाम भी किया जाएगा। लेकिन लड़का बहुत सीधा है अब और मारपीट मत करिएगा। बाक़ी सब व्यवस्था हो जाएगी बस थोड़ा-सा समय दो, मैं कल तक कर लूँगा कुछ न कुछ। और जैसा आप कह रहे थे केस हल्का बनाएँगे वैसे ही करवाइएगा।"

"हाँ बाक़ी की फ़िकर तुम हम पे छोड़ दो, कल तक बाक़ी का इंतज़ाम भी करवा दो तो रास्ता बना देंगे।

अब शशि को मथुरा पहुँचकर नेहने को भी देखना था। पैसे उसके भी पास ज़्यादा नहीं थे। जो थे उसमें से कुछ तो उसने थाने में दे ही दिए थे और कुछ की ज़रूरत उसे मथुरा में भी पड़ सकती थी। बाक़ी पैसे उसे शालू से लेने थे, बिंटू के लिए वकील खोजकर उस की ज़मानत करवानी थी, नेहने को भी मथुरा से आगरा के अस्पताल में शिफ़्ट करवाना था ताकि उसको सही इलाज हो सके और शालू से पैसे लेकर बचे हुए नोट भी बदलवाने थे। मुकरी की भी ख़बर उसे लेनी थी उफ़्फ़ क्या-क्या करना था उसे और वो अकेला था। उसके मन में ये भी चल रहा था कि दारा के आदमी अब भी पैसों के पीछे होंगे। उसे अब और भी ज़्यादा सावधान रहना था। यही सब सोचते हुए वो मथुरा की बस में बैठा। रास्ते भर वो सोचता रहा कि कैसे करके वो इन सब समस्याओं से निपटे।

***

जब वो अस्पताल में नेहने के बेड के पास पहुँचा तो नेहने सो रहा था। उसके एक हाथ पर प्लास्टर था। चेहरे पर अभी भी सूजन थी, सर पर पट्टियाँ बँधी हुई थीं। मुँह और हाथों पर भी कई जगह बैंडेज बँधा हुआ था।

उसकी हालत देखकर एक बारगी तो उसका गला भर आया। उसी भरे गले से उसने आवाज़ दी, "नेहने! नेहने!"

नेहने ने आँख खोली और शशि को देखते ही उसकी आँखें भर आईं। शशि ने उसकी हथेली को हाथ में भर लिया और नेहने फूटकर रोने लगा। उसका शरीर बहुत ज़्यादा चोटिल था। शरीर का शायद ही कोई हिस्सा था जहाँ उसे चोट नही थीं। जहाँ-तहाँ उसका शरीर नीला पड़ा हुआ था, पसलियाँ भी चोटिल थीं। नेहने ने शशि को पूरा वाक़या बताया कि उसके साथ हुआ क्या था। वक़्त का एक तक़ाज़ा होता है। एक वक़्त वो भी होता है कि जब दोस्त को कोई गाली भी दे जाए तो मरने-मारने पर उतारू हो जाते हैं, फिर वक़्त जब करवट लेता है तो आदमी हर मामले को रफ़ा-दफ़ा करने की फ़िराक़ में ही रहता है। इस वक़्त शशि भी हर मामले पर पानी डालने के मूड में ही था। उसे किसी भी तरह का कोई ग़ुस्सा नहीं आया। लेकिन नेहने शायद उस मूड में नहीं था। जब उसने शशि को बताया कि रूपा का क़त्ल भी भुजंगी ने ही किया था तब भी शशि पर कोई ख़ास असर नहीं हुआ था। उसे तब भी बस नेहने कि फ़िकर हो रही थी। उसे नेहने को

आगरा के किसी प्राइवेट अस्पताल में शिफ़्ट कराना है। वहाँ के डॉक्टर से उसने बात भी कर ली थी। जब शशि एक प्राइवेट गाड़ी में नेहने को लिटाकर ले जा रहा था तो शशि ने नेहने को बताया कि बिंटू कहाँ उलझ गया है।

"ये सब पैसे के चक्कर में ही हो रहा है न भाई?"

"पता नहीं यार। टाइम ही थोड़ा खोटा है अपना। सब ठीक हो जाएगा चिंता मत कर।" शशि ने उसको समझाते हुए कहा।

"मुझे अब कुछ नहीं चाहिए भाई।" नेहने ने शशि की आँखों में झाँकते हुए कहा।

"अच्छा तो क्या चाहिए तुझे?" शशि ने मुस्कुराकर पूछा।

"बदला!"

जिस तरीक़े से नेहने ने ये बात कही थी, उसे सुनकर शशि का बदन भी झिरझिरा गया था।

***

सुबह से शशि का शालू के घर का ये तीसरा चक्कर लेकिन हर बार दरवाज़े पर उसे ताला ही लटका हुआ मिला था। इस क़दर बेचैनी से वो उसका नंबर बार-बार डायल कर रहा था जैसे वो उसका तड़पता हुआ आशिक़ हो। अब तक उसने सैकड़ों बार तो ऐसा किया ही होगा लेकिन हर बार उसका फ़ोन स्विच ऑफ़ ही आ रहा था। उसका कोई अता-पता नहीं लग रहा था। फिर किसी से पता चला कि वो अपनी माँ के साथ कल से ग़ायब है और अभी तक नहीं लौटी है। अब शशि को घबराहट और बढ़ने लगी थी कि कहीं अब शालू सारा पैसा लेकर ग़ायब तो नहीं हो गई। अगर सचमुच ऐसा हो गया तो वो क्या करेगा? कैसे बिंटू की रिहाई कराएगा? कैसे नेहने के अस्पताल का बिल भरेगा और उस पैसे का क्या जिसके लिए अब तक इतने दाँव-पेंच खेले थे? क्या उसे ऐसे ही किसी के हाथ जाने देगा? आख़िर पैसे का ही तो सब रेसा है, पैसा बिना मर्द भैंसा है। लेकिन वो करे तो करे क्या और आख़िर ढूँढे भी उसको कहाँ? उसके पास ज़्यादा पैसे नहीं थे जबकि चाहिए तो बहुत थे।

अब तक उसने वकील का इंतज़ाम कर लिया था। वकील ने अपनी फ़ीस 50 हज़ार डिमांड की थी, इसके अलावा उसने फुटकर ख़र्चे और कोर्ट के नाम पर लगभग डेढ़ लाख का ख़र्चा और बताया था। पुलिस ने भी तीन लाख की डिमांड की थी और बिंटू को बचाने के लिए नक़ली नोटों की गड्डियों को

असली नोटों की गड्डी से बदलना था यानी चार लाख रुपये दो हज़ार के नोटों की शक्ल में और चाहिए थे। तो कुल मिलकर बिंटू के केस के लिए लगभग नौ लाख लगने वाले थे या पुराने नोटों के हिसाब से कमीशन जोड़कर कहें तो तक़रीबन 13-14 लाख रुपये फौरी तौर पर चाहिए थे। और नेहने के अस्पताल का बिल क्या आता वो तो क्या कहा जाए। शशि हर बात के लिए तैयार था, चाहे कितना भी पैसा लग जाए लेकिन उसके दोनों दोस्त सही-सलामत घर लौटने चाहिए।

नेहने के इलाज की वजह से प्राइवेट अस्पताल से पहली बार का पाला था। घुसते ही 60 हज़ार एडवांस जमा करा लिए थे और बाक़ी कितना लगना था कोई हिसाब नहीं था, लेकिन यहाँ तो पैसे किसी और के हाथ थे और उसे कुछ समझ नहीं आ रहा था कि उसे पैसे मिलेंगे भी या नहीं। शशि के पास अब थोड़ा ही पैसा बचा था। उसके पास अपना और नेहने दोनों का सोने वाला बिस्किट रखा हुआ था उसने वो निकाले और अपने घर के पास वाले सर्राफ़ के पास गया।

"ये बिस्कुट तो नक़ली हैं। अंदर से पूरा खोखला है और रांगा भरा हुआ है इसमें तो।" सर्राफ़ ने जैसे ही कहा, शशि के पैरों से ज़मीन खिसकने लगी। मतलब यहाँ से भी वो ठगे गए थे, हर जगह धोखा ही धोखा था। इसीलिए उस सर्राफ़ ने कोई रसीद नहीं दी थी ताकि वो लोग जाकर कोई क्लेम भी न कर सकें।

सर्राफ़ उसे कुछ कह रहा था लेकिन उसे समझ ही नहीं आ रहा था वो कहीं और ही खोया था। वो अपने ख़यालों से बाहर आया, "लिया कहाँ से था तुमने ये ? अभी लिया था कि पुराना है ?"

"हाँ-हाँ अब वो... वो क्या बताऊँ ? तुम भाई साहब, आप ये बताओ इनकी क़ीमत कितनी होगी"

"इन दोनों का वजन कुल 55 ग्राम तो इसके बदले में पैसा दे दूँ तुम्हें ?"

"पैसा आप जितना भी देगो मैं राज़ी हूँ लेकिन मुझे कुछ और भी चाहिए।" शशि ने उसकी आँखों में देखते हुए कहा।

"क्या ?" सर्राफ़ ने पूछा।

"बैक डेट में चार लाख का सोना बेचने की रसीद।"

बैग नहीं हुआ, मंदिर का घंटा हो गया

जिस दिन बिंटू ने शालू के हाथ में बैग थमाया था उसे कोई अंदाज़ा नहीं था कि उसमें क्या है? बिंटू के कहने पर बड़ी मुश्किल से बैग को लटकाए हुए छतों से कूद-फाँद कर पाई थी। पुलिस का नाम सुनकर उसका कलेजा काँप गया था, ना जाने बिंटू किस मुसीबत में फँसने वाला था और ऐसा क्या था उस बैग में जो वो लेकर भागी जा रही थी। घर आकर जब उसने बैग खोला था तो उसका कलेजा मुँह को आ लगा। दिल ऐसे धड़कने लगा था कि जैसे उसने टॉप गेयर में एक्सीलेटर पर पैर रख दिया हो। कानों में पैसा ये पैसा गाना बजने लगा था। ये साला पैसा चीज़ ही ऐसा है कि कड़क नोटों को देखकर उसका मन भी कड़क हो उठा और लगा कि झूमकर नाचने लगे। लेकिन फिर अचानक से डर भी लगा कि कहीं पुलिस अब उसके घर ना आ जाए, हालाँकि समय के साथ वो डर भी कम हो गया था।

तभी बिंटू पिछले दिनों से ऐसा हड़बड़ाया हुआ, लेकिन ख़ुश रहने लगा था। बार-बार वो उसको बोलता कि बस कुछ दिनों की बात है, फिर बस ऐश ही ऐश होगी। वो शायद इसी पैसे की वजह से ऐसा बोलता था। उसके मन में ये बात तो आ ही गई थी कि कुछ तीन पाँच करके बिंटू ने उस पैसे का इंतज़ाम

किया था नहीं तो उसके पास कहाँ से इतना पैसा आता और तभी तो पुलिस भी उसे पकड़कर ले गई थी।

अब तो वो पुलिस की गिरफ़्त में था, ख़ैर पैसे में वो ताक़त थी कि वो बिंटू के प्यार की कमी पूरा कर दे, उसका ख़याल पीछे ही छूट चुका था। आती हुई लक्ष्मी और जाता हुआ शनिचर किसको नहीं अच्छा लगता। पैसा कितना होगा इसका वो अंदाज़ा भी नहीं लगा पा रही थी। पैसा बहुत ज़्यादा है वो उतने में ही ख़ुश थी उसने गिनने में टाइम बरबाद नहीं किया। बैग में नये नोट भी थे लेकिन पुराने बहुत ज़्यादा थे और ये पुराने नोट ही तो समस्या थे। सब की तरह उसे भी मालूम ही था कि इनकी मियाद 31 दिसंबर तक ही है। तो इन पुराने नोटों का क्या किया जा सकता है और कहाँ-कहाँ पर ये चल सकते हैं तो सबसे पहला ख़याल जो उसे आया था वो अस्पताल था।

शालू की माँ की दोनों आँखों का मोतियाबिंद पक चुका था, जिनका ऑपरेशन उसे कराना था। और माँ के अलावा उसका था भी कौन। बाप तो बड़ी छोटी-सी उम्र से गुमशुदा हो गया था, जिसकी आज तक ज़िंदा या मरे होने की कोई ख़बर नहीं मिली थी। माँ ने ही सिलाई कर करके उसको पाला था। अंदाज़ से सुई में धागा डाल देने वाली उसकी माँ को आज उसकी ही सूरत साफ़ नज़र नहीं आती थी। उसने सुन रखा था कि कभी-कभी आँखों के ऑपरेशन के लिए कैंप लगते हैं, जहाँ फ़्री में इलाज किया जाता है इसलिए उसे किसी-न-किसी कैंप की ख़बर का इंतज़ार था। लेकिन न तो उसके पास इलाज के पैसे हो पा रहे थे और न ही कोई कैंप की ख़बर उसे मिल पा रही थी। आज जब उसकी आँखों के सामने इतना पैसा आया तो सबसे पहला ख़याल जो उसकी आँखों के सामने आया वो अपनी माँ की आँखों का ही था। ख़याल नेक था और नेक काम में देरी कैसी। उसने भी यही सोचा और तुरंत ही अपनी माँ को लेकर अस्पताल के लिए निकल पड़ी आख़िरकार पुराने नोटों का बेहतर इस्तेमाल भी तो करना था। उस वक़्त उसके मन में न सही ग़लत का ख़याल आया और नहीं इस बात का कि वो पैसा है तो किसी और का। अपने प्रेमी का पैसा वो पूरी तरह से अपना मानने लगी और घर से निकल पड़ी। उसने ये भी न सोचा कि इस वक़्त बिंटू को उसकी और इस पैसे की ज़रूरत होगी। उसने उसे अपने हाल पर ही रहने दिया।

"कोई कैंप लगो है का लाली जो इतनी जल्दी कर रही है तू?" उसकी माँ ने ऑटो में बैठते हुए उससे पूछा भी था।

"हाँ माँ बहुत ही बड़ा कैंप लगा है और अभी बहुतेरे कैंप तुझे दिखवाती हूँ। पहले तू ठीक से देखने लायक़ तो हो जा।" शालू ने अपनी ख़ुशी को बड़ी मुश्किल से समेटते हुए कहा।

इलाज के बाद जब उसकी माँ की पट्टियाँ खुलीं तो वो ख़ुशी से बावली हो गई थी, "अरे लाली इतना साफ़ दिखाई दे रहा कि जितना तो पहले भी नहीं दिखता था। ऐसो लग रह्यो है कि मेरे मुँह के पास ही 100 वाट का बल्ब जल रहा हो। तूने तो जनम सफल कर दिया मेरी बच्ची।" ये कहते हुए शालू की माँ ने शालू को अपने सीने लगा लिया था।

"लेकिन ये बता अपना बिलकुल पैसा नहीं लगा? सचमुच फ़्री में इलाज हुआ है क्या? अस्पताल तो बहुत बड़ा था।" घर आते ही शालू की माँ ने सवालों की झड़ी उसके सामने लगा दी थी।

अब शालू से भी अपनी ख़ुशी सँभल नहीं रही थी। आख़िर औरत थी और नारी जाति इस कलयुग में धर्मराज युधिष्ठिर के श्रापवश अपने पेट में कोई भेद या बात छुपाकर रख ही नहीं सकती थी इसलिए किसी-न-किसी को तो अपने राज़ का हिस्सेदार बनाना ही था और इस वक़्त उसकी माँ से बेहतर उसका कोई राज़दार हो नहीं सकता था। उसने अपनी माँ के सामने वो रुपयों का बैग रख दिया और उसे अपने हिसाब से आधी-अधूरी बात समझा दीं। पर इस बात का पूरा ख़याल रखा कि वो अपना और बिंटू वाला चैप्टर बड़े ही क़ायदे से बताए ताकि माँ कुछ ऐसा वैसा न सोचे। वैसे भी उसकी माँ पूरा मामला भी समझ लेती तो कौन-सा उसे ग़ुस्सा आना था। इतने पैसे की गर्मी के सामने तो उसका ग़ुस्सा कपूर जैसे ही उड़ जाना था।

"लेकिन बेटा ये इतने सारे पुराने नोट हैं इनका क्या करेंगे? सरकार तो बंद कर दी है ये मुएँ नोट। हम दो औरतें कहाँ कैसे बदलवाएँगी इनको?" शालू की माँ को अब थोड़ी चिंता भी हुई।

"वोही तो सोच रही हूँ मम्मी क्या करें कैसे करें? किसको बताएँ ईमान डोलने में समय थोड़े ही लगता है! आज के टाइम पे किसपे भरोसा किया जाए, सब तो बेईमान ही हैं।" ये बात कहते हुए शालू को एक पल बेईमानी का ख़याल-सा आया लेकिन पैसों के वज़न से वो ख़याल दब गया।

"हम्म बात तो तू सही कह रही है बेटा।" शालू की माँ कुछ सोचते हुए फिर बोली, "मेरी माने तो तू अपने मामा घसीटा को ख़बर कर वो ही इसमें कुछ

कर सके है।"

"क्या कह रही है अम्मा! कहाँ तू उस शराबी के चक्कर में पड़ रही है! सब लेके भाग जाएगा और पड़ी रह जाएँगी हम दोनों वैसी ही। कुछ और ही करना होगा।" शालू को अपने मामा क्या किसी पर भी भरोसा नहीं था।

"अरी माना कि खोटा सिक्का है घर का, लेकिन है तो अपना ही। थोड़ो बिगड़ गयो है लेकिन वो और उसके फंदेबाज़ दोस्त ही घर-परिवार के काम आएँ, जब भी कोई आफ़त पड़ी है। उसके सब उल्टे-सीधे दोस्त हैं कोई-न-कोई तो रास्ता निकाल ही लेगा वो। और तू उसके सामने पूरे पैसों की बात ही मत करियो बस थोड़े देके देखियो अगर ठीक रही तो बाक़ी की बाद में सोचेंगे।" शालू की माँ ने एक सेफ़ स्टेप सुझाया।

शालू के पास इससे बेहतर तो क्या कोई भी प्लान नहीं था। तो उसने ये दाँव खेलने की सोच ली। आनन-फानन में अर्जेंट मामा को बुलवाया गया। और मामा भी इतना थेथर और फालतू था कि तीन ही घंटे के अंदर उसके घर पहुँच गया।

"जीजी ओ जिज्जी!" शालू का मामा बाहर से ही चिल्लाने लगा था।

शरीर से डेढ़ हड्डी, लेकिन मूँछे तनी हुई, नीचे पतलून, ऊपर ढीला-सा कुर्ता, गले में गमछा और मुँह में राजश्री गुटखा। मामा का गेटअप टिपिकल यूपी-बिहार वाला था। ऊपर से वो अखंड शराबी था। शाम के इस वक़्त भी घूँट लगाकर टाइट था। उसने घर के दरवाज़े पर ही पीक मारी और घर के अंदर घुसते ही ज़ोर-ज़ोर से शराबियों वाले अंदाज़ में बोलने लगा, "अरे मेरी प्यारी बहना। देख तूने बुलाया और तेरा लाड़ला भाई घसीटा उड़ते हुए पहुँच गया। ला तेरे पैर कहाँ हैं?" घसीटा ने अपनी बहन के पैरों की तरफ़ देखते हुए कहा।

"मंदिर गए हैं दर्शन करने आते ही होंगे।" शालू की माँ बैग भर ख़ुश थी तो हलके मूड में हँसी-ठट्ठा करने लगी।

"अरे तेरी आदत नहीं गई मज़ाक़ करने की।" घसीटा अपनी बहना के पैर ज़ोर-ज़ोर से दबाने लगा जैसे कि आमतौर पर यूपी की औरतें अपने से बड़े मान वाली दूसरी औरतों के पैर छूने से पहले सेवा-भाव से करती हैं।

"अरे बस कर तोड़ ही डालेगा का गोड़?" शालू की माँ ने पैर झिटकते हुए कहा।

"अरे मेरी लाडो रानी कैसी है तू?" घसीटा अपनी भांजी शालू की तरफ़ मुख़ातिब हुआ।

"ठीक हूँ मामा... ठीक हूँ।" शालू ने थोड़ा सोशल डिस्टेंस ही रखा।

"अब बता ऐसा कौन-सा अर्जेंट काम था मेरे लायक़ आख़िर तूने याद तो किया मुझे? बता कौन-सी संजीवनी लानी है?" घसीटा बात तो ऐसे कर रहा था जैसे ख़ुद ही हनुमान जी का रूप धारण कर लेगा।

"अरे साँस तो लेले पहले, बताती हूँ।" फिर शालू की माँ उससे बोली, "बेटा ज़रा मामा के लिए चाय तो बना ले बढ़िया-सी।"

शालू रसोई की तरफ़ चली गई।

"ऐ जिज्जी, तू बड़ी फैसन की मारी हो गई है। जे घर में काला चश्मा काये को टाँचे बैठी है?" घसीटा का ध्यान अब चश्मे की तरफ़ गया।

"अरे कम्बख़्त फैसन को ना हैं। ये तो ऑपरेसन करवा के आई हूँ आँखन का तो कछु दिन डॉक्टर ने कही है लगाने के लिए।"

"अच्छा दिखा तो नेक मैं भी तो देखूँ कैसो लगे है काले चश्मा लगा के।" इतने में घसीटा ने चश्मा उतारकर अपनी आँखों पर चढ़ा लिया।

शालू की माँ ने तुरंत आँखें बंद कर लीं और चिल्लाने लगी, "अरे वापस कर चश्मा करमजले यहाँ उजीते के मारे आँख फूटी जा रही है।"

"अरे हमें तो कछु न दीस रह्यो तू जाने कैसे लगा के बैठी है। ले तू ही रख इसे।" इतना कहते हुए घसीटा ने चश्मा वापस अपनी बहना के हाथ में रख दिया जिसे जैसे-तैसे शालू की माँ ने पहना।

इतने में शालू पानी का गिलास ले आई और घसीटा आँगन में ही खड़ा होकर अपने गुटखा भरे हुए मुँह को कुल्ला करके साफ़ करने लगा। घसीटा ने वहीं खड़े-खड़े हाथ-मुँह धोते हुए हाफ़ स्नान कर डाला। तब तक शालू चाय भी ले लाई।

"हाँ तो अब बता क्या बात है?" घसीटा अपनी बहना के पलंग पर ही पालथी मारकर बैठ गया और सुड़ककर चाय पीने लगा।

"बात जे है भैया, कछु पैसा हते हमारे पास।" शालू की माँ ने धीरे से कहा और पैसा का नाम सुनते ही घसीटा की मूँछें और तन गईं।

शालू की माँ ने बोलना जारी रखा, "लेकिन हैं सब पुराने नोटन में ही और तेरे को मालूम ही है पुराने तो बंद हो गए हैं। बैंकन में इतनी भीड़ है कि आदमी मर रहे हैं। अब जा पैसा को का करें कैसे बदलें, तू ही कछु बता।"

"अरे तो इतनी-सी बात के लिए तूने वहाँ से मेरे को परेशान करो। फ़ोन पे

ही बता देती कुछ-न-कुछ करवा देता। ख़ैर जे बता के हज़ार हैं?" घसीटा को कहाँ अंदाज़ा था कि असल बात क्या है।

शालू की माँ ने शालू की तरफ़ देखा। शालू ने आगे बात ख़ुद सँभाली, "मामा ज़्यादे हैं कुछ।"

"कितने ज़्यादा हैं?" घसीटा ने कप नीचे रखते हुए कहा।

"हैं कोई 10 लाख।" शालू ने धीरे से कहा।

"10 लाख!" घसीटा का नशा उड़न छू हो गया। उसे अपने कानों से पर जैसे विश्वास नहीं हुआ, "का कही तूने कितने हैं 10 लाख?" उसने फिर से कन्फ़र्म किया।

"हाँ मामा 10 ही हैं।" शालू ने फिर से थोड़ा संकोच से कहा।

"अरे इतनो पैसा कहाँ से आ गयो तुम्हारे पास में? तुम माँ बेटी कछु उलट-सुलट तो न कर निकली? ख़ानदान को नाम मट्टी कर दियो का?" घसीटा ग़ुस्से में तमतमाने लगा। भगवान जाने वो ग़ुस्सा बनावटी था या वास्तविक और ग़ुस्से में उठकर खड़ा होने को हुआ तभी शालू की माँ ने उसे हाथ पकड़कर बैठा दिया।

"अरे बैठ जा कढ़ी खाए। पागल है का? ऐसी कोई बात ना है। बात सुन ले चुपचाप पूरी।"

"अरे मामा ज़्यादा मत सोचो। ऐसा था कि पापा का एक इन्सुरेंस था। और हमें तो मालूम ही न थी। फिर जब पता चली तो एक एजेंट से बात करके बड़ी जुगाड़ लगाए तब जाके पैसा मिला। वो ही पैसा था।" शालू ने अपने मामा को मीठी गोली देकर शांत करने की कोशिश की।

"अरे तो फिर पैसा बैंक में रखनो चैये घर में काय को रखो है?" घसीटा को यक़ीन नहीं हो रहा था।

"अरे वो ही तो मामा ये सब ग़लती मम्मी की है। इन्होंने ही निकलवा लिए थे पैसे, मेरी शादी की तो इन्हें ज़्यादा जल्दी है न। पहले कह रही थी कुछ घर में लगाएँगे और बाक़ी पैसे के गहने बनवाएँगी। और बैंक में कोई भरोसा नहीं है आजकल कितनी चार सौ बीसी चल रही है। रोज़ ख़बर आती है के एक फ़ोन आया फिर जाने क्या बात हुई और फिर उसके बैंक अकाउंट से ढेर रुपये निकल गए और फिर क्या पीटते रहो छाती। बाद में मम्मी बोलने लगी कि अभी रुक जा सोना महँगा है दीवाली बाद रेट टूटेंगे लेकिन अब तो बात ही अलग हो गई।"

शालू ने घसीटा को पूरा 360 डिग्री घुमा दिया और उसने भी बातों में आकर

यक़ीन कर लिया। घसीटा को भी पैसों की ख़ुशबू आने लगी थी उसने भी अपने कमीने दिमाग़ के अंदर प्लान कर लिया कि चलो यहीं से लाख पचास हज़ार का जुगाड़ बनेगा।

"अच्छा तो ऐसी बात है। तो पहले क्यों न बताई थी? और जिज्जी तेरे पे इतना ही पैसा था तो थोड़ा बहुत अपने भैया-भतीजेन के बारे में भी सोच लेती। हम भी तो तेरे अपने ही हैं।" घसीटा ने लार टपकाते हुए कहा।

"जे तो लाला तोकू सोचनी चाहिए। भात हमारे कौन भरेगो? हम तो ख़ूब सोचते तभी तो तेरे को बुलाया। पहले तू इसका रस्ता तो निकाल के कैसे होगी?" शालू की माँ ने अपना चश्मा ठीक करते हुए कहा।

"अरे भात भरवे वाले तो बाँके बिहारी हैं, जैसे नरसी को भरो हतो, तेरे घर में भी भरेंगे। और रही बात बात नोटन की तो जे तो मेरे लिए नेक-सी बात है। करवा देंगे। बहुतेरे गुरुघंटाल यार हैं मेरे यहाँ आगरे में। हवाल ले, देख फ़ोन घुमायो न, के काम भयो न।" घसीटा ने अपना बाबा आदम के ज़माने का बटन वाला फ़ोन निकाला। थोड़ी देर वो कुछ देखता रहा लेकिन उसे कुछ समझ ही नहीं आ रहा था। फिर उसने अपना फ़ोन शालू की तरफ़ बढ़ाते हुए कहा, "अरे मेरे को तो मिल ही न रहा लाली नेक तू ही निकाल इसमें से नंबर।"

"किसका नंबर लगाना है मामा?" शालू ने पूछा।

घसीटा आँख बंद करके अपन सर झुका याद करने लगा कि किसका नंबर वो खोज रहा था। फिर बोला, "उन्नघ, तू सोनू उस्तरा के नाम से देख।"

"क्या मामा अब तुम नाई से बात करके काम करवाओगे? नोट बदलवाने हैं, हजामत ना करवानी।" शालू की त्योरियाँ चढ़ गईं।

"अरे लाली नउआ न है। उस्तरा से तीन-तीन क़त्ल कर रखे हैं उसने। हलके में ले रही है तू मामा ए।" घसीटा ने मुस्कुराते हुए कहा।

शालू ने नंबर लगाया ही था कि घसीटा बेसबर होकर बोल पड़ा, "जा... जा रही है घंटी?"

"अरे लगाने तो दो मामा।" इतने में घसीटा ने फ़ोन छीनकर कान से लगा लिया, "हाँ हेलो मैं घसीटा बोल रह्यों हूँ।" अपना नाम भी उसने बहुत घसीट कर लिया।

"हेलो... हेलो! अरे जा में तो कोई आवाज़ ही न आ रही।" वो बार-बार

फ़ोन कान से हटाकर मुँह पर रखकर हेलो-हेलो कहे और फिर कान से लगा ले लेकिन उधर से कोई रेस्पॉन्स ही नहीं था।

फ़ोन अब शालू ने फिर से वापस लेकर चेक किया, "अरे मामा ये तो नंबर ही नहीं लगा है। कहाँ हेलो-हेलो कर रहे थे?"

"अच्छा न लग रो। लग रो है फिर सारे ने काहू पे उस्तरा चला दियो है! जेल में तो न बंद हेगो ससुर। चल कोई न अब तू मन्नू पापड़ को नंबर लगा के देख।" उसे अब किसी और का ख़याल आया।

"अब ये मन्नू पापड़ क्या पापड़ से मर्डर करता है? या फिर पापड़ का मसाला आँखों में झोंक के मारता है?" शालू ने कटाक्ष करते हुए कहा। उसे बिलकुल भरोसा नहीं था कि उसका मामा कुछ कर पाएगा।

"अरे न बाबली ये सच में ही पापड़ का धंधा करे है।" घसीटा ने उसके सर पर प्यार से चपत मारते हुए कहा, "लेकिन छोटा मोटा आदमी नहीं है। होलसेल का बहुत बड़ा काम है उसका।"

इस बार नंबर लग गया लेकिन किसी ने उठाया ही नहीं।

"मामा कैसे दोस्त हैं तुम्हारे, एक नंबर नहीं लग रहा, एक तो तुम्हारा फ़ोन ही नहीं उठा रहा।"

"अरे बेटा ऐसे ही हैं, जब आदमी चार पैसा कमा लेता है तो इतराने लगे है। पर तू चिंता मत कर। मैं हवाल जा रहा हूँ और काऊ न काऊ की गुदड़ी पकड़ के अपना काम तो करा ही लूँगा। ला तू थोड़े सैंपल के नोट तो दे।" घसीटा ने खड़े होकर अपना कुरता झाड़ते हुए कहा।

शालू ने एक पल को अपनी माँ को देखा, फिर मूक सहमति पाकर अंदर चली गई जहाँ से वो कुछ हज़ार-हज़ार के नोट निकाल के ले आई और अपने मामा की हथेली पर धरते हुए बोली, "ये लो मामा।"

"अरे बेटा 10 लाख रोकड़ा बदलवाना है और नोट तू इतने ही लाई। चल जा अंदर और 4-6 नोट और लेके आ।" घसीटा ने पहले नोट अपनी मुट्ठी में भरे फिर कहा।

शालू कसमसाते हुए फिर अंदर गई और इस बार और कुछ नोटों के साथ लौटी, "ये तो तुम्हारे सैंपल और सुनो फ़ेल मत होके आना।"

"हे हे हे... कैसी बात करे है बेटा। अरे ये मैंने एक ही दिन में न बदलवा दिए तो घसीटा मेरा नाम नहीं।" घसीटा ने सारे नोट अपनी कुरते की जेब में रखे

और एक राजश्री की पुड़िया फाड़ी, मुँह में डाली और तुतलाते हुए बोला, "ये गया और ये आया।" कहते हुए गुटखे के धुएँ के ग़ुबार को मुँह से निकालते हुए अपने रणक्षेत्र की ओर निकल गया और यह रणभूमि थी मधुशाला।

तीन चार घंटे तक घसीटा का कोई पता नहीं था, और जब वो लौटा तो उसके पैर सीधे नहीं पड़ रहे थे, लपेटा खा रहे थे। लड़खड़ाते हुए क़दमों से वो घर में घुसा। शराब की गंध को कम करने के लिए उसने दो-दो पान मुँह में दबा रखे थे। पैसा पा जाने के बाद जी भर के पीना उसकी पहली आवश्यकता थी। ना जाने उसने पुराने नोट कैसे चलाए थे और चलाए ही नहीं थे, बल्कि वो पुराने नोटों के बदले में कड़क 500-500 के नोट लाया था। अपनी जेब से उसने कुछ नोट हवा में लहराए और मुस्कुराते हुए कहा, "देखा मैं न कह रहा था कि घसीटे के लिए ये सब खेल है। देखा बदल लाया न।"

"लेकिन इतने ही! लेके तो तुम ज़्यादा गए थे, बाक़ी कहाँ हैं?" शालू ने भौहे चढ़ाकर पूछा।

"अरे उड़ गए दोस्तन के संग तब ही तो इतनी बड़ी रक़म ब... बदलाने की तरकीब मालूम चली। तू... तू तो अब बाक़ी निकलवा, मैंने सब बात कर ली है।" नशे में घसीटा की ज़ुबान लड़खड़ा रही थी, पर उस वक़्त वो कहाँ उसका नशा बोल रहा था और नशा ज़रूरत से ज़्यादा ही बोलता है।

"तू टेंशन मत ले मामा है न तेरा मामा। सब जुगाड़ फिट कर देगा। 40 परसेंट लगेंगे और माल अंदर 10 के बदले छह मिलेंगे।" असल में मिलने तो 7 थे लेकिन एक का जुगाड़ घसीटा ने अपने लिए रखा था और ये उसके लिए बहुत बड़ी रक़म थी।

"तेरे मामा को कुछ न चाहिए। बस तुम लोग ख़ुश रहो। मेरी बहना ख़ुश रहे, मेरी भांजी ख़ुश रहे। मामा की का है... शाम का जुगाड़ तो कहीं-न-कहीं से हो ही जावे है। तुम्हारो मन करे तो अपने भैया-भतीजेन के लिए नेक आद सोच लियों।" कहते हुए घसीटा के क़दम हिल रहे थे या कह लीजिए वो झूम रहा था।

शालू अपने दिमाग़ में पैसों का हिसाब लगा रही थी। फिर उसने अंदर जाकर पैसे निकालने का सोचा तो उसके मन में ख़याल चल रहा था कि मामा को बाक़ी पैसों के बारे में बताए या नहीं। लेकिन अगर नहीं बताती है तो बाक़ी के पैसों के लिए फिर मारा-मारा फिरना होगा लेकिन कहीं अगर मामा को पूरे पैसों के बारे में पता चला गया और उसकी नीयत ख़राब हो गई तो वो पूरा माल लेकर चम्पत

भी हो सकता है। वैसे भी वो है तो बेवड़ा ही और ऐसे शराबी की बात का क्या भरोसा। लेकिन अगर उसका मामा पैसे बदलवाने में कामयाब रहता है तो उसकी अपनी तो पौ बारह है और फ़िलहाल ट्रेलर दिखाकर उसने साबित कर ही दिया था कि वो नोट बदलकर ला सकता है। ऐसे में उसे घसीटा मामा को किसी भी तरह उलझाकर-फुसलाकर रखना ही था।

"मामा आप बैठो मैं आपके के लिए चाय बना देती हूँ।" शालू ने अपनी आवाज़ में ज़रूरत से ज़्यादा मिठास घोला।

"अरे न लल्ली, जे अब कोई चाय को टाइम थोड़े ही है। तू पैसा ले आ।" घसीटा ने लड़खड़ाती ज़ुबान से कहा।

"अब तो मामा तुम रहने ही दो। आराम कर लो थक गए होंगे। कल देखते हैं।" घसीटा इस वक़्त नशे में चूर था और शालू को उसकी हालत देखकर पूरा भरोसा हो रहा था कि वो कहीं-न-कहीं रस्ते में ही लुढ़क जाएगा। इसलिए इस वक़्त उसने जबरदस्ती का रिस्क लेना मुनासिब नहीं समझा।

"अरे न बेटा तू कह तो सही हवाल तेरा मामा सब व्यवस्था बना देगा। दस लाख का एक दो खोखा बदलवा देगा तेरा मामा खड़े-खड़े। खोखा समझे है न?" घसीटा ने अपनी बात अधूरी छोड़कर पूछा।

"अरे हाँ मामा, खोखा मतलब एक करोड़ न?"

तभी घर की चौखट पर कोई आहट-सी हुई और एक शख़्स अंदर घुसा चला आया।

"क्या बात है भैया यहाँ तो करोड़ों में बात चल रही है! कुछ अगर बंट रह्यो होय तो हमहूँ लेन में खड़े हैं।" शशि ने घुसते ही कटाक्ष किया।

"कौन है भाई तू और ऐसे कैसे घर में घुसा चला आ रिया है?" घसीटा ने लड़खड़ाती ज़ुबान में कहा।

शालू की माँ भी चौंककर शशि की तरफ़ देख रही थी और शालू भी घबरा-सी गई थी उसे अचानक देखकर।

शशि ने घसीटा की बात को एकदम नज़रअंदाज़ कर दिया था। वो फिर से शालू को घूरते हुए बोला, "माँ की आँखों का इलाज हो गया, शौक़-मौज भी कर ली होगी। अब सब ख़्वाहिश तमन्ना पूरी हो गई हो तो वो बैग मुझे दे दो वापस।"

"अरे कौन-सा बैग और तू है कौन?" घसीटा ने फिर पूछा।

शालू ने भी अनजान बनकर अपने मामा का सवाल दोहरा दिया, "कौन-सा

बैग? कैसा बैग?"

"भई वाह! लला को सर पे बैठायो, सो लला कान ही में मूते। देख शालू, मेरे से ज़्यादा फालतू बातें न बना। तुम्हें अच्छे से मालूम है कि मैं किस बैग की बात कर रहा हूँ।"

"अबे मैं पूछ रहा हूँ तू है कौन? बात समझ में नहीं आ रही है का तेरे को? चल बाहर जा यहाँ से।" घसीटा फिर बीच में घुसते हुए बोला तो शशि ने उसे हलके से धकेलकर परे कर दिया।

"लेकिन वो तो बैग बिंटू का है। वो उसकी अमानत है। वो मैं उसी को दूँगी। और उसकी ग़ैर-हाज़िरी में उसकी असली हक़दार मैं ही हूँ।" शालू के तेवर थोड़े बदले इस बार।

"वाह! बिंटू का है? तूने कैसे जान लिया कि वो ख़ाली बिंटू का है? और तू कैसे हक़दार हो गई उस बैग की? बोल तो तू ऐसे रही है जैसे तू उसकी घरवाली हो और उसने LIC करवा के तुझे नॉमिनी बना दिया हो।" शशि का लहजा भी थोड़ा तल्ख़ हो चुका था।

"अरे अब बिंटू कौन है?" घसीटा को कुछ समझ नहीं आ रहा था।

"घरवाली नहीं हूँ तो क्या हुआ, मैं उसकी मंगेतर हूँ।" शालू ने झूठा दाँव खेलकर ब्लफ़ मारने की कोशिश की कि शायद काम बन जाए और शशि मुँह लटकाए चला जाए। लेकिन उसकी इस बात का असर शशि पर कम और घसीटा पर ज़्यादा हुआ।

"अरे लड़की, का दिमाग़ ख़राब हो गया है तेरा? कौन-सा मंगेतर? जिज्जी तू चौं कछु न बोल रही? जे तेरी मोड़ी का कह रही है?" घसीटा अपनी बहना की तरफ़ देखने लगा लेकिन शालू की माँ कुछ बोल ही नहीं पा रही थी। काला चश्मा होने से ये भी नहीं पता चल पा रहा था कि शर्म से उनकी आँखें झुकी हैं या उन तीनों को ताड़ रही हैं।

"और तू साले... तू है कौन? कब से तेरे से पूछ रहा हूँ? बता साले भूतनी के नहीं तो क़सम आगरे के पेठे की, पेठे की तरह ही छेद करूँगा तेरे में।" घसीटा चिल्लाने लगा था।

"मैं हूँ साले क्राइम मास्टर गोगो, मुगेम्बो का भांजा और शाकाल का भतीजा। आया हूँ तो कुछ लेके ही जाऊँगा और बता और कुछ पूछना है?" शशि भी उसे ज़्यादा तेज़ आवाज़ में चिल्लाकर बोला।

घसीटा कन्फ़्यूज़ हो गया। उसको समझ ही नहीं आ रहा था गोगो, मुगैम्बो, शाकाल ये कौन से बदमाश हैं और कौन से इलाक़े के हैं। कहाँ के टोहरी हैं? इस आदमी से अटकना कहीं उसे मुसीबत में तो नहीं डाल देगा। एक तो आजकल नये-नये लौंडे बदमाशी करने लगे हैं पता भी नहीं चलता कहाँ-कहाँ के हैं, वो फिर से दिमाग़ पर ज़ोर डालकर याद करने की कोशिश कर रहा था और बार-बार वही दोहरा रहा था- 'मुगेम्बो, साकाल' नाम तो सुने-सुने से हैं कहाँ सुने हैं याद ही नहीं आ रहा था।

उसे ख़ामोश और उलझा हुआ पाकर वो शालू से मुख़ातिब हुआ, "देखो शालू, ये पैसा चीज़ ही ऐसी है कि दिमाग़ फिरा देता है, और फिर इतना पैसा देखकर तो किसी का भी मन बहक जाए। लेकिन जो पैसा तुम्हारे पास है वो फ़िलहाल बिंटू के ही काम आना है। वहाँ पुलिस मार-मार के उसे तोड़े दे रही है। उस पर उल्टे-सीधे केस लगाए जा रहे हैं। बिंटू तुमसे प्यार करता है उसी ख़ातिर मैं इस मामले को ज़्यादा बढ़ाना नहीं चाहता। तुम्हें क्या लगता है मुझे नारद मुनि बता के गए थे कि बैग शालू के पास है। बिंटू ने ही तो मुझसे ये बैग तुमसे लेने के लिए कहा था। जो हुआ सो हुआ तुमने पैसों से क्या किया और तुम्हारी क्या प्लानिंग चल रही थी, इस बारे में मैं बिंटू को कुछ नहीं बताऊँगा। अगर बिंटू से तुमको भी प्यार है तो अब लाओ वो बैग मुझे दे दो। इसी में सबका भला है।"

बिंटू का ख़याल आते ही शालू किसी सोच में डूब गई। उसे अपने प्यार का भी ख़याल आया लेकिन इससे पहले कि उसके पैर बैग उठाने के लिए बढ़ते, घसीटा चिल्ला उठा, "अबे भो#$# के हमें चूतिया समझ रखो है? मुगैम्बो तो मिस्टर इंडिया में हतो। तू क... कहाँ से वाको भांजा भयो? हमें जे फ़िल्मी बातन में फँसा रह्यो है, हवाल ले अभी तेरे पेट को चीर के रख दे रह्यो हूँ।" घसीटा ने अपना रामपुरी निकाल लिया और उसे लहराने लगा।

अब शशि का दिमाग़ भी ख़राब होने लगा था, "तुम ऐसे थोड़े ही मानोगे।" उसने अपनी अपनी कमर के पीछे हाथ डाला और अपनी देसी रिवॉल्वर निकालकर घसीटा पर तान दी।

"अब बता हूँ या नहीं मैं मुगेम्बो का भांजा?" बंदूक़ देखकर तो घसीटा की तो सिट्टी-पिट्टी ही गुम हो गई। अब शशि शालू की तरफ़ घूरते हुए बोला, चलो अब जल्दी करो यहाँ नौटंकी करते रहने के लिए टाइम नहीं है मेरे पास। जा चल बैग लेके आ।"

शालू के शरीर में हरकत हुई और वो अंदर बैग लेने के लिए दौड़ पड़ी। अंदर जाकर उसके मन में ख़याल आया कि कुछ गड्डियाँ निकालकर रख भी लेगी तो शशि को घंटा समझ आएगा लेकिन न जाने क्या सोचकर वो रुक गई और बैग उठाकर ले आई।

शशि को जैसे उस पर भरोसा नहीं था उसने बैग खोलकर चेक किया कि सच में उसमें पैसे हैं भी या नहीं। पैसे बैग में ही थे। हाँ, पहले से कुछ कम ज़रूर थे। शालू उसके जाने के बाद पुलिस को भी ख़बर कर सकती थी इसलिए उसने इमोशनल और मनी दोनों कार्ड खेलने का सोचा।

बैग से उसने पाँच गड्डियाँ 500 के नोटों की निकाली और शालू की तरफ़ बढ़ाते हुए कहा, "शालू ये कठिन समय है, हम तीनों दोस्तों के लिए। अगर हम लोग इस परेशानी से निकलकर सही-सलामत आ गए तो ही बिंटू तुम्हें मिलेगा। वो तुमसे बहुत प्यार करता है। उसे इस सबके बारे में मत बताना वो झेल नहीं पाएगा। फ़िलहाल ये पैसे रख लो घर के और तुम्हारे काम आएँगे। और यक़ीन मानो, तुम ये सारे पैसे रखकर बहुत बड़ी मुसीबत में फँसने वाली थीं। तुम्हें अंदाज़ा भी नहीं होगा कि कौन-कौन इस पैसे के पीछे लगा है। तुम्हारी और तुम्हारी माँ की जान भी जा सकती थी इतने ख़तरनाक लोग हैं वो और फिर पुलिस का डर तो अलग से है ही। नेहने और बिंटू को ही देख लो, एक अस्पताल में है और एक जेल में। तुम इस वाक़ये के बारे में किसी को भी मत बताना ताकि अड़ोसी-पड़ोसी भी शक न कर पाएँ। पता नहीं कौन आदमी किसके सामने क्या बात कहे। और अगर ऐसा हुआ तो उन लोगों और पुलिस को तुम तक पहुँचने में देर नहीं लगेगी। समझी, ये तुम्हारे भले के लिए ही कह रहा हूँ।" शशि ने अपनी बात पूरी की तो शालू इतना डर गई कि वो पैसों को भी हाथ नहीं लगा पा रही थी। लेकिन पैसा असल में एक ऐसी चीज़ है जो दुनिया का हर फ़ैसला बदलने की ताक़त रखता है। शालू ने भी कुछ सचते हुए वो पैसे काँपते हाथों से पकड़ लिए।

इधर नोटों की गड्डियाँ देखकर घसीटे का दिमाग़ घिसटने लगा। शशि ने भी बैग खोलने बंद करने में अपनी बंदूक़ कमर में फिर से लगा ली थी वो अब उतना अलर्ट नहीं था। इसी का फ़ायदा उठाने का घसीटा ने सोचा और अपना रामपुरी लेकर शशि की तरफ़ दौड़ पड़ा, "अबे इतना पैसा तो भेन्चो## मैं कहीं किसी को न ले जाने दूँ।"

शशि तुरंत सँभल गया और उठकर एक ओर हट गया, घसीटा दरवाज़े से

जाकर टकराया और गिर पड़ा।

शालू की चीख़ निकल गई और उसकी माँ भी उठकर खड़ी हो गई और मेरे भैया... मेरे बीरन चिल्लाने लगी।

घसीटा कुछ बुदबुदाते हुए फिर खड़ा हुआ, "अरे तेरी ऐसी की तैसी... घसीटा से खेल रहा है तू। आज तेरी अंतड़ी निकालकर घसीटा नहीं तो मेरा नाम भी घसीटा नहीं।" वो फिर से शशि की तरफ़ दौड़ा।

शशि इस बार ज़्यादा होशियार था। डेढ़ पसली घसीटा बुरी तरह पीए हुए था इसलिए उसके न तो वार में और न ही शरीर में दम था वो बस शराब का नशा था जो उससे करवा रहा था। वो जैसे ही आगे तक आया। शशि ने उसका हाथ पकड़कर उसे ताक़त से पीछे की तरफ़ ही धकेल दिया अब वो आँगन में पड़े बर्तनों की ऊपर जा गिरा। उसके गिरने की आवाज़ के साथ-साथ बर्तनों के भी यहाँ-वहाँ बिखरने की आवाज़ें आईं और घसीटाराम भी उन बर्तनों के बीच औंधे पड़े हुए थे।

"उठो मामा, बात को अभी तो और घसीटना है, मामा ओ मामा, आओ मिले सुर मेरा तुम्हारा न कर रहे अब।" पैसे मिल जाने के बाद अब शशि भी हलके मूड में आ गया था। लेकिन घसीटा के मुँह से कोई आवाज़ नहीं निकली। शर्मिंदगी की वजह से या फिर नशे की नीम-बेहोशी की वजह से पता नहीं।

शशि फिर मुस्कुराते हुए बोला, "लग रहा है कि मामा की इच्छा पूरी हो गई।"

शशि ने बैग सँभाला और शालू की तरफ़ देखते हुए बोला, "चलता हूँ लेकिन जो बताया है उसे थोड़ा गंभीरता से लेना।"

***

आज का दिन शशि के लिए पिछले दिनों की तरह ही भागदौड़ वाला था, वो सोकर उठने के बाद भी थकान महसूस कर रहा था। उसके पास कोई रास्ता नहीं था कि वो बैठकर सुस्ता ले। उसने उठते ही अपने एक पुराने दोस्त को फ़ोन लगाया जो किसी राजनीतिक पार्टी से जुड़ा हुआ था। थोड़ी बहुत देर की हुज्जत के बाद उसने शशि को नोट बदलवाने का आसान सा रास्ता बता दिया जो था राजनीतिक पार्टी को चंदा जिसके बदले 35-40% कमीशन काट कर उसको नये नोटों में पैसा मिल जाता।

फ़ोन रखने के बाद शशि तैयार होने के लिए चला गया और वापस आने के

बाद जब उसने बैग खोलकर देखा तो उसके पास अब 38 लाख रुपये ही बाक़ी थे। सबसे पहले उसने तीन लाख रुपये नेहने के अस्पताल में जमा करवाए, ताकि उसका इलाज आराम से हो सके। इलाज होने के बाद बचा हुआ पैसा तो उसे वापस मिल ही जाता। फिर उसने मनोज से दोबारा बात की और उसके बताए हुए एड्रेस पर पहुँचा।

ये उस पार्टी का ऑफ़िस का जिसकी सरकार मौजूदा सरकार से पहले सत्ता में थी। वह पार्टी कार्यालय के अंदर पहुँचा ज़िलाध्यक्ष से उसकी बात पहले ही हो चुकी थी। उसने जाते ही सामने खड़े आदमी से पूछा, "हध्यक्ष जी हते ?"

"हाँ बैठे हैं भीतर चले जाओ।" उस आदमी ने जवाब दिया।

अंदर पहुँचते ही अध्यक्ष से मिलकर उसने पैसों का बैग पकड़ा दिया और साथ ही उसकी बात मनोज से करवा दी। दोनों में कुछ बात हुई और पार्टी अध्यक्ष उस रूम से निकलकर के किसी दूसरे कमरे में गया और थोड़ी देर बाद उसी बैग के साथ वापस आया। बैग अब पहले से और भी ज़्यादा हल्का हो चुका था। कमीशन 35 परसेंट लिया गया था और उसके हिसाब से उसको बदले में 22 लाख पचत्तर हज़ार रुपये मिले। शशि ने भी अपना बैग उठा लिया और वहाँ से निकल गया।

इसके बाद वह सीधे वकील के पास पहुँचा जहाँ वकील को पहले से तय बात के हिसाब से दो लाख रुपये और सुनार से ली हुई रसीद और बाक़ी ज़रूरी काग़ज़ थमाए। वकील की सलाह पर उसने सुनार से सोना बेचने की कच्ची रसीद ली थी ताकि वो कोर्ट में ये बता सकें कि उनके पास इतना इकट्ठा पैसा आया कहाँ से। फिर पुलिस के पास रखे पुराने नोटों को नये नोटों से बदलवाने का बंदोबस्त करे ताकि जाँच में ये साबित किया जा सके कि नोट नक़ली नहीं असली ही थे। मार्केट में नये नोट आने की वजह से सारा कन्फ़्यूज़न हुआ था और असल में ऐसा हो भी रहा था लोग असली को नक़ली समझ रहे थे और कहीं-कहीं लोगों ने दो हज़ार के नोट की रंगीन फ़ोटोकॉपी या चिल्ड्रेन बैंक वाले नोट तक चला दिए थे। एक यही आधार था जिसके बेस पर बिंटू का केस रफ़ा-दफ़ा किया जा सकता था।

"अब वकील साब तुम्हारे हाथ में रही बाक़ी की बात। बिंटू पहली ही तारीख़ पे छूट जाना चाहिए।"

"अब तुम हमारे ऊपर छोड़ दो, बस पुलिस वाला काम और करवा लो।"

"हाँ अब बस उसी के लिए जा रहा हूँ।" शशि वहाँ से निकल आया और दारोग़ा से बात करके उसकी बताई हुई जगह पर पहुँचा। उसने दारोग़ा को भी एक पैकेट पकड़ा दिया।

"पूरे 7 हैं दारोग़ा जी, आपने जैसा कहा था। चार लाख नोट बदलने के लिए और बाक़ी आपके लिए। बस आप मेरे दोस्त को इस फंदे से बाहर निकालने का इंतज़ाम करो।"

"हाँ अब तो चिंता की कोई बात ही नहीं है। ज़रा उस लौंडे का भी पता मालूम करके बताना जिसने तुम्हारे दोस्त को नोट बदल के दिए थे। उसको भी धरना ज़रूरी है न, साले हमारे रहते हुए धोखाधड़ी करते हैं।" दारोग़ा ने पैसा अपनी मोटरसाइकिल की डिग्गी में रखते हुए कहा।

शशि उसकी दो अर्थों वाली बात का मतलब समझ रहा था कि ये दूसरी पार्टी से भी पैसा खाने के चक्कर में है। धरेगा-वरेगा कुछ नहीं, पैसा लेगा और छोड़ देगा। उसने भी उस वक़्त हाँ-हाँ कर दी। उसके बाद वो फिर से अस्पताल पहुँचा। नेहने के टेस्ट चल रहे थे, सीटी स्कैन, एमआरआई, कलर x-ray और ऐसे-ऐसे टेस्ट डॉक्टर करा रहे थे, जिनका नाम भी उसने कभी नहीं सुना था। वैसे नेहने ठीक था, और शायद टेस्ट की ज़रूरत भी नहीं थी। लेकिन वहाँ आते ही एक डॉक्टर ने शशि को डरा दिया था कि कहीं इंटरनल ब्लीडिंग हो गई होगी तो बहुत मुसीबत हो सकती है। नेहने की जान को भी ख़तरा हो सकता है या फिर शरीर में लकवा मार सकता है। इसलिए वो कोई रिस्क नहीं लेना चाहता था। इसलिए वो दौड़-दौड़कर वो सब कर रहा था जो डॉक्टर कह रहे थे। सारे टेस्ट हो जाने के बाद जब नेहने वापस आया तो शशि वहीं बैठा हुआ उसका इंतज़ार कर रहा था।

"कैसी हालत है ?" शशि ने पूछा।

"अरे मैं बिलकुल ठीक हूँ। अब छुट्टी करवा दो यहाँ से। वहाँ मथुरा में प्लास्टर सही नहीं किया था हाथ में, बहुत दर्द दे रहा था। यहाँ जब से दोबारा किया है राहत है। बाक़ी तो मैं बिलकुल ठीक हूँ।"

"भक्क ठीक हूँ, तू तो ऋषि च्यवन के ख़ानदान से है कि चोट और दर्द का कोई असर ही नहीं होगा। पूरा शरीर नीला पड़ा है और कह रहा कि ठीक हूँ चोट नहीं है। यहाँ रहना है कि छुट्टी करनी है वो डॉक्टर बताएँगे, तू नहीं।"

"लेकिन यहाँ टाइम नहीं कटता है... और फिर तुम अकेले ही झेल रहे हो

परेशानी और फिर सही कहूँ तो मेरे से रहा नहीं जा रहा है यहाँ। बस ऐसी लग रही है कि यहाँ से निकलूँ और उस भुजंगी को मार के गटर में फेंक दूँ।"

शशि को इसी का डर लग रहा था कि ये यहाँ से बाहर आने के बाद कोई-न-कोई लफड़ा ज़रूर करेगा। मानेगा नहीं।

उसने बात को घुमाने की कोशिश की, "अभी यार थोड़ा माहौल अपने ही ख़िलाफ़-सा हो गया है। टाइम सही नहीं है अभी थोड़ा रुकते हैं। देख ही रहा है बिंटू के संग अलग ही कहानी हुई पड़ी है।"

"क्या ख़बर है उसकी ?" नेहने ने बिस्तर पर लेटते हुए कहा।

शशि ने उसको पूरा मामला बताया कि उसे इस दौरान क्या-क्या करना पड़ा।

"देखो व्यवस्था तो सब बना दिया हूँ। दो दिन से रेल बन गई है यार मेरी। शरीर टूट रह्यो है।" शशि ने एक लंबी साँस छोड़कर कहा।

"तभी तो मैं कह रहा हूँ। मैं, ऐसे बिस्तर में पड़ा रहूँ और तुम अकेले ही जूझते रहो।"

"अरे अब तो सब काम हो ही गए। देख बाक़ी पैसे भी बदल गए। तू भी ठीक हो जा फिर सब देख लेंगे।"

***

सारे काम लगभग हो चुके थे। पैसा भी फ़ाइनली बदल ही गया। उसके बदलने की टेंशन भी नहीं रही थी। हालाँकि उतना पैसा नहीं बचा था कि वो जो करना चाहते थे कर पाए लेकिन फिर भी राहत लग रही थी। दिनभर की मगज़मारी और थकान के चलते शशि ने सोचा कि आज पी ली जाए। वो वहाँ से सीधे ताजगंज के पास वाले बार में पहुँचा और बैठकर पीने लगा। पीते-पीते वो इस सोच में डूबा था कि अब अगर कोई दाँव पड़े तो भुजंगी से बदला कैसे लिया जाए और फिर वो मुकरी, उसको भी तो सीधा करना था। यही सब सोचते-सोचते वो तीन पेग डाउन हो चुका था। तभी उसकी नज़र एक बंदे पर गई जो बाथरूम से निकलकर अंदर प्राइवेट केबिन की तरफ़ जा रहा था।

हाँ उसका अंदाज़ा बिलकुल सही था। वो बंदा मुकरी ही था, जिसकी वजह से बिंटू जेल के अंदर था। शशि ने चुपके से केबिन के पास जाकर के जायज़ा लिया। उसके साथ दो बंदे और थे। फिर वापस आकर अपनी टेबल पर बैठ गया और मुकरी के वहाँ से बाहर निकलने का इंतज़ार करने लगा। रात के क़रीब 10 बज चुके थे तभी मुकरी और उसके दोस्त बाहर निकले। उसके साथ के दोनों

लड़के कार में थे और बैठकर वहाँ से रवाना हो गए। मुकरी बाइक पर था, वो अपनी बाइक के पास गया और जैसे ही उस पर बैठकर के स्टार्ट करने ही वाला था तो उसके इंतज़ार में बैठा हुआ शशि उसके पीछे पहुँचा। शशि ने उसकी कमर से अपनी रिवॉल्वर सटा दी।

"मुँह से अगर आवाज़ निकली ना तो फिर एक और आवाज़ होगी धाँय और फिर एक छेद बनेगा जो पीछे से तो छोटा होगा लेकिन पेट की तरफ़ से बहुत बड़ा होगा।" शशि ने उसके कान के पास जाकर कहा।

"क्क... कौन है?" मुकरी ने डरी हुई आवाज़ में कहा। चूहे का कलेजा तो मुकरी का था ही। कमर से सटी गन देखकर उसके गोटे घुटनों तक पहुँच गए थे।

"तुमाये पिताश्री।" शशि ने गाड़ी पर बैठते हुए कहा, "चुपचाप गाड़ी आगे लेकर चल।"

"कौन हो भाई क्या चाहते हो? पैसा चाहिए तो लेलो।" वो डर से बोला।

"भाई नहीं, पिताश्री बोल और पैसा तो चाहिए ही उसके बारे में भी बताते हैं, फ़िलहाल चुपचाप चल।" शशि बोला।

मुकरी चुपचाप बाइक चलाने लगा। उसको समझ ही नहीं आ रहा था कि हो क्या रहा है उसके साथ। वहाँ से थोड़ा आगे आते ही शशि ने पूछा, "बिंटू की कटाई क्यों करी तूने?"

"कौन बिंटू?" मुकरी ने घबराते हुए पूछा।

"अच्छा, बाप से ही खेल रहे हो बेटा! बता दे या मर के ही मानेगा।" शशि ने रिवॉल्वर उसकी कमर में ज़ोर से चुभाते हुए कहा।

घबराकर मुकरी बोलने लगा, "वो... वो शालू के चक्कर में।"

"शालू के चक्कर में?"

शशि का दिमाग़ चकरा गया, "उसका क्या चक्कर था बे?"

"मुझे... मुझे पसंद नहीं था उसका और शालू का लफड़ा। मैं शालू को पसंद करता हूँ और उसे अपने रास्ते से हटाना चाहता था इसलिए सब किया। लेकिन ग़लती हो गई शशि भाई, जाने दो गुरु।"

"जाने तो दूँगा लेकिन तुझे मालूम है तेरे चलते बिंटू कितनी बड़ी मुश्किल में फँस गया है? पुलिस का केस बन गया उसके ऊपर। अब तेरा नाम लेगा वो और पुलिस तुझे भी नहीं छोड़ेगी।"

"अरे गुरु सब हड़बड़ी में हो गया। ख़त्म करो इस मामले को।" मुकरी

गिड़गिड़ाने लगा।

"हो तो जाएगा लेकिन तुझे इसकी भरपाई करनी होगी।"

"कैसी भरपाई?"

"जो पैसे तूने बिंटू से लिए थे, वो वापस चाहिए।"

"दे दूँगा भाई... दे दूँगा। वैसे भी वो तो पुराने हैं, मेरे कौन से काम आने वाले हैं। ले लो तुम्हीं ले लो।"

मुकरी उसे घुमाकर पुराने नोट चिपकाने के चक्कर में था लेकिन शशि भी इतना भोलूराम नहीं था। उसने मुकरी को इतना डराया कि वो डर में मारे शशि को अपने घर लेकर गया और उसके पास जितने भी नये नोट थे सब निकालकर शशि को दे दिए। हालाँकि वो रक़म चार का आँकड़ा नहीं छू पा रही थी।

शशि ने वो पैसे अपनी कमर से लटके हुए बैग की चैन खोलकर डाल लिए और बोला, "ठीक है, बाक़ी के तुझ पर उधार रहे, फिर कभी वसूल लूँगा।"

"अब तो ठीक है। अब तो पीछा छोड़ो बाप।" मुकरी ने हाथ जोड़कर कहा।

"बाप नहीं पिताश्री। ऐसे ही छोड़ देगो अपने पिताश्री को? यहाँ से निकालकर सही-सलामत इज़्ज़त से कैलाश टॉकीज तक छोड़ो हमें।" शशि ने मुस्कुराते हुए कहा।

मुकरी बेचारा चुपचाप उसको लेकर छोड़ने के लिए निकला।

शशि मन-ही-मन ख़ुश हो रहा था कि कम-से-कम मुकरी से फँसा हुआ पैसा तो ले लिया, बदला फिर देखा जाएगा। लेकिन ये रात उसको कहाँ ले जाने वाली थी उसका अंदाज़ा उसे नहीं था। बात वो वहीं बार पर ही ख़त्म कर देता तो ठीक था लेकिन बात वहाँ ख़त्म ही कहाँ होनी थी। वो जा ही रहे थे कि कैलाश टॉकीज के पास खड़े हुए भुजंगी की नज़र शशि पर पड़ी। कई दिनों से वो नेहने के दोस्तों शशि और बिंटू को खोज रहा था। बिंटू के बारे में उसे अब तक पता चल चुका था कि वह जाली नोटों के चक्कर में थाने में बंद है और शशि उसे छुड़ाने के लिए हाथ-पाँव मार रहा है। पैसा शशि के पास ही होना चाहिए था। भुजंगी को बस शशि को क़ाबू करके पैसा लेना था।

रात का समय था और राक्षसों के लिए तो यही समय माक़ूल होता है। हालाँकि वो अकेला था लेकिन उसने सोचा कि अकेला ही उसके लिए काफ़ी है।

उसने अपनी बाइक शशि के पीछे लगा दी। वो साफ़ देख सकता था शशि वो लाल वाला बैग लटकाए हुआ था। अब तो ये साफ़ हो गया कि पैसा अभी

भी उसके हाथ में ही है। भुजंगी पिछले दिनों से पैसों की तलाश में पगलाया हुआ घूम रहा था। अब इस समय वो और इंतज़ार नहीं कर सकता था। उसने अपनी बाइक की स्पीड और तेज़ कर दी और गाली देकर मुकरी को बाइक रोकने के लिए कहा, "गाड़ी रोक भोसड़ी के।"

शशि ने पीछे पलटकर देखा तो वो टेंशन में आ गया, "अब ये हरामखोर कहाँ से आ गया!" उसने मन-ही-मन कहा और मुकरी से बोला, "गाड़ी अगर धीमे हुई या रुकी तो समझ तेरी साँस भी यहीं रुक जाएगी। भगा और तेज़।"

मुकरी को अब समझ में नहीं आ रहा था। उसने भी पलटकर देख ही लिया था उसके एक तरफ़ भुजंगी और पीछे शशि। उसके मन में तो बहुत आ रहा था कि गाड़ी रोक दे लेकिन शशि की पिस्तौल की धमक उसे ऐसा करने से रोक रही थी। घूँ-घूँ घूर्र-घूर्र करके दोनों बाइक भागी जा रही थी, लहराती हुई, धनधनाती हुई।

भुजंगी बार-बार गालियाँ देकर उनको चेतावनी दे रहा था और रुकने के लिए बोल रहा था और वहीं दूसरी तरफ़ शशि मुकरी को गाड़ी चलाए रखने के लिए बोल रहा था। आख़िरकार भुजंगी से रहा नहीं गया उसने एक हाथ से बाइक का हैंडल पकड़ा दूसरी हाथ से अपनी गन निकालकर उनकी तरफ़ फ़ायर कर दिया- धाँय!

रात के सन्नाटे को चीरती हुई गोली की आवाज़ आई। शशि और मुकरी की बाइक भरभराकर एक तरफ़ गिर गई। एक बारगी तो दोनों को समझ में नहीं आया कि गोली लगी है या गिरे हैं। शशि के हाथ कुछ गीला-गीला महसूस कर सकते थे। वो ख़ून था, लाल सुर्ख़। ख़ून को देखकर शशि का पूरा बदन ठंडा पड़ गया, ख़ुद को उठाने की ताक़त भी उसके अंदर नहीं बाक़ी थी। मुकरी तो बेचारा हिल भी नहीं पा रहा था। शशि को कुछ समय लगा यह समझने में जब गोली उसको पेट में लगी है तो उसका घुटना क्यों दुख रहा है। तब जाकर उसे समझ आया कि गोली उसे नहीं बल्कि मुकरी को लगी थी।

शशि ने ठीक से देखा तो उसे मुकरी के पेट से फर-फर बह रहे ख़ून का अंदाज़ा हुआ। अपनी जीत पर ख़ुश होता भुजंगी लहराते हुए क़दमों से उनके पास पहुँचा। शशि वैसे ही लेटा हुआ था। उसने कोई हरकत नहीं की। भुजंगी ने पिस्तौल अपने दायें हाथ से बायें हाथ में ली और दायें हाथ से शशि के कंधे पर पड़ा हुआ बैग खींचने के लिए नीचे की तरफ़ झुका। ठीक इसी पल शशि के

बदन मैं हरकत हुई और उसने अपनी पिस्तौल तानकर ट्रिगर दबा दिया. सेकंड के भीतर ही भुजंगी का बदन कटे हुए पेड़ की तरह ज़मीन पर गिर पड़ा।

सब इतनी घबराहट में हुआ था, शशि को ख़ुद पर यक़ीन नहीं हो रहा था कि उसने अभी क्या किया था? भुजंगी ने नेहने के साथ जो किया उसका ग़ुस्सा था, या फिर पैसे जाने का डर? या शायद मुकरी की हालत देखकर घबराहट में उसने ऐसा किया था। न जाने किस कारण से उसके हाथ से गोली चली थी, लेकिन गोली तो अपना काम पूरा कर चुकी थी। ज़मीन पर दो लाशें पड़ी थीं और वहाँ खड़ा था एक ज़िंदा आदमी शशि। दो-दो गोलियाँ चलने की वजह से आस-पास हरकत होने लगी थी। पास वाले मकान की खिड़की खुली। जल्दी ही वहाँ लोग इकट्ठे हो सकते थे। शशि ने तुरंत फ़ैसला लिया बैग को उसने कस कर पकड़ा और गलियों में से होता हुआ भागने लगा।

वह भागता रहा, भागता रहा। अब उसे कोई भी जगह महफ़ूज़ नज़र नहीं आ रही थी। ग़लती से ही सही उसके हाथों से ख़ून हुआ था। उसे हर क़दम यह लग रहा था कि कोई उसके पीछे आएगा। कोई उसे देख रहा है, बस पुलिस उस तक पहुँच रही है। घबराहट में उसका दिल बुरी तरह धड़क रहा था, उसके समझ में नहीं आ रहा था कि क्या किया जाए?

उस जगह से बहुत दूर पहुँचकर जब उससे और नहीं भागा गया तो ठहरकर उसने ज़ोर की साँस ली। अपने कंधे से लटके हुए उस बैग को उसने देखा वह ठीक था। अपनी कमर को चेक किया रिवॉल्वर भी थी। अपने हाथों पर लगा हुआ ख़ून उसने साफ़ किया। उसने देखा कि भागते-भागते वह ताजमहल के गेट नंबर चार के पास है जहाँ आस-पास सस्ते होटल और लॉज थे। घर जाना इस वक़्त सेफ़ नहीं लग रहा था। उसने सोचा आज रात किसी सस्ते से होटल में ही गुज़ार ली जाए, जो उस वक़्त के हिसाब से सही फ़ैसला था।

शशि होटल में पहुँचा और अंदर पहुँचकर उसने ख़ुद को कमरे में बंद कर लिया। उसका शरीर पसीने से नहाया हुआ था। वो बिस्तर पर आ तो गया था लेकिन घबराहट में उसे नींद ही नहीं आ रही थी। ना जाने कब तक वो अपने साथ हुई सारी घटनाओं को सोचता रहा। वो बेईमान, धोखेबाज़ के साथ अब हत्यारा भी बन चुका था लेकिन उसके पास कोई रास्ता भी कहाँ था। एक लाश तो भुजंगी गिरा ही चुका था, उसको भी वैसे ही मार देता। फिर उसने ख़ुद को याद दिलाया कि वो क्यों बार-बार ये भूल जाता है कि नेहने की हालत का ज़िम्मेदार

वही शख़्स था और फिर रूपा को भी उसने ही मारा था। ऐसे राक्षस को तो वैसे भी मर ही जाना चाहिए था। उसके हाथों से हुआ तो अच्छा ही हुआ। जब सुबह होने को ही थी तब जाकर कहीं उसकी आँख लगी।

आशुतोष तुम औघड़ दानी

तो कथा कुछ ऐसे थी कि राजा हिमाचल ने अपनी बेटी पार्वती का रिश्ता लेकर बिरमा नाई को कैलाशवासी शंकर जी के पास भेजा था।

माता पार्वती पहले ही तपस्या करके भोलेनाथ को मना चुकी थीं। उस समय भी आदि देव महेश ने उन्हें बहुत समझाया कि गौरा तुम राजा की राजदुलारी हो और हम ठहरे कैलाश निवासी जटाधारी, हमारे संग बर्र-ततइया, साँप-बिच्छू, भूत-पिशाच, आंकनी-डंकिनी धूनी रमाये रहते हैं, न ओढ़ने को लिहाफ़, न बिछाने को बिछौना और स्वादिष्ट भोजन की तो कल्पना ही मत करो। इसलिए हे राजकुमारी यहाँ तुम्हारो निर्वाह कैसे होगो? कुछ और वैभव माँग लो, हमसे ब्याह की रट मत लगाओ। पर माता पार्वती भी अपनी बात पर अटल रहीं तो अविनाशी भोलेनाथ कब तक न मानते, भक्त को तपस्या का फल तो देना ही था सो देवों के देव ने गौरीनाथ होना स्वीकार कर लिया था।

अब परंपरा के हिसाब से जब बिरमा नाई रिश्ता लेकर पहुँचे। भूतनाथ के हाथ पर नारियल-मुद्रा रखकर रोका की रस्म भी संगी-साथियों के सामने पूरी होने के बाद बिरमा नाई बोला, "लाओ महाराज दक्षिणा दो हमें और चलन दो।"

बाबा बोले, "देख भई हमने तो पहले ही कही थी के हम हैं औघड़ हमारे

पास है ही का देने को?"

पर नाऊ और वामन अपनी दक्षिणा कहाँ छोड़े हैं। बिरमा ने त्रिपुरारी से कहा, "देखो महाराज चार लोगन की दक्षिणा कभी न रोके हैं- धोबी की धुलाई, जमादार की सफ़ाई, नाऊ की कटाई और पंडित की पंडिताई। मैंने आपके यहाँ शुभ कारज करके पंडित का काम किया है तो दक्षिणा तो कछु न कछु तो देनी ही पड़ेगी।"

इस पर पशुपतिनाथ बोले, "अच्छा ऐसा है तो हमारा ये बिच्छू ले जा इसका डंक बड़ा ही तेज़ है।" उन्होंने अपने कान से लटका एक बिच्छू खींचा और उसे बिरमा की तरफ़ फेंक दिया।

बिरमा नाई की तो चीख़ निकल गई, उछल पड़ा। मुश्किल से बिच्छू को अपने ऊपर गिरने से बचा पाया, "जे का कर रहे हो यजमान? बिच्छू भी कोई देवे की चीज़ है? और फिर हम जाको का करेंगे?"

उसकी बात सुनकर त्रिपुरारी अपने गणों पर नज़र डालते हुए बोले, "तो ये हमारा नाग ले जा बहुत ज़हरीला है, नहीं तो कांतर ले जा, और जेऊ न पसंद तो ये बड़ी वाली गोह ले जा, जो तेरे को खेती-बाड़ी करनी हो तो जे हमारो नदिया ले जा, और जो तेरा मन हो तो दो-तीन ठो पिशाच ले जा, नहीं तो हमाए पार्षद भृंगी को ले जा जाकि तीन-तीन टाँग हैं।"

नंदी समेत बाबा के तमाम गण यहाँ-वहाँ भागन लगे, छिपन लगे। अरे आज बाबा को का हुआ ये तो हमें ही दिए दे रहे हैं। लग रही है आज भाँग ज़्यादा तगड़ी बन गई। सब एक-दूसरे को ऐसे देखें जैसे ग़ुस्सा रहे हों कि आज किसने घोटी थी। फिर सब उनकी तरफ़ देखते हुए बोले, "बाबा पर्वतेश्वर हमें चौं अलग करे दे रहे हो? हमसे कौन-सी मिस्टेक हो गई?"

बाबा अचलेश्वर कुछ कहते उससे पहले ही बिरमा बोल पड़ा, "ये सब आइटम तुम्हीं राखे रखो, हमें कछु और दे देओ।"

तो रुंडमुंडमाला धारी मन कामेश्वर बोले, "जैसी तेरी मर्ज़ी। हम तो तुझे अपनी फ़ेवरेट वस्तुएँ ही दे रहे थे, जो तेरी मर्ज़ी ना है तो नो प्रॉबलम।" कहते हुए उन्होंने अपने पीछे रखे झोले में हाथ डाला।

महारुद्र की ये बात सुनते ही बिरमा को लगा अब माल आ रहा है इसलिए उसने भी अपनी झोली फैला दी और आदिदेव ने भी झोले में से दो मुट्ठी भभूति उसकी झोली में डाल दी।

अब तो बिरमा और नाराज़ हुआ और सोचने लगा कि यहाँ व्यर्थ में दिमाग़ मारने से कुछ लाभ नहीं है ये आदमी तो वाक़ई में कड़का है। लोग सोना-चाँदी पोटली में रखते हैं और ये राख छिपाए फिरे है। यहाँ से निकल ही चलो। पूरे रस्ते बिरमा अपने आज के इस करवाए रिश्ते के लिए ख़ुद पर नाराज़ होता रहा और सोचने लगा कि वापस जाकर लड़की वालों के मुँह पर फेकूँगा लेकिन जब उसने उस राख को घर पहुँचकर दोबारा देखा तो राख तो कहीं थी ही नहीं, वो सब सोना, चाँदी, हीरे, माणिक्य में बदल चुकी थी। अब बिरमा को प्रभु लीला समझ आई।

इसके बाद जब बिरमा दोबारा बाबा भोले के पास उनकी लगुन-सगाई लेकर पहुँचा था तो लगुन-सगाई चढ़ाने के बाद उसने फिर से बाबा भंडारी से दक्षिणा माँगी तो वो बिरमा के मन की बात समझ गए। वो बोले, "बिरमा अभी तो मैं थोड़ा चिलम खींचने में बिज़ी हूँ, तू अपने ही हाथ से ले जा अगर तेरे को भभूत ही चाहिए तो।"

बिरमा भारी ख़ुश, सोचने लगा अगर भोले ख़ुद देते तो दो-चार मुट्ठी से ज़्यादा क्या देते, लेकिन जब ख़ुद ही भरनी है तो कितनी भी भर लो। लालच में मति-भ्रष्ट बिरमा ने राख की इतनी बड़ी गठरी बना ली कि उस पर सीधे चला भी नहीं जा रहा था। घर लौटकर अपनी पत्नी को बुलाकर कहता है कि आज तो देख इतना स्वर्ण लाया हूँ कि अपनी दस पुश्तें बैठकर उड़ाएँगी तब भी ख़त्म नहीं होगा।

दोनों पति-पत्नी ने जब गठरी खोली तो उसमें से साँप-बिच्छू-कांतर निकलकर पूरे घर में भागने लगे। 'सत्यानाश' बिरमा ख़ुद को कोसते हुए सपत्नीक उन्हें उठा-उठाकर घर से बाहर फेंकने लगा। लेकिन जितना वो फेंके वो उतने ही बढ़ते जाएँ। बिरमा को अपनी लालच और प्रभु की माया का जब बोध हुआ तो उसने दानेश्वर बाबा बर्फ़ानी से प्रार्थना की और अपनी भूल स्वीकार की। बाबा तो भक्तों के लिए भोले हैं ही उन्होंने भी अपना डमरू बजाया और ऐसी आँधी चली कि सब साँप-बिच्छू ग़ायब हो गए।

जब जगदीश्वर स्वयं अपनी मर्ज़ी से देता है तो राख भी सोना-चाँदी हो जाती है और जो आदमी लालच में उसको भी पाने की कोशिश करें जिस पर उसका हक़ नहीं है तो वो सिवाय मुसीबत और आफ़तों के कुछ नहीं पाता।

पग घुँघरू बाँध मीरा नाची थी

रात को देर से सोने के कारण शशि अगले दिन भी काफ़ी देर से उठा। जागने के बाद भी वो बहुत देर तक बिस्तर पर पड़ा रहा और पिछली रात के वाक़ये को सोचता रहा। बिस्तर से उठने की हिम्मत ही नहीं हो रही थी। बहुत देर के बाद वो उठकर फ्रेश हुआ फिर चाय-नाश्ते का ऑर्डर दिया। नाश्ते के साथ होटल का लड़का अख़बार भी ले आया। नाश्ते करने से पहले उसने अख़बार खोल लिया और सीधे ही लोकल न्यूज़ वाले पेज पर पहुँचा।

सामने ही हेडलाइन थी- ताजगंज में गोलीबाज़ी, दो की मौत। शशि ने पूरी ख़बर को दो बार पढ़ा लेकिन कहीं भी उसका कोई ज़िक्र नहीं था। ख़बर में बस इतना ही था कि दो पक्षों में आपसी भिड़ंत हुई और दो की मौत हो गई। पुलिस को शक था कि और लोग भी घटना स्थल पर मौजूद थे और फ़रार हो गए होंगे। मरने वालों में से एक हिस्ट्रीशीटर था और दूसरा भी काले कारनामों में लिप्त बताया जा रहा था।

शशि को थोड़ी राहत की साँस आई। उसने जमकर नाश्ता किया। फिर चाय के साथ उसने सिगरेट सुलगा ली और टीवी चालू कर दी।

होटल छोटा-सा था तो उसमें टाटा स्काई जैसी सर्विस नहीं थी बल्कि

लोकल डीटीएच था। अपनी और तसल्ली के लिए शशि ने लोकल न्यूज़ चैनल लगाया। थोड़ी देर नोटबंदी और बैंकों से जुड़ी ख़बरों के बाद वो ख़बर आ गई जिसको वो खोज रहा था। एक लोकल संवाददाता ख़बर को कवर कर रहा था। उसकी पूरी कोशिश थी कि वो किसी बड़े न्यूज़ एंकर की तरह ख़ुद को पेश करे लेकिन था तो वो आगरा का ही लफंटर।

जैसे-जैसे पत्रकारिता ने देश में अपने पाँव पसारे वैसे-वैसे लोकल न्यूज़, लोकल पत्रकारिता के नाम पर धड़ल्ले से ऑफ़िस पर ऑफ़िस खुलने लगे। अब इतने सारे पत्रकारिता में दीक्षित लोग कहाँ थे? थोड़े सक्षम और रसूखदार लोगों ने नई-नई न्यूज़ एजेंसी ले ली और ब्यूरो चीफ़ बन बैठे। छुटभैया बदमाश और गली-मोहल्ले के आवारा चिरकुट लोग पत्रकार बन बैठे। इनका पूरा उद्देश्य बस रौब झाड़े रहना और ब्लैकमेलिंग करना ही था। दिन भर में कहीं से हज़ार-पाँच सौ का जुगाड़ बैठ जाए बस जय राम जी की। फ़्री का खाना, फ़्री का पीना और इससे ज़्यादा इनको कुछ चाहिए भी नहीं था।

तो लोकल पत्रकार न्यूज़ कवर कर रहा था- "बीती देर रात गए ताजगंज में दो पक्षों के बीच गोलीबारी हुई। जी हाँ ये वही जगह है जहाँ रात को गोलियाँ चलीं और दो लोग मारे गए। मरने वालों में से एक था ताजगंज का नामी बदमाश भुजंगी। जी हाँ, सही सुना आपने, ये वही भुजंगी था जो क़त्ल सहित और भी बहुत सारे मुक़दमों में नामज़द था, दूसरा पास की ही बस्ती का रहने वाला मुकेश उर्फ़ मुकरी था।"

इसके बाद सीधे पुलिस का बयान दिखाया जाने लगा जिसमें एस.पी. बयान दे रहे थे- "पहली दृष्टि में ये आपसी रंजिश या वर्चस्व की लड़ाई का मामला जान पड़ता है, क्योंकि दोनों ही मारे जाने वाले लोग साधारण नागरिक नहीं थे बल्कि दोनों का ही पुलिस रेकॉर्ड था। भुजंगी दोहरे मर्डर केस के अलावा कई मुक़दमों में नामज़द था, तो वहीं दूसरा मृतक भी ऑनलाइन OLX वग़ैरह जैसी साइट्स पर भोले लोगों की ठगी करने वाले गिरोह में शामिल था। हमें इसकी तलाश थी। संभावना ये भी है कि ये दोनों गिरोह आपस में मिले हुए भी हों और पैसों की बंदरबाँट के चलते आपसी मुठभेड़ हुई हो। इनके गिरोह का कथित सरगना दारा भी पहले से जेल में बंद है। उससे भी पूछताछ की जाएगी। घटना स्थल पर एक महिला ने किसी तीसरे व्यक्ति की मौजूदगी होना कन्फ़र्म किया है जिसके बारे में तलाश जारी है। जल्दी ही पूरा केस सामने आ जाएगा।"

ये आख़िरी की लाइन शशि के सीने में काँटे जैसी चुभी। इसके तुरंत बाद ही लोकल पत्रकार स्क्रीन पर आ गया- "अब आइए आपको ले चलते हैं उस महिला के पास जिन्होंने बीती रात उस तीसरे आदमी को यहाँ देखा था।" कैमरा दूसरी ओर घुमाया गया, जहाँ दो औरतें खड़ी थीं। दोनों ने लंबा-सा घूँघट काढ़ रखा था। उसके बग़ल में तीन लोग और खड़े थे। एक अधेड़ था और बाक़ी के दो नई उम्र के लड़के थे। दोनों ही रंग-बिरंगे चश्मे टाँचे ऐसे खड़े थे जैसे उनका ही लाइव टेलीकास्ट होने जा रहा हो।

"हाँ तो बहन जी, आप बताएँ कि आपने पिछली रात क्या देखा?" पत्रकार ने अपना माइक महिला के मुँह में घुसड़ने की कोशिश की लेकिन घूँघट का बैरिकेड आड़े आ गया।

"हम रात को सो रहे थे तो अचानक से एक धाँय की आवाज़ आई हमने सोची कोई उधम मचा रौ है, पटक्खा छोड़ के। वैसे तो इहाँ के मोड़ा तो कट्टा लेके घूमत रेत हैं और हवाई फायर ऊ करते रेहवें हैं तो सोची कि कहूँ काऊ ने गोली तो न चलाई। फिर नेक देर पीछे एक और गोली चली फिर भड़ाम से आवाज़ भी आई हती। हमने अपनी खड़किया खोल के देखी तो एक आदमी सीधे को भज निकरों। हमने अपने इन्हें बताई जे उठ के आए।" महिला ने अपने पति की ओर इशारा किया।

माइक पति ने कैप्चर कर लिया, "हमने उठ के सबमें जगार करी तब काऊ ने 100 लंबर पे फ़ोन लगाओ और पुलिस आई तब उन्हें उठाके लेके गई।"

पत्रकार फिर से महिला की तरफ़ माइक करके बोला, "तो आपने देखा था कि भागने वाला दिखने में कैसा था?"

इधर शशि के दिल कि धड़कन बढ़ती जा रही थी। वो तेज़ी से सिगरेट सूतने लगा।

"ना, देख तो न पाए ठीक से। नेक देर में वो भज निकरों। रात भी हति और फिर लाइट भी न जल रही सामने वाले खंभा की, लेकिन वा ने लाल स्वेटर पहन रखो हतो।"

शशि ने ख़ुद को देखा वो लाल स्वेटर उसने अभी तक पहन रखा था। उसने तुरंत ही उसे उतारकर अपने बैग में घुसा दिया।

पत्रकार बोल ही रहा था, "खंभे की लाइट का क्या बहन जी आप लोग अपने घर भी लाइट नहीं जलाते हो। ये देखिए ये आपने घर के बाहर ज़ीरो वाट

का बल्ब लगा रखा है और वो भी लाल रंग का। अगर रात को ये जलता भी होगा तो क्या दिखता होगा इसमें। ठीक आपके घर के सामने की घटना है। ऊपर से आप इतना लंबा घूँघट करके रखी हैं वो भी लाल साड़ी पहने हुए हैं आप... इस घूँघट में और इस लाल रंग के बल्ब के कारण, ये भी तो हो सकता है कि उसने कुछ और पहन रखा और आपको लाल-लाल ही दिख रहा हो।"

शशि को लगा कि जैसे वो पत्रकार उसी का दोस्त हो। कुछ चैन मिला ये सुनकर उसको। लेकिन पत्रकार को ऐसे बात करते हुए देखकर पास के दोनों लड़के ताव खा गए और उसके माइक से छीना-झपटी करने लगे। तभी कैमरा कट हो गया।

शशि को डर लग रहा था। वो सोचने लगा कि अगर पुलिस ने अच्छे से कुरेदना शुरू किया तो कहीं उस तक पहुँच ही न जाए? उसे अब ख़ुद के साथ-साथ बिंटू और नेहने की भी चिंता सताने लगी। फ़िलहाल तो उसे कुछ दिन अंडरग्राउंड होकर जायज़ा लेना चाहिए कि माहौल किस तरफ़ जा रहा है। लेकिन कैसे और कहाँ जाया जाए इस सवाल का जवाब उसके पास नहीं था। ये भी उसने ठीक ही किया था कि बिंटू की रिहाई और नेहने के इलाज में लगने वाले पैसों का इंतज़ाम पहले ही कर दिया था। तो उस ओर से तो वो निश्चिंत रह सकता था। अब उसे ख़ुद के लिए ही कुछ करना था और पैसे उसके पास थे ही। उसे कुछ और तिकड़मी और असंदिग्ध टाइप का कुछ करना था। वो इसी उधेड़बुन में लगा रहा, घंटों तक सोचता रहा, सिगरेट पर सिगरेट पीता रहा और फिर सोचते-सोचते दोबारा सो गया।

***

शाम में जब वो उठा तो थोड़ा फ्रेश फ़ील कर रहा था। उसका फ़ोन डिस्चार्ज हो चुका था, चार्जर उसके पास था नहीं। रूम लॉक करके और अपने आस-पास नज़र रखते हुए वो नीचे पहुँचा।

पास ही की एक दुकान से उसने ज़रूरत के कुछ कपड़े ख़रीदे। फिर उसने एक दुकान पर जाकर सिगरेट ख़रीदी और वहीं खड़े होकर पीने लगा। वहीं थोड़ी दूर आगे उसे लोगों का हुजूम दिखाई पड़ा, कुछ शोर-शराबा भी हो रहा था। उसके मन में जिज्ञासा हुई कि देखा जाए आख़िर क्या हो रहा है? धीमे-धीमे क़दमों से धुआँ उड़ाता हुआ सावधानी से वो उस तरफ़ बढ़ने लगा।

पास पहुँचते ही शोर संगीत की तरह सुनाई देना लगा। कोई गा-बजा रहा था,

ये तो साफ़ हो गया था लेकिन गाने-बजाने वाले का संगीत भी अलग था और आवाज़ भी। भीड़ को थोड़ा चीरकर जब शशि ने झाँककर देखा तो पाया एक अंग्रेज़ युवक और दो अंग्रेज़ युवतियाँ थीं। अंग्रेज़ गिटार बजा रहा था और दोनों लड़कियाँ उस लड़के के सुर में सुर मिलाकर तालियाँ बजाते हुए गाना गा रही थीं। उनमें से एक बीच-बीच में माउथ ऑर्गन भी बजाने लग जाती थी। तीनों का हुलिया और पहनावा भी अलग था। लड़का 30 के लपेटे में था, कंधों तक झूलते बड़े बाल, दुबला पतला शरीर भारी मूँछें और ठोढ़ी पर बकरा दाढ़ी जिनमें उसने मोती पिरो रखे थे, कैप्टन जैक्स पियरो की तरह। लड़कियाँ भी 25 से तीस साल के बीच में ही थी और उन्होंने डार्क रंग का ढीला पजामा पहन रखा था। दोनों ने टीशर्ट पहनी हुई थी और उनमें से एक ने टी शर्ट के ऊपर पतला-सा कार्डिगन डाल रखा था। तीनों देखने में बहुत आकर्षक थे। रंग बहुत गोरा था और गोरा क्या कहिए, एकदम लाल पड़े हुए थे।

नवंबर की इस शाम में भी तीनों को ठंड महसूस नहीं हो रही थी। गाते-गाते लड़के का स्वर और ऊँचा हो गया- "शिव शिव शिव शम्भू, शिव शिव शिव शम्भू, महादेव शम्भो महादेव शम्भू..."

बीच में लड़की ने उठकर नारे जैसा जयकारा लगाया- "जय शिवा..." भीड़ तालियाँ पीटने लगी, कोई सीटी मारने लगा। कोई हू-हू करके उनका जोश बढ़ाने लगा- "शिव शिव शिव शम्भू, शिव शिव शिव शम्भू, महादेव शम्भो महादेव शम्भू..."

तीनों गाते-बजाते हुए इतने ख़ुश लग रहे थे जैसे इस शिव भजन को गाने में उन्हें अपार आनंद मिल रहा हो और भोलेनाथ उनके कुलदेवता हों। उनमें से कार्डिगन पहने हुई लड़की उठकर नाचने लगी। अब भीड़ को और जोश आ गया। हो-हल्ला और भी तेज़ हो गया। उनका गाना जारी रहा- "बोलो शिव शिव शिव शम्भू, शिव शिव शिव शम्भू, महादेव शम्भो महादेव शम्भू..." उनके गाने की रिद्म तेज़ होती गई और उनके साथ-साथ सब तालियाँ बजाने लगे।

शशि ने देखा कि उन्होंने पास में ही एक कार्ड बोर्ड रखा हुआ था जिस पर लिखा था- Demonitisation Victims. No Money ! You can help us.

फिर दूसरी लड़की उठी और एक छोटे से बैग को सबके सामने ले जाकर पैसे माँगने लगी। सब लोग कुछ-कुछ पैसे अपने हिसाब से दे रहे थे। किसी ने

10 दिए, किसी ने पाँच, तो वहीं एक एक रुपये देने वाले लोग भी थे। कुछ एक ही दरियादिल थे जिन्होंने 50 से 100 रुपये तक दिए। कुछ लोग जो अब तक ज़ोर-ज़ोर से सीटियाँ मार रहे थे, पैसे इकट्ठा होते देख वे यहाँ-वहाँ सरकने लगे। गाना-बजाना ख़त्म होने तक उन्होंने कुछेक सौ रुपये इकट्ठा कर लिए थे। उनके लिए बहुत नाकाफ़ी थे लेकिन वो उदास और हताश नहीं दिख रहे थे।

भीड़ छँट चुकी थी और वो लोग पैसे समेटकर जाने की तैयारी में ही थे कि शशि को ना जाने क्या सूझा, उसने आगे बढ़कर 2000 का नोट उन लोगों को दिया। ये देखकर वो लोग काफ़ी कृतघ्न दिखे। तीनों ने अपना सर झुकाकर उसको थैंक यू भी कहा। बदले में शशि सिर्फ़ मुस्कुराकर रह गया और वहाँ से चलने लगा। उनके गाने के चक्कर में वो चार्जर ख़रीदना भूल ही गया था। वो तीनों फिरंगी भी अपना सामान समेटकर बढ़ने लगे। होटल के रिसेप्शन पर पहुँचकर वो मैनेजर से बोतल का जुगाड़ करने के लिए कहने ही वाला था कि उसने देखा कि तीनों अंग्रेज़ उसी होटल में घुस आए थे। एक बारगी शशि को कुछ समझ नहीं आया। वो सोचने लगा कि ये तो साले पीछे-पीछे ही चले आए और पैसा माँगने के लिए साले भिखमंगे कहीं के। ख़ैर क्या समय आ गया था, एक समय था जब हिंदुस्तानी अंग्रेज़ों के आगे हाथ फैलाता था और अब मोदी जी ने उलटी गंगा बहवा दी थी। अंग्रेज़ हिंदुस्तानियों के आगे हाथ पसारे खड़े थे। अंग्रेज़ लड़का उसको देखकर बोला, "O hi ! Are you staying here ?"

पहले तो शशि कुछ समझ नहीं पाया ऐसा नहीं था कि उसे अंग्रेज़ी बिलकुल नहीं आती थी। ताजमहल पर सालों तक काम करने की वजह से वो थोड़ी बहुत अंग्रेज़ी के अलावा भी कई भाषाएँ समझता भी था बोलना भी जानता था। फिर उनकी बात को समझते हुए बोला, "आई... आई यस यस आई स्टे हियर।"

"Thats strange... but nice. we are also in this hotel. By the way myself Freddi." उसने अपना हाथ मिलाने के लिए शशि की तरफ़ बढ़ाया। शशि ने इशारा समझकर हाथ मिलाया और मिलाता ही रहा। फ्रेडी उसकी तरह सवालिया नज़रों से देख रहा था। शशि फिर भी नहीं समझा तो उसने पूछ ही लिया, "Your good name ?"

"ओह ! मैं शशि ! माई नेम इज़ शशि।"

"Shashee its nice to meet you. Meet my friends." उसने अपनी दोस्तों की तरफ़ इशारा करते हुए कहा, "She is Grace and she is Zoe."

दोनों लड़कियों ने उसको हेलो करके हाथ मिलाया। कार्डिगन पहने हुई लड़की का नाम जोई था। शशि को जोई कुछ ज़्यादा ही आकर्षक लग रही थी। जोई ने भी आगे बढ़कर उससे कहा, "Shashi you are really a nice and kind hearted man. Its a pleasure to meet you."

शशि तारीफ़ सुनकर थोड़ा शर्मा-सा गया।

"In which room you are ?" फ्रेडी ने पूछा।

"आई इन..." उसे अपना कमरा याद ही कहाँ था। उसने अपनी जेब टटोलते हुए कमरे की चाबी निकाली और देखकर बोला- "203"

"Woah thats very good man. We are in room no 206 and 207. You can come any time. Ok see you soon Shashee."

इतना कहकर वो लोग सीढ़ियों की तरफ़ बढ़ गए। शशि भी अपना चार्जर और दारू भूलकर पीछे-पीछे चढ़ने लगा। वो हँसते हुए कुछ बातें करते हुए अपने रूम की तरफ़ बढ़ गए। शशि ने जल्दी से आकर दरवाज़ा खोला और अपना सामान रखकर तुरंत बाहर आया। वो लोग भी अपना रूम खोलकर अंदर जाने वाले ही थे। शशि को ना जाने क्या सूझा उसने उन्हें फिर से आवाज़ दी।

"हेल्लो एक्सक्यूज़ मी!"

"Yes Shashee." जोई ने पलटकर पूछा।

"यू वांट टी... कम... आई ऑर्डर... वी सिप टी।" शशि टूटी-फूटी ज़बान में बोला।

जोई हलके से मुस्कुराने लगी, "We dont have tea dear. Thank you but if you wanna try green tea you can join us, come."

न्योता था, अंग्रेज़ों का और उसमें भी ख़ूबसूरत लड़की का, कैसे मना करता बेचारा। यस यस ओके ओके कहता हुआ अपना कमरा बंद करके उनके कमरे की तरफ़ बढ़ गया।

उनका कमरा शशि के कमरे से काफ़ी बड़ा था उसमें एक सोफ़ा और टेबल भी थी। कमरा पूरा अस्त-व्यस्त पड़ा था। कमरे में घुसते ही जोई कहने लगी, "Our room is completely mess please don't mind."

"नो नो इट इज़ गुड।" शशि कमरे के चारों तरफ़ नज़रें दौड़ाते हुए बोला।

दूसरी लड़की बाथरूम में घुस गई। फ्रेडी खिड़कियाँ खोलने लगा।

"Sit." जोई ने बैठने को कहा। शशि बैठने को हुआ तो जोई ने उसे रोकते हुए उसके नीचे पड़ी हुई ब्रा उठा ली और शर्माते हुए बोली, "So sorry!"

उसके सॉरी कहने के अंदाज़ पर शशि भीतर-ही-भीतर डांस करने लगा। तब तक बाक़ी दोनों भी आ गए। फ्रेडी ने एक पानी की बोतल उठाई और केतली में चाय बनाने के लिए पानी गरम करने लगा।

थोड़ी ही देर में सब ग्रीन टी की चुस्कियाँ लेने लगे।

फ्रेडी ने सवाल पूछा, "So you are also here for Taj?"

शशि सवाल से थोड़ा चौंका फिर सँभलकर बोला, "नो नो... नो ताज आई एम हियर फ़ॉर बिज़नस।"

उसे लगा वो सबको थोड़ा इम्प्रेस कर देगा और फिर वो अपनी असल पहचान छुपाना भी चाहता था। क्या बोलता कि वो तो पक्का ताजगंजी है, यहीं ताजमहल के बारामदे में खेलता हुआ बड़ा हुआ है।

"What business you did Shashi?" इस बार सवाल ग्रेस ने पूछा।

इस सवाल के जवाब के लिए भी वो तैयार नहीं था। वो मुंडी नीचे लटकाए हुए था और नज़र नीचे बिछे हुए क़ालीन पर थी वो झटके में बोला, कारपेट, कारपेट सप्लाई बिज़नेस।"

इससे पहले कि वो और कोई सवाल पूछते उसने ही सवाल दाग दिया, "यू आर हीयर फ़ॉर ताज, हैव यू सीन?"

जवाब फ्रेडी ने दिया, "Ohh yes already visited two three times. But we are stuck here. Due to demonitisation we have no money. The money we have all are in older notes. People charged a lot for exchange with new notes. You know they charged even 60%. First we have to pay for exchange with our currency and again for these new notes. In banks and ATMs every place huge lines. Even after for sitting for full day we were unable to withdraw money."

फ्रेडी ने मुँह लटकाते हुए कहा। फिर जोई बोलने लगी, "You know everyone here is not kind hearted like you. Most of the people mocks us when we are standing in Bank queues.

Ohh God we are all missing our home. We want to go home but we have no money. God knows when we will return. We are in pathetic condition."

जोई बहुत उदास हो गई जो कि शशि को बिलकुल भी अच्छा नहीं लगा। बात को सँभालने के लिए ग्रेस बोलने लगी, "you know your government may have did for benefit of this country but they should have some plans for the tourist also so that should not face difficulties."

शशि कुछ बोल पाता तब तक उसने देखा कि फ्रेडी एक तंबाकू का पैकेट खोलकर सिगरेट बनाने लगता है। ग्रेस फ्रेडी की तरफ़ घूरकर देखती है लेकिन फ्रेडी पर उसका कोई असर नहीं होता।

फ्रेडी ने सिगरेट सुलगा ली और उसके पफ़ छोड़ते ही कमरा धुएँ से भर गया। उस धुएँ की महक बाक़ी सिगरेटों से अलग थी, इतना तो अब शशि को समझ आ जाता है कि उस सिगरेट में तम्बाकू के अलावा कुछ और भी भरा हुआ था।

उसे पीता देख शशि को भी सिगरेट की तलब उठती है, उसने भी सिगरेट निकाली और बेतकल्लुफ़ी से जोई और ग्रेस को भी सिगरेट ऑफ़र किया। उनके सिगरेट लेने के बाद वो उठकर पहले उन दोनों की फिर बाद में अपनी सिगरेट जलाता है। अभी उसने दो तीन कश ही लिए थे कि फ्रेडी बोल पड़ा, "You should smoke this tombacco. This is pure herbal and less harmful. Try this." इतना कहकर वह अपनी सिगरेट उसकी तरफ़ बढ़ा देता है।

लेकिन शशि मुस्कुराकर मना कर देता है और बोलता है, "मैं ये नहीं, वो... आई मीन ड्रिंक!" वो पीने का इशारा करता है। तीनों मुस्कुरा पड़ते हैं। वो फिर बोलता है, "यू वांट ड्रिंक... हार्ड ड्रिंक ?"

"Ohh dear sometimes we also have. But now a days we can't afford." जोई ने कहा।

"नो नो... नो नो... मनी नो टेंशन... हम खड़े हैं न... मतबल आई एम हीयर। आई विल अरेंज... यू से... ओनली।" शशि अब उनके दोस्तों की तरह व्यवहार करने लगा था।

जोई ने थोड़ा कंफ्यूज़न से बाक़ी दोस्तों की तरफ़ देखा फिर मूक सहमति पाकर बोली, "Ohk."

शशि ने तुरंत ख़ुश होते हुए रिसेप्शन पर फ़ोन लगाया और एक लड़के को भेजने के लिए कहा।

कमरे में अब चारों ही थोड़ा सहज होने लगे थे और फ्रेडी तो कुछ ज़्यादा ही सहज हो गया था। उसने फिर से शशि की तरफ़ सिगरेट बढ़ाते हुए कहा, "Try, you will love this."

इस बार शशि ने अपनी सिगरेट बुझाकर उसकी पकड़ ही ली। सोचा एक-दो पफ़ में उसका क्या हो जाएगा, आधी बोतल पीकर जब वो सीधा खड़ा रहता है तो। शशि ने एक ड्रैग लिया और उसका धुआँ बड़े ही आराम से उसके गले और नाक से होते हुए फेंफड़ों में पहुँचने लगा उसे एक ज़ोर की खाँसी उठी। वो खाँसने लगा। सिगरेट उससे ग्रेस ने ले ली और बुझा दी। जोई ने उसको पीने के लिए पानी दिया वो तब जाकर थोड़ा आराम में आया। वो तीनों हँसने लगे और बोले, "You are such a naive man."

शशि को कुछ समझ नहीं आया वो चुपचाप सोफ़े पर बैठ गया। तब तक होटल के बैरे ने आकर दरवाज़े पर दस्तक दी। दरवाज़ा जोई ने उठकर खोल दिया और उसके अंदर आने से पहले ही शशि को बोली, "Shashee what you wanna order?"

शशि उठकर बोला, "एनीथिंग यू लाइक।"

जोई ग्रेस की तरफ़ देखकर बोली, "ब्लैक लेबल?" जोई की सहमति पाकर उसने वेटर से कहा, "One bottle black label."

फिर मामला शशि ने अपने हाथों में लिया और बोला, "हाँ वही जो मैडम बोल रही हैं और कुछ खाने को भी गर्म-गर्म ले आना चिकेन पनीर टिक्का टाइप।"

उनके कमरों में शशि को खड़ा होकर ऑर्डर करते हुए देख वेटर अपनी मुस्कान छुपाते हुए बोला, "ठीक है सर।"

शशि ने दो हज़ार का नोट उसकी तरफ़ बढ़ाया तो वो हैरानी से उसकी तरफ़ देखने लगा।

"क्यों ज़्यादा है क्या? ऑर्डर लेकर आ, बाक़ी छुट्टा तू रख लियो।"

"ज़्यादा? इसमें तो बोतल भी नहीं आएगी।" लड़का शशि से बोला।

"अच्छा तो कितने की आएगी?"

"पाँच हज़ार की।"

"पाँच हज़ार भो#$# के टूरिस्टों को लूटते हो? चूतिया समझ रक्खो है, यहीं को हूँ मैं।"

वेटर समझ गया कि वो लोकल ही है, लेकिन फिर बोला, "देखो सर गारी तो देओ मति, कहूँ के हों चाहे। वो ठेका वारो का मेरो फूफा है जो सस्ती दे देगो 4,500 की तो मिलेगी ही फिर मैं मोटरसाइकिल ते लेवे जांगो और फिर होटल में एलाउ भी न है। कछु तो रखेंगे हमहूँ।"

इतनी महँगी शराब भेंचो क्यों पीते हैं लोग और काहे को पीते हैं। लेकिन अब तो इज़्ज़त रखनी ही थी तो उसने दो नोट दो हज़ार के और निकाले और देते हुए कहा, "अच्छा चल ठीक है लेके आ।"

अब जब तो इतना ख़र्चा कर ही रहा था तो उसने सोचा क्यों न इन अग्रेंज़ों के साथ ही कहीं निकल लिया जाए। फिर कुछ दिन मामला शांत होने के बाद वापस आ जाएगा। इनके साथ रहने पर कोई शक भी नहीं करेगा सब टूर गाइड ही समझेंगे । फिरंगियों को वैसे भी पुलिस फालतू रोकती-टोकती नहीं है।

उसके मन में इस योजना ने जन्म ले ही लिया तो वो उनसे और भी ज़्यादा घुलने-मिलने की कोशिश करने लगा।

"तो आप लोग कबसे इधर हैं?" उसे अपनी भूल का एहसास हुआ तो वो फिर से अंग्रेज़ी में बोलने की कोशिश करने लगा, "मेरा मतलब... हाउ लॉन्ग यू आर हीयर?"

"Its became 28 days in Agra. We came here from Himachal."

"Ohh... लॉन्ग टाइम!" शशि चौंक गया।

"We don't belive in savings we worked for eight months and four months we like to explore new places." जोई ने बताया।

थोड़ी देर में लड़का बोतल और बाक़ी सामान ले आया। सामान टेबल पर लगाकर शशि सबके लिए पेग बनाने लगा।

"सबने अपना-अपना ग्लास ले लिया। विदेशियों को बहुत बार उसने आगरा घुमाया था, बहुत जगह विदेशियों के साथ गया था लेकिन ये पहला मौक़ा था जब

वो उनके साथ बैठकर शराब की चुस्कियाँ लेने वाला था। उसने गिलास उठाया उसमें दो उँगलियाँ डालकर ज़मीन पर छिड़कीं फिर गिलास हवा में उठाकर बम भोले बोला और एक साँस में गिलास ख़ाली करके रख दिया। वो तीनों फिरंगी पागलों की तरह मुँह लटकाए उसकी तरफ़ देख रहे थे, उनको तो उसने कोई मौक़ा ही नहीं दिया फ़ॉर योर गुड हेल्थ, चीयर्स ब्लाह-ब्लाह टाइप या कुछ कहने का। उनके लिए शराब पीने का ये ढंग नया था फिर भी जोई ने अपने यजमान का ध्यान रखते हुए उसकी ही तरह गिलास से दो बूँद ज़मीन पर डाली और बम भोले बोलकर व्हिस्की को टकीला शॉट की तरह ख़ाली करके रख दिया। बाक़ी दोनों ने भी वैसा ही किया। चारों एक पेग पीकर हँसने लगे।

शशि बोलने लगा, "लोग व्हिस्की को चाय की तरह पीते हैं मेरे को नहीं समझ में आता, क्या घंटे भर चुस्कियाँ लेते रहो। अरे फट से निपटाओ और आगे बढ़ो।" फिर अपनी ग़लती समझा तो बोला, "I mean I like to drink fast fast. Slow slow sip, sip... I don't like." बोलते-बोलते ही पीने का इशारा भी करता जा रहा था। तीनों कुछ नहीं बोले। ख़ामोश होकर उसकी हाँ में हाँ मिलाते रहे। उन्हें चुप देखकर शशि ने फिर से एक सवाल किया, "व्हेयर विल यू गो नाउ?"

"Nowhere. until unless we arrange money we can't go anywhere. We think we can arrange money by doing all the road stunts but if we forget your contribution, we earned only Rs 466. Can you believe we can't even arrange our dinner with that. We have to pay for this hotel also, we have to pay other restaurants and we have other borrowings also. Only God knows what we will do." अपनी बात पूरी करते हुए ग्रेस, फ्रेडी को घूरने लगी और फ्रेडी ने अपना मुँह नीचे ऐसे लटकाया जैसे शर्मिंदा हो रहा हो।

शशि ये देख रहा था। दूसरा पेग बनाते वक़्त तो सोच रहा था इतनी महँगी दारू का नशा रत्ती भर का है, फिर क्यों पीते हैं लोग।

वो पीने के साथ-साथ चखने का भी लुत्फ़ लेने लगे। उसने पेग बनाया और उनसे और जानने के लिए पूछा, "Where do you live?"

"We are from UK." ग्रेस ने जवाब दिया।

"इंग्लैंड..."

"Yeah England."

तब तक उसने एक और पेग बनाकर सूत दिया फिर बोला, "एक बात बताओ... एक दम नो मनी. Zero money. आई मीन इफ़ यू कम फ़ॉर लॉन्ग टाइम यू मोर मनी।" अपने हाथ से उनसे ज़्यादा का इशारा किया।

धीरे-धीरे उन्होंने बात समझी फिर जवाब फ्रेडी ने दिया, "Ohh brother its not like we don't have any money. We have money in our account but how to use it ? We are unable to withdraw. Long queues in bank, ATMs also same thing and exhausted also. We can arrange our tickets and all but there are so many expenses and in India here everyone ask for cash only."

"व्हॉट यू डू... व्हॉट वर्क इन इंग्लैंड ?" ये सवाल शशि ने उनकी बैकग्राउंड जाने के लिहाज़ से पूछा था।

"I work on a Petrol pump and they both work in a grocery store." फ्रेडी ने जवाब दिया।

अच्छा तो ये विदेश के ग़रीब हैं। वहाँ डॉलर में कमा के यहाँ रुपयों में ख़र्च करते हैं और हमें लगता है कि ये बहुत रईस हैं, बड़ा माल लेकर इंडिया घूमने आए होंगे। अब तो वो शशि के हिसाब से उससे भी गए बीते थे। अब तो उनके साथ और भी बराबरी की दोस्ती जैसा फ़ील कर रहा था। उनकी समस्या को सुलझाने के लिए उसने फिर कहा, "यू कैन गो टू इंग्लैंड एम्बेसी, दे विल हेल्प। आई कैन गिव यू एड्रेस... और आई कैन टेक यू देयर।"

"you are really such a nice man Shashee. But not everyone like you here in India. There lots of cunning people. Most of them want to cheat us. They see us as a chance to create more money. And besides all of this we have a problem also." फ्रेडी ने साँस छोड़ते हुए कहा।

"व्हॉट प्रॉब्लम टेल मी ? आई विल हेल्प ?" उसने तपाक से कहा।

फ्रेडी अपनी दोनों दोस्तों की तरफ़ देखने लगा। वो दोनों ख़ामोश थीं जैसे उसे भी चुप रहने का इशारा कर रही हों।

"मनी इज़ दा प्रॉब्लम? आइ हैव लोट मनी?" शशि आगे की तरफ़ झुकते हुए बोला फिर उसने एक और गिलास सबके लिए बनाया और एक चिकेन का टुकड़ा भी गिलास के साथ-साथ उठा लिया।

फ्रेडी अब अपनी दोस्तों से बात करने लगा, "We can share with him. He is a nice man. He can help us to get out from here."

इस बार उसे दोनों की सहमति मिल गई। फ्रेडी अब अपनी सिगरेट का तम्बाकू निकालकर पेपर रोल करते हुए बोलने लगा, "Listen brother, we have much bigger problem."

"डोंट वरी, टेल मी।" शशि बड़े आराम से बोला।

"Actually just before two days of demonitisation we came here in Agra. We met a guy who arranged some drugs for us." फ्रेडी बड़े धीरे से बोला।

शशि ध्यान से उसकी बात सुन रहा था। तभी जोई अपनी कुर्सी से उठकर और शशि के बग़ल में बैठ गई चूँकि सोफ़ा ज़्यादा बड़ा नहीं था तो उसकी टाँगे शशि की टाँगों से सट गई थीं। शशि को तो ऐसे लगा जैसे उसके मन के ठहरे हुए पानी में किसी ने कंकड़ मार दिया हो, उसके शरीर में हलचल होने लगी।

"Just after two days this demonitisation shit happened. We were running short of money. We thought condition will be normal in 2-3 days and we borrowed few more because we don't have money. But very soon that guy pressurizing us to pay and he bring me to his boss who seems to be a mini narcos. His name is Jugga."

जग्गा का नाम सुनते ही शशि के हाथ से चिकेन का पीस गिर पड़ा। जग्गा तो दारा का ही भाई था जो ड्रग और सट्टे का धंधा करता था। कहीं इन लोगों के चक्कर में फिर से वो उसी चिरांद में तो नहीं फँसने वाला था।

फ्रेडी उसके चेहरे के भाव देखकर बोल पड़ा, "Do you know him?"

"यस आई नो हिम।" शशि ने भरभराते हुए गले से कहा।

"What happen? Are you afraid?" जोई ने पूछा।

अब लड़की से कैसे कह दे कि डर लग रहा है और किस बात का डर

लग रहा है, "नो... नॉट अफ्रेड। यू टेल व्हॉट ही वांट? पे हिज़ मनी आई विल गिव यू।"

"You are such a darling Shashee!" जोई उसके ऊपर झुकते हुए बोली। अब तो शशि को और भी ज़्यादा गुलगुली होने लगी।

फ्रेडी ने अब तक सिगरेट बनाकर सुलगा ली और दो पफ़ लेने के बाद शशि की ओर बढ़ाता हुआ बोला, "Try this man..."

शशि ने कोई हरकत नहीं की तो वो फिर से बोला, "Ohh come on man you are hard Indian man. Nothing will happen, you will feel calm."

शशि ने सिगरेट पकड़ी और कश मारा इस बार फ्रेडी बोला, "बम भोले!"

शशि हँसने लगा। फ्रेडी फिर से बोलने लगा, "At that time I just have to pay 20 thousand bucks but he forcefully seized my passport. Can you believe just because of some 250 euros that bastard kept my passport! But due to delay in payment now that son of bitch blackmailing us."

"व्हॉट ही से?" शशि ने पूछा।

"He is asking me to smuggling some thing to Thailand or else he is asking for 5 lakh for returning my passport. Its difficult to arrange 20 how I will arrange 5 lakh?"

"Don't worry. I am here I will arrange." शशि जोई से थोड़ा सटते हुए बोला। सिगरेट के चार ड्रैग मारते ही वो दूसरी दुनिया की ट्रिप पर जाने की तैयारी करने लगा था। सिगरेट उसके हाथ से जोई ने ले ली।

"But I think dear he is a criminal. Will he return passport without using us?" जोई ने इतने प्यार से डियर कहा था। किसी लड़की ने उसे पहली बार डियर कहा था वो भी जोई जैसी लड़की ने, जो कि इतनी ख़ूबसूरत फ़िरंगन थी और वो भी उसके इतने क़रीब आकर कि उसे इस धुएँ के ग़ुबार में भी उसके बदन की ख़ुशबू आ रही थी। ऊपर से नशा भी उसके ऊपर तारी होने लगा था ऐसे में तो कोई भी हिंदुस्तानी लौंडा दोनों जहाँ मिलाकर एक कर सकता था। शशि के साथ भी वही हुआ। उसने ताव में अपनी कमर में से रिवॉल्वर निकाली और बोला, "Even his father will return passport."

"Woo wooah woah man... what is this ?" फ्रेडी पीछे की ओर छिटक गया, ग्रेस ने भी अपने पैर खींचकर ऊपर कर लिए और अपने दोनों हाथों से ख़ुद को गठरी-सा बना लिया। इधर जोई भी डर के मारे उठकर खड़ी हो गई।

"अरे डरने का नहीं... Sit, Sit no harm."

वो लोग थोड़ा नॉर्मल हुए तो शशि फिर से बोला, "दिस इज़ ओनली फ़ॉर बैड पीपल लाइक जग्गा। वी फ्रेंड्स।"

शशि ने उनको थोड़ी-सी हिम्मत दे करके बिठाया। थोड़ी देर में वह लोग नॉर्मल हुए।

"टूमारो यू गो विथ मी एंड इफ़ ही नॉट लिसेन आई डील विद हिम।"

"Ohh man you are rockstar. Thank you thank you brother. We will return you the money when we reached back." फ्रेडी ने ख़ुश होकर शशि के हाथ पकड़कर कहा।

"व्हेयर विल यू गो फ्रॉम हीयर ?" शशि ने पूछा।

"If we got our passport then We will take a flight to London from Delhi. We want to go Mumbai but not now, may be next time." जोई ने बताया।

"Why not Mumbai ? Come we all go to Mumbai. I will come with you. From there you can return to your desh." शशि ने हँसते हुए कहा।

"You will come with us till Mumbai. ohh you really such a darling." जोई ने इतना कहकर शशि के गले में अपनी बाँहें डाल दी और उसके गाल पर किस ले लिया।

शशि का तो पूरा बदन जैसे झनझना-सा गया। लगा जैसे खिड़की के पास तोते पर सवार होकर आए कामदेव ने अपना पुष्पबाण चलाया हो।

अब ख़ुशी के मारे फ्रेडी ने एक और पेग बनाया और एक स्पीकर पर गाना भी बजा दिया फिर ज़ोर से बोला, "Tonight is the party tonight."

गाना कोई अजीब-सा था जो शशि को समझ में नहीं आ रहा था लेकिन उसको अब तक नशा समझ में आने लगा था। सब कुछ जैसे धीरे-धीरे हो रहा था स्लो मोशन में थोड़ी देर गाना बजने के बाद दोनों लड़कियों में उठकर नाचना

शुरू कर दिया। फ्रेडी वहीं बैठे-बैठे नाचने-झूमने लगा और शशि सोफ़े पर अपनी गर्दन लटकाकर उनके डांस का आनंद लेने लगा। सच में उसे इतना मज़ा कभी नहीं आया था। अजीब-सा ख़ुमार था।

नाचते-नाचते जोई ने शशि को भी हाथ पकड़कर उठा लिया।

"मैं भी... आई डांस ?" शशि ने पूछा।

"Yes play some hindi song." फ्रेडी ने उसकी तरफ़ मोबाइल बढ़ा दिया। शशि ने भी मस्ती के ख़ुमार में एक गाना लगा दिया।

गाना बजने लगा- गोरियो... ओओओ... मर गए, मर गए फ़ोकट में अरे कोई तो हमको लिओ बचाय... ऐसा तीर चला मेरे दिल पर जिसकी मार सही न जाए...

जोई उसके साथ थिरकने लगी और वो भी हल्के-हल्के उसके शरीर से लिपटकर झूमने लगा। जोई को भी उसके चिपकने से कोई तकलीफ़ नहीं होती दिख रही थी बल्कि वो तो एन्जॉय कर रही थी। बीच-बीच में ग्रेस भी उससे सटकर नाचने लगती तो मानो उससे डबल झटके लगने लगते। काम उस पर धीरे-धीरे हावी होने लगा। बहुत देर तक मस्ती होती रही फिर तीनों खिलखिलाकर हँसने लगे और बैठ गए।

थोड़ी ही देर बाद सबने खाना खाया और बची हुई बोतल भी खाने के साथ खत्म हो गई। शशि से ज़्यादा खाना नहीं खाया गया बल्कि वो जॉइंट पीने के कारण थोड़ा सुन्न-सा, थोड़ा ख़ामोश हो गया था।

जोई ने उससे पूछा, "Are you fine dear ?" और उसके माथे पर हथेली रखी।

उसकी इस अदा में इतना प्यार शशि ने महसूस किया कि कहीं उसकी आँखों से छलछला ही जाता। उसने किसी तरह अपनी भावनाओं पर क़ाबू करके आँसुओं को रोका। उसने सिर्फ़ हाँ में सिर हिलाया।

खाना खाने के बाद फ्रेडी थोड़ी देर तो माउथ ऑर्गेन लेकर कुछ देर कूँ कूँ करता रहा और फिर थोड़ी ही देर में वो और ग्रेस एक दूसरे से लिपटने लगे और कंबल में घुस गए। शशि उनकी तरफ़ देखने लगा तो जोई ने उसका चेहरा खींचकर अपनी ओर कर लिया।

"They are couples let them enjoy. After many days they feel relaxed and this is just because of you."

शशि और जोई किसी प्रेमी जोड़े की तरह एक-दूसरे का हाथ थामे सोफ़े पर बैठे हुए थे। शशि पागलों की तरह सिर्फ़ उसके ख़ूबसूरत चेहरे को तका जा रहा था और वो खिलखिला रही थी। वो भी शायद उसकी पावर और पैसे को देखकर इम्प्रेस थी और शायद उसके भोलेपन पर फ़िदा हो चुकी थी।

थोड़ी देर के बाद वो शशि से बोली, "You don't seems to be drunk."

शशि बस मुस्कुराते हुए उसे देखता रहा अपनी जगह से उठी और बोली एक मिनट उठकर वह कुछ अपना सामान कुरेदने लगी और कुछ ही देर में एक छोटी-सी थैली लेकर के सामने आई जिसमें तीन चार गोलियाँ थी उसने उसमें से दो गोलियाँ निकाली और शशि को बोला ओपन योर माउथ एक गोली उसने उसकी जीभ पर रख दी और दूसरी गोली ख़ुद निगल ली। शशि ने बड़ी मुश्किल से उस गोली को निगला।

"Now you will enjoy the heaven." उसने उसके क़रीब जाकर कान में कहा, "This is LSD."

उसे नहीं पता था एलएसडी क्या बवाल होती है, अगर उसने उसको उस वक़्त ज़हर भी खिलाया होता तो वह ख़ुशी-ख़ुशी वो भी खा जाता। थोड़ी देर में शशि का शरीर हल्का पड़ने लगा। और कमरे में एक अजीब-सी रंगीन रौशनी छाने लगी। दीवारें ऐसे घूमने लगीं जैसे उनके बीच में एक छेद हो और पूरी दीवार उस छेद में समा जाना चाहती हो। जोई के घुँघराले बालों के छल्ले भी घूम रहे थे। वो हँस रही थी तो उसे लगने लगा कि उसके कानों में हँसी का DJ बज रहा है।

अचानक उसने देखा कि जोई की कमर से दो बड़े-बड़े काले पंख निकल आए हैं, जो फड़फड़ा रहे थे, उसने अपनी आँखें मलकर देखा कहीं कोई धोखा तो नहीं था लेकिन पंख अभी भी हिल रहे थे। उसे लगा जोई जैसे अभी उसका हाथ थामेगी और वो कमरे की छत को फोड़ते हुए वहाँ से उड़ जाएँगे। ऐसे हवा में उड़ते हुए जोई से लिपटे हुए आगरा कितना ख़ूबसूरत दिखेगा। वो अपनी कल्पनाओं में उड़ता हुआ महसूस कर रहा था।

उड़ते-उड़ते वो ताजमहल के ऊपर पहुँच गए हैं, वहाँ से उसका दीदार कर रहे हैं। फिर वो जोई को ताजमहल पर लेकर जाएगा और ख़ुद उसका गाइड बनकर एक-एक पत्थर की नक़्क़ाशी के बारे में उसको बताएगा। वो ताज के आँगन में खड़े होकर चिल्ला-चिल्लाकर कहेगा जोई शाहजहाँ ने जितना मुमताज

से इश्क़ नहीं किया होगा उससे ज़्यादा मुझे तुमसे इन चंद घंटों में हो गया है। फिर वो घुटनों के बल बैठकर जोई से कहेगा कि क्या वो उसकी शरीके-हयात बनना पसंद करेगी। जोई उसके क़रीब आएगी और उसे कहेगी हाँ-हाँ हुज़ूर बाँदी तो आपके हुक्म की ग़ुलाम है लेकिन ये क्या जोई ने तो चुटकी बजाई थी और पूछने लगी, "Where are you ? Are you on a trip ? और हँसने लगी।

लेकिन अब उसके पंख नहीं थे। उसकी ख़ूबसूरत लटें गीली थीं। लेकिन वो गीली कैसे हुई। उसे अपने पैर भी गीले महसूस होने लगे। उसने नीचे देखा तो उसके पैर पानी में डूबे हुए थे पानी धीरे-धीरे बढ़कर उसके घुटनों तक आने लगा। पानी एक दम साफ़ था नीला-नीला और वो उसमें तैरती हुई रंग-बिरंगी ख़ूबसूरत मछलियों को देख सकता था। उसे कानों में बड़ा ही मधुर संगीत सुनाई दे रहा था, तभी उसके पैर के पास से एक डॉलफ़िन तैरते हुए गुज़री जो जोई के पीछे चली गई। उसने जोई के पैरों की तरफ़ देखा तो वहाँ पैर थे ही नहीं बल्कि नीचे एक मछली का शरीर था लेकिन ऊपर से जोई वैसी ही थी। तभी डॉलफ़िन उठी और उसने फूलों का एक ताज जोई के सर पर रख दिया। अरे जोई तो जलपरी निकली! वो ऐसे ख़ुश होने लगा जैसे अनहद नाद सुन रहा हो। इतना ज़्यादा ख़ुश वो कभी न था और न हो सकता था। उसकी कल्पना सच हो गई थी वो हमेशा सोचता था कि जलपरी क्या सच में होती हैं ? लेकिन आज वो ख़ुद एक जलपरी के साथ था। उसने ऊपर सर करके भगवान को शुक्रिया कहना चाहा। तो उसने देखा ऊपर छत है ही नहीं और आसमान साफ़ दिख रहा था। इतना साफ़ जितना पहले कभी नहीं था, शायद बचपन के दिनों में भी नहीं। ऊपर इतने तारे दिख रहे थे जितने उसने कभी नहीं देखे थे। वो तारे इतने ज़्यादा थे कि उनको रहने की जगह कम पड़ रही थी, इसलिए वो यहाँ-वहाँ से टूट-टूटकर गिर रहे थे। जैसे ऊपर वाला उससे कह रहा हो माँग ले जितनी ख़्वाहिशें माँगनी हों, आज सब पूरी कर दूँगा। जोई ने उसके हाथों को पकड़ लिया उसने भी उसे कसकर पकड़ लिया। वो दोनों क़रीब आए। उनके होंठ एक-दूसरे से जुड़ गए। ऐसा अब तक उसने सिर्फ़ फ़िल्मों में ही देखा था। ऐसा रस गिर रहा था जैसे अमृत बरस रहा हो।

जोई उससे अलग हुई हालाँकि वो बिलकुल भी अलग नहीं होना चाहता था। वो हँसकर बोली, "Idiot... you dont know how to kiss."

वो चिल्ला-चिल्लाकर कहना चाहता था हाँ वो इडियट है फिर कहो इडियट

लेकिन वो बस मुस्कुराता रहा। जोई ने अपनी पूँछ झटकी तो उसके मुँह पर पानी की छींटे आ गईं, उसे ठंडा और गीला-सा एहसास हुआ। जोई उसके क़रीब आकर बोली, "Yours or mine."

"आपनी अमारे संगे केनो बंगला बोल्चेंन ? अमार साथे हिंदी कोथा बोलून। (मेरे से बंगाली में क्यों बात कर रही हो, मेरे साथ हिंदी बात करो) उसे होश ही नहीं था कि वो बंगाली में बोल रहा था। जोई हँसने लगी और उसका हाथ पकड़कर उठाने लगी।

"आपनी अमारे संगे नाचबे।" जोई फिर खिलखिलाकर हँस पड़ी। वो जोई के साथ कमरे से बाहर निकला। उसके क़दम पानी में छप-छप करके पड़ रहे थे और जोई अपनी पूँछ हिलाते हुए तैर रही थी। अपने कमरे के पास जाकर रुक गई।

"Ohh I don't have my room key. Should we go to your room. शशि का दिमाग़ ही कहाँ काम कर रहा था जो उसे समझ आता जोई क्या कह रही है। बस होंठ हिलते हुए दिख रहे थे।

"थाम्बा, थाम्बा... डोक्याला ताप देऊ नको।" (मेरे दिमाग़ पर ज़ोर मत डालो) वो मराठी बोलने लगा।

"नेनो चाला आनंदिसतुन्नानों।" (मुझे बहुत मज़ा आ रहा है) न जाने कहाँ से उसे तेलगु याद आ गई फिर अचानक से वो बंगाली में गुनगुनाने लगा, "चिरोदिनी तुम्हीं जे अमार, जुगे-जुगेअमी तोमारी।"

"Your room." वो उसका हाथ पकड़कर खींचने लगी। लेकिन वो अड़ा रहा।

"मैडम, तुम्हाला काई पहिजे ? माला मराठी समझत नाहिं।"(तुमको क्या चाहिए ? मुझे मराठी समझ नहीं आती।) मदहोशी में उसे ख़ुद ही समझ नहीं आ रहा था कि मराठी वो नहीं, वो ख़ुद ही बोल रहा था।

उसने अपने हाथ के इशारे से बताया कि इस कमरे की चाबी नहीं है, अपने कमरे में चलो। उसे कुछ-कुछ समझ आया तो वो फिर से छप-छप करके अपने रूम की तरफ़ चलने लगा।

कमरे पर पहुँचकर बड़ी मुश्किल से उसने कमरा खोला। हँसते हुए दोनों कमरे के अंदर आए और एक-दूसरे के गले लग गए।

"माझं तुझ्यावर प्रेम आहे।" शशि उसकी आँखों में झाँकते हुए बोला।

जोई नासमझी-सी उसकी तरफ़ देख रही थी। उसने फिर धीरे से कहा, "आई लव यू!"

जोई ने उसे कसकर भींच लिया तो उसने भी अपने हाथों की पकड़ कस दी। दोनों बिस्तर पर आ गए और कपड़े उतारकर फेंकने लगे। शशि को ख़ुद में अपार शक्ति महसूस हो रही थी। उसे ख़ुद भी पता नहीं था उसके अंदर जिन्न क़ैद है, जिसे आज जोई ने आज़ाद कर दिया था। नहीं वो जिन्न नहीं था वो तो आर्यपुत्र था। हाँ-हाँ उसे याद आया वो चंद्रगुप्त मौर्य है वो सामने उसकी बाँहों में यवन राजकुमारी हेलेना थी। वो अपने राजमहल में था और आभूषणों से लदी उसकी रानी उसके आलिंगन में थी। राजसी कक्ष के बाहर खड़ी दासियाँ राग यमन गा रही थीं। ये पुनर्जन्म है। समय ठहर गया था। एक-एक पल उसकी आँखों के सामने से घंटों-सा गुज़र रहा था जैसे उससे पूछ कर ही गुज़रना चाहता हो। हेलेना की आवाज़ें उसके कानों में गूँज रही थीं। उसने हेलेना के साथ-साथ समय को भी बाँध लिया था। आहा कितना सुखद था। न जाने कितने घंटों के बाद वो युद्ध से थका हारा अपने बिस्तर पर पस्त हुआ। और हेलेना की बाँहों में सो गया।

***

सुबह जब दोपहर बन चुकी थी तब उसकी आँखें खुली। कमरे में चंद्रगुप्त मौर्य नहीं शशि पड़ा हुआ था। उसके शरीर पर कोई कपड़ा नहीं था। उसे रात का वाक़या याद आया वो मुस्कुराकर रह गया। उसकी रिवॉल्वर भी कपड़ों के साथ नीचे पड़ी थी। उसका शरीर ठंड से काँप रहा रहा। बेड के दूसरी तरफ़ जोई नहीं थी। उठकर अपने कमरे में चली गई होगी। जब सुबह उसकी भी आँखें खुली होंगी तो वो भी शर्माकर भाग गई होगी। वो उठा लेकिन उसका सर अभी तक भारी था। उसने उठकर कपड़े पहने और फ्रेश होने के लिए चला गया। ब्रश करने तक वो ख़ुद को बार-बार निहार रहा था कि कैसे जोई जैसी अंग्रेज़न उसके फेरे में आ गई।

ख़ुद की क़िस्मत पर ख़ुश हो रहा था। बार-बार रात के हसीन पल उसकी आँखों से गुज़र रहे थे। उसे सब कुछ तो याद नहीं आ रहा था लेकिन जितना भी याद आ रहा था उसके बदन में रोमांच भरने के लिए काफ़ी था। उसने कल लाए हुए कपड़ों में से एक नये टी-शर्ट निकाली और पहन ली ऐसे मरकटों की तरह वो जोई के सामने नहीं जाना चाहता था, थोड़ा टिप-टॉप बनना ज़रूरी था। अचानक उसे अपने लाल बैग का ख़याल आया। वो कमरे में नहीं था। उसने

समान इधर-उधर करके देखा लेकिन उसे कुछ भी नहीं दिखाई पड़ रहा था।

उसका मन एक अजीब-सी आशंका से भर गया। नहीं-नहीं ऐसा नहीं हो सकता। उसने ख़ुद को दिलासा देने की कोशिश की लेकिन अगर बैग नहीं है तो कहाँ गया? कमरे का दरवाज़ा खुला ही था। जोई के उठकर जाने के बाद होटल का कोई आदमी तो कमरे में आकर हाथ साफ़ तो नहीं कर गया। लेकिन अगर कोई आता तो उसकी रिवॉल्वर क्यों छोड़ जाता। लेकिन फिर भी अगर ऐसा हुआ तो आज पानीपत की चौथी लड़ाई यहीं होटल में होगी। उसने अपनी रिवॉल्वर उठाई और अपने नये अंग्रेज़ दोस्तों के कमरे की तरफ़ भागा। उसने दोनों के दरवाज़ों को पीटना शुरू किया लेकिन कोई आहट नहीं हुई। कहीं वो लोग बाहर तो नहीं गए? कहीं फिर से ही तो भीख माँगने तो नहीं चले गए साले चिरकुट? वो भागा-भागा नीचे रिसिप्शन पर पहुँचा। उसका सर घूम रहा रहा और साँस फूलने लगी थी। उसने हाँफते हुए मैनेजर से पूछा, "वो 206 और 207 वाले गेस्ट कहीं बाहर गए हुए हैं?"

"वो तो सर चेक आउट करके चले गए।" उसने अपना काम करते हुए कहा।

"चले गए मतलब? कहाँ चले गए?" शशि ने घबराकर पूछा।

"वो हमें क्या पता? चेक आउट किया और चल दिए। पिछले 15 दिन का रेंट भी नहीं दिया वो भी आज फ़ाइनल पेमेंट कर दिया। टूरिस्ट है हो सकता कहीं और घूमने गए होंगे या फिर अपने देश वापस चले गए होंगे।"

शशि धम्म से सोफ़े पर गिर पड़ा। उसने अपना सर पकड़ लिया। और समझ आया कि उसका उलटे उस्तरे से मुंडन हो गया था। कहाँ वो प्यार-मोहब्बत और घर बसाने के सपने देख रहा था पर दुनियावी हक़ीक़त कुछ और ही थी। कहाँ वो शेख़-चिल्ली की तरह ख़ुद को चंद्रगुप्त मौर्य समझ रहा था, घंटा वो तो सर्कस के जोकर से भी गया बीता निकला।

जोई धोखा दे गई थी? तो जो हुआ था क्या वो प्रेम नहीं था? और प्यार में धोखा? ऐसा कैसे हो सकता है? क्यों नहीं हो सकता है। धोखा तो आज के प्रेम का अंतर्निहित स्वभाव है। कोई किसी को भी धोखा दे सकता है। चोर पुलिस को धोखा देता है, पुलिस महकमे को धोखा देती है, नेता जनता को धोखा देता है, डॉक्टर मरीज़ को धोखा देता है, दुकानकार ग्राहकों को धोखा देता है, लोग काम में धोखाधड़ी करते रहते हैं, माँएँ बच्चों को धोखा देकर प्रेमियों संग भाग जाती हैं,

पति, पत्नियों को धोखा देकर दुनिया में रास रचाते फिरते हैं, बच्चे माँ-बाप को धोखा देकर बुढ़ापे में साथ छोड़ देते हैं तो ये कौन-सी बड़ी बात थी। धोखा इस बात पर निर्भर नहीं करता है कि कोई किसी को कितना प्यार करता है बल्कि उस दुविधा की मात्रा पर निर्भर करता है जो धोखा देने के बदले आँखों के सामने खड़ी होती है। अगर वो कल होश में रहता तो ये सब न होता। अगर वो वासना में वशीभूत न होता तो वो लाल बैग जिसके लिए इतनी चकल्लस हुई थी आज भी उसके पास होता। अब उसे लग रहा था जैसे उसकी बारात चढ़ने को ही थी और वो चंडू पिए बेहोश पड़ा था लड़की और उसके घरवाले दहेज के साथ-साथ, उसके घर का सब सामान लेके भाग गए हों।

जब सुबह जोई उठी होगी और नोटों का बैग देखा होगा तो उसका दिमाग़ ख़राब हो गया होगा जैसे कि उन सबका हो गया था पैसो को देखकर। तो वो धोखा खा गया उससे? अपने दोस्तों को क्या मुँह दिखाएगा? कितना नाराज़ होता था वो बिंटू और नेहने पर अब उन्हें कैसे बताएगा कि वो उनसे भी पीछे निकला। जैसे उदई वैसे भान, न इनके चुनई न उनके कान। ना जाने कहाँ उन धोखेबाज़ों अंग्रेज़ों के फेरे में पड़ा जो पूरी खीर खा के पेंदा तीता करके छोड़ गए। अचानक उसे कुछ याद आया। उसने उठकर फिर से मैनेजर से पूछा, "कक्क... कितने बजे निकले थे वो लोग?"

"11.30 बजे।" मैनेजर ने चेक करके बताया।

11.30 और अब 03.15 बज रहे थे। वो तुरंत निकलकर भागा। सड़क पर पहुँचकर दौड़ने लगा। भागते भागते जब उसकी साँस फूल गई तो उसने एक ऑटो को पकड़ लिया। वो लोग ज़रूर ही जग्गा के पास पहुँचे होंगे। पासपोर्ट के बिना तो वो जा ही नहीं सकते। उसे उम्मीद थी कि शायद वो उन तक पहुँच सके। थोड़ी ही देर में वो जग्गा के उस ऑफ़िस में पहुँच गया जहाँ के बारे में उसने सुन रखा था।

गेट खोलकर वो अंदर पहुँचा वहाँ खड़े एक भारी-भरकम आदमी ने उसको रोका, "कहाँ घुसा चला जा रहा है? क्या काम है?"

"जग्गा से मिलना है।" उसने कहा।

"जग्गा भाई बोल बे।" आदमी ने चिल्लाकर कहा।

"हाँ-हाँ जग्गा भाई से मिलना है बहुत ज़रूरी काम है।"

"क्या ज़रूरी काम है?" उसने आँखें तरेर कर कहा।

"अरे है कुछ वो उन्हीं को बताऊँगा।"

"अबे चल निकल यहाँ से; ज़रूरी काम! चल बाहर चल।" वो शशि को धकेलने लगा लेकिन शशि कहाँ मानता वो चिल्लाता ही रहा। शोर-शराबा सुनकर जग्गा उठकर आ गया।

"क्या हुआ रे काहे का हल्ला मचा रखा है?" शशि ने देखा एक हट्टा-कट्टा आदमी जिसकी सामने से खोपड़ी सफाचट थी, उसके सामने कुर्ता-पाजामा पहने हुए खड़ा है।

"न जाने कौन है भाई। पहली बार शक्ल देख रहा हूँ इसकी। आपसे मिलने को मरा जा रहा है काम पूछ रहा हूँ तो बता नहीं रहा।"

"अरे तो मिलने दे हम कौन से ताजमहल है जो टिकट लगी है हमें देखने की। आजा-आजा।" जग्गा आज बड़े ही अच्छे मूड में था।

उस आदमी ने शशि को छोड़ दिया। जग्गा पलटकर अंदर चला गया और शशि उसके पीछे-पीछे।

"हाँ बोल भाई का चइए तूने?"

"वो भाई वो एक अंग्रेज़ का पासपोर्ट रखे हुए थे आप?" शशि ने नम्रता से कहा।

"हाँ तो?" उसने अकड़कर कहा।

"तो वो वापस ले गया क्या?" उसने फिर नम्रता से कहा।

"फ्रेडी की बात कर रहा है तू? अरे वो साला तो अलग ही चीज़ निकला। अच्छा-खासा मैंने अंटे में लिया था उसको। सोचा था, एक-दो बार माल मँगवाऊँगा उससे, साला तैयार भी हो गया था। फिर आज अचानक से फ़ोन करके बोला कि माल तो नहीं भेजेगा। पैसे लेकर पासपोर्ट वापस कर दूँ। मेरे भी दिमाग़ में न जाने क्या आया कि कह दिया जा 10 पेटी दे जा और पासपोर्ट ले जा। वो तो साला न जाने कहाँ से पैसा मार के लाया था पूरे 10 रख गया। अपने को भी क्या बैठे-बैठे काम हुआ मैंने भी पासपोर्ट दे दिया।" बोलते हुए जग्गा ने नीचे से पैसे का बैग उठाकर टेबल पर रख दिया। जैसे शशि को दिखाना चाह रहा हो।

"देखकर शशि का दिमाग़ तो खौल रहा था लेकिन करता भी तो क्या वो गिड़गिड़ाते हुए बोला, भाई वो पैसा मेरा है मुझसे ही मारकर ले गए थे फ्रेडी और उसकी दोस्त वो पैसा। वो मुझे ये वापस कर दो।"

"वापस कर दो?" वो ज़ोर से हँसने लगा, "दिमाग़ तो ठीक हैं तेरे क्यों

वापस कर दूँ तेरे को, जब हक़ मेरा हुआ तो। और तेरे से तो उसने मारे न उससे जाके हिसाब कर; मेरा क्यों टाइम ख़राब कर रहा है। वैसे तू कहाँ से मार लाया इतना माल इस नोटबंदी के समय पे?"

शशि ने जवाब में हाथ जोड़कर बस इतना कि कहा, "प्लीज़ भाई साहब वो पैसे मुझे दे दो।"

"अरे सठिया गया है क्या? ऐसे थोड़े ही धंधा चलता है! जग्गा के यहाँ पैसे की ख़ाली इनकमिंग होती है, आउटगोइंग नहीं। लेकिन तू क़सम से बहुत ही बड़ा वाला आइटम लगता है। यहाँ भेंचो पूरा आगरा विदेशियों को काटने पे लगा है। सब उन्हें चूतिया बनाकर पैसे बना रहे हैं तू उनसे ही चूतिया बन बैठो। क्या कह के पैसे लिए उनने तेरे से सुना तो सही ज़रा कहानी। हमें ऊ तो पता चले।" वो अपनी टेबल पर ऐसे झुका जैसे कहानी सुनने के लिए ही बैठा हो।

उसका मन कहानी को सोचकर ग़ुस्से से भर उठा। उसका बैग वहीं सजा हुआ रखा था वही बैग जो शशि के पास होना चाहिए था। वही बैग जिसके लिए दुनिया भर की चक्कलस हुई थी। पैसा तो पूरा नहीं था लेकिन जो था वही वापस मिल जाए। बैग शशि को वापस चाहिए था किसी भी क़ीमत पर।

उसने अपनी रिवॉल्वर निकालकर जग्गा पर तान दी, "मुझे ये बैग चाहिए किसी भी क़ीमत पर।" वो बैग झपटने के लिए आगे बढ़ आया।

लेकिन जग्गा के चेहरे पर न डर आया न आतंक। वो अपनी कुर्सी पर कमर लगाकर बैठ गया, "बैग चाहिए तो दे देता हूँ लेकिन उसके अंदर का रुपया नहीं मिलेगा।" इतना कहकर वो ज़ोर से हँसने लगा।

इससे पहले शशि ग़ुस्से और ताव में गोली चला पाता कि उसके पीछे से किसी ने उसकी कनपटी पर पिस्तौल रख दी, "मैं तो पहले ही इसे अंदर नहीं घुसने दे रहा था। पहले ही शक जा रहा था वो तो आपने घुसा लिया इस चूतिये को अंदर।"

"कोई नहीं यार नया बंदा है। बेचारा अभी-अभी लाखों रुपये से कटा है। तुझे गोली ख़राब करने की ज़रूरत नहीं है बेचारा वैसे ही सदमे से मरने वाला है।" जग्गा ज़ोर-ज़ोर से हँसने लगा।

उस आदमी ने भी अपनी पिस्तौल अंदर रख ली और शशि के हाथ से उसकी पिस्तौल छुड़ाकर अपनी बाँह में उसकी गर्दन भर ली और पिस्तौल को उसकी कनपटी पर रख दिया। शशि छटपटाने लगा। तो वो भी जग्गा की हँसी में

हँसी मिलाकर ज़ोरों से हँसने लगा। उन दोनों की हँसी उसको राक्षसों के जैसी अट्टहास भरी लग रही थी। काश वो कल इतना नशा न करता तो न उसकी ज़िंदगी भर का अरमान वो पैसे नहीं जाते और नाहीं वो इन कमीनों के चंगुल में फँसकर अपनी ज़िंदगी और मौत के बीच झूल रहा होता। वो दोनों शशि के ऊपर हँसते ही चले जा रहे थे। उसे ऐसा लगा जैसे फ्रेडी, जोई और ग्रेस भी उनके साथ हँस रही थी। सबकी हँसी उसके कानों के पर्दों को फाड़ रही थी। उस आदमी की पकड़ उसकी गर्दन पर बढ़ती ही जा रही थी। आँखें बंद हो रही थीं, साँस लेना मुश्किल होता जा रहा था। बैग उससे बस दो क़दम के फ़ासले पर था लेकिन वो बेबस था। बस कुछ मिनट और उसके बाद उसका शरीर ठंडा पड़ जाएगा फिर न पैसा रहेगा और न ज़िंदगी।

छटपटाने से उसकी गर्दन और भी अकड़ती जा रही थी अब और प्रतिरोध की हिम्मत जैसे ख़त्म हो गई थी। उसने अपने दोस्तों को मन-ही-मन अलविदा कहा और अपना शरीर ढीला छोड़ दिया। जैसे ही शशि ने विरोध ख़त्म किया उस आदमी के हाथ की पकड़ भी ढीली हो गई, शशि को एक ज़ोर का धसका लगा और ऑक्सीजन उसके फेंफड़ों में पहुँची। तुरंत ही उसके शरीर ने हरकत की और शशि ने उस आदमी का पिस्तौल वाला हाथ पकड़कर झटका दिया। ज़िंदगी बदलने में बस एक ही सेकंड लगता है, एक सेकंड में सब बदल सकता है, लेकिन एक ही सेकंड में आपकी पूरी दुनिया भी गर्त में जा सकती है। उस आदमी के हाथ से हड़बड़ी में गोली चली और शशि को अपने पेट से कुछ रिसता-सा महसूस हुआ। उसे गोली लग चुकी थी। उसकी आँखें आँसुओं से भर आईं लेकिन वो ऐसे कमज़ोरों की तरह मरना नहीं चाहता था। ख़ुद पर हुए वार का बदला लेके तो कम-से-कम मरे, लड़कर तो मरे। उसने अब और ताक़त लगाकर उस से लड़ने का फ़ैसला किया। ज़ख़्मी हालत में भी वो ऐसे लड़ रहा था जैसे उससे पिस्तौल छीनकर उसे ही मार देगा। इस बार एक और गोली चली और वो गोली जग्गा की गर्दन में जाकर लगी। उसके गले से ख़ून की धार बह निकली। बिजली की तेज़ी से जग्गा के हाथ अपनी गर्दन पर पहुँचे जैसे वो अपना गला पकड़कर ख़ून रोकना चाह रहा था लेकिन वो तो पिचकारी से निकले पानी की तरह बह रहा था।

उसका गुर्गा पागलों की तरह चिल्लाया, "भाईईई... भाई... भाई ये क्या हो गया ग़लती से... ग़लती से..." वो अपनी ग़लती जग्गा से ज़ाहिर करना चाहता था

लेकिन जग्गा की कोई इंद्री काम ही कहाँ कर रही थी जो वो उसकी बात सुनकर उसे सज़ा देता या माफ़ करता। जग्गा का खेल तमाम हो गया था।

जग्गा का वो आदमी निकलकर बाहर की ओर भागा ताकि मदद के लिए किसी को बुला सके। शशि भी ज़मीन पर पड़ा हुआ शायद इस बात का इंतज़ार ही कर रहा था कि कब यमदूत आएँ और उसे उठाकर ले जाए। उसकी आँखों के आगे अँधेरा छाने लगा उसे सब धुंधला-धुंधला ही दिख रहा था। जग्गा के अड्डे पर उस वक़्त कोई नहीं था सिवाय जग्गा की लाश और शशि के... तभी दो लोग आए और शशि को उठाकर ले जाने लगे। कुछ आवाज़ें भी आ रही थीं जिन्हें वो उस वक़्त समझ पाने ही हालत में नहीं था।

उसने अपनी पूरी कोशिश करके आँखें खोलने की कोशिश की। यमदूत होते कैसे हैं एक बार देख तो ले। लेकिन वो यमदूत नहीं फ़रिश्ते थे, जिनमें से एक फ़रिश्ता उसका दोस्त नेहने था। जो अपनी टूटी हुई बाँह और सर पर पट्टी बँधे होने के बावजूद उसे उठाए जा रहा था। उसे एक ऑटो में डाला गया। दूसरा फ़रिश्ता ऑटोवाला ही था। उसके बाद उसके मुँह से बस एक मुस्कुराहट निकली और आँखें बंद हो गईं। बैग वहीं पीछे छूट गया था।

***

उस हादसे को बीते हुए दो महीने से ऊपर हो चुका था। नोट बदलने की दिसंबर की आख़िरी तारीख़ भी पीछे छूट चुकी थी। लेकिन अब नोट ही कहाँ थे, जो किसी को बदलने की चिंता हो। बिंटू और नेहने यमुना किनारे ख़ामोश बैठे शायद कुछ सोच रहे थे। तभी शशि यमुना जी में से काँपते हुए निकलकर आया।

"क़सम से बहुत चुल्ल है यार तुम्हारे अंदर, ऐसी ठंड में भी तुम्हें नहाना था।" बिंटू ने हँसते हुए कहा।

"अरे यार बहुत दिन हो गए थे जमना जी में डुबकी लगाए, बड़ा मन कर रहा था।" शशि ने बदन पोंछते हुए कहा।

नेहने की नज़र शशि की कमर पर गई जहाँ गोली का निशान साफ़ दिख रहा था। उसे वो दिन याद आ गया जब गोली शशि की कमर को छेदती हुई पार हो गई थी, और इसी कारण से वो बच भी पाया था। दूसरा कारण नेहने भी था जो उस दिन जबरदस्ती हॉस्पिटल से न निकला होता तो शायद शशि नहीं मिल पाता।

उस दिन रात को वापस जाने के बाद शशि का कोई फ़ोन ही नहीं आया और बाद में उसका फ़ोन भी ऑफ़ जाने लगा था। नेहने को चिंता हो रही थी उसकी

ग़ैर-हाज़िरी में बिंटू के साथ तो कांड हो ही गया था, उसे डर लगा कि कहीं शशि भी तो किसी मुसीबत में नहीं है। इसलिए वो हॉस्पिटल से किसी को बिना बताए ही चला आया था। जब पुराने अड्डे के ऑटो स्टैंड पर पहुँचा तो शशि भागता हुआ दिखा। उसने उसे बहुत आवाज़ें दी लेकिन शशि कुछ सुन ही नहीं रहा था। फिर वो ऑटो पकड़कर कहीं जाने लगा। नेहने भी उसके पीछे-पीछे गया। शशि को खोजकर पहुँचने में थोड़ी देर ज़रूर हो गई थी, लेकिन वो एकदम दुरुस्त समय पर पहुँचा था। सही समय पर शशि को इलाज मिल गया था इसलिए ख़तरे से बाहर रहा। नेहने अगर चाहता तो उस दिन शशि के साथ-साथ पैसों का बैग भी वहाँ से उठाकर ला सकता था लेकिन उसको तो जैसे उस पैसे से नफ़रत हो गई थी इसलिए उसने बैग को देखकर भी नज़रअंदाज़ कर दिया था। जग्गा के अड्डे से निकलते वक़्त उसने 100 नंबर पर फ़ोन भी लगा दिया था। पुलिस ने वहाँ पहुँचकर जग्गा की लाश और जग्गा के आदमी दोनों को हिरासत में ले लिया और साथ ही वो लाल बैग भी थाने पहुँच गया था। घबराहट और दुख में जग्गा के आदमी ने ख़ुद ही क़बूल लिया था कि गोली उससे ही चली थी लेकिन उसे ये नहीं पता था कि वो दूसरा आदमी जिस पर उसने गोली चलाई थी वो कौन था और कहाँ गया?

शशि जल्दी ही ठीक हो गया था। पुलिस को अब तक भुजंगी और मुकरी का क़ातिल नहीं मिला था। दारा अभी भी जेल में ही था। जग्गा और दारा के बाद अब ताजगंज में ड्रग्स और नक़ली शराब दोनों बंद हो चुकी थीं। बिंटू भी कुछ दिनों में जेल से छूटकर आ चुका था लेकिन अब उसने शालू से सारे रिश्ते ख़तम कर लिए थे। जन-धन खातों में जमा पैसे से तीनों नया धंधा सेट कर रहे थे। वो तीनों अब शरीफ़ आदमियों की तरह मेहनत करके अपनी ज़िंदगी जीना चाहते थे।

लालच, धोखा, दो नंबर का पैसा, काला धन इस सब से होने वाले झंझट से बड़ी मुश्किल से निकले थे और निकले तो एक नई ज़िंदगी नई तरह से जीने की शुरुआत कर चुके थे। चोरी का माल, मोरी में ही जाता है और आज नहीं तो कल जाता है। ये बात वे तीनों समझ चुके थे, जब जगदीश्वर स्वयं अपनी मर्ज़ी से देता है तो राख़ भी सोना-चाँदी हो जाती है और जो आदमी लालच में उसको पाने की कोशिश करे जिस पर उसका हक़ नहीं है वो सिवाय कष्ट और मुसीबत के कुछ नहीं पाता है। ऐसी कथाएँ हमारे आस-पास भरी पड़ी हैं। यही है मनी अनंत, मनी कथा अनंता।

शशि कपड़े पहनते हुए गुनगुनाने लगा-

वतन का खाया नमक तो नमक हलाल बनो
फ़र्ज़ ईमान की ज़िंदा यहाँ मिसाल बनो
पराया धन, पराई नार पे नज़र मत डालो
बुरी आदत है ये, आदत अभी बदल डालो...

उसके साथ बाक़ी दोनों भी सुर में सुर मिलाकर गाने लगे-
क्योंकि ये आदत तो वो आग है जो
इक दिन अपना घर फूँके-फूँके-फूँके रे
के पग घुंघरू बाँध मीरा नाची थी
और हम नाचे बिन घुंघरू के...

***